ハヤカワ文庫 SF
〈SF2102〉

伊藤典夫翻訳 SF 傑作選
ボロゴーヴはミムジイ

ルイス・パジェット・他
高橋良平編／伊藤典夫訳

早川書房

7873

MIMSY WERE THE BOROGOVES AND OTHER STORIES

Edited by

Ryohei Takahashi

Translated by

Norio Itoh

目次

伊藤典夫翻訳ＳＦ傑作選

ボロゴーヴはミムジイ

ボロゴーヴはミムジイ

ルイス・パジェット

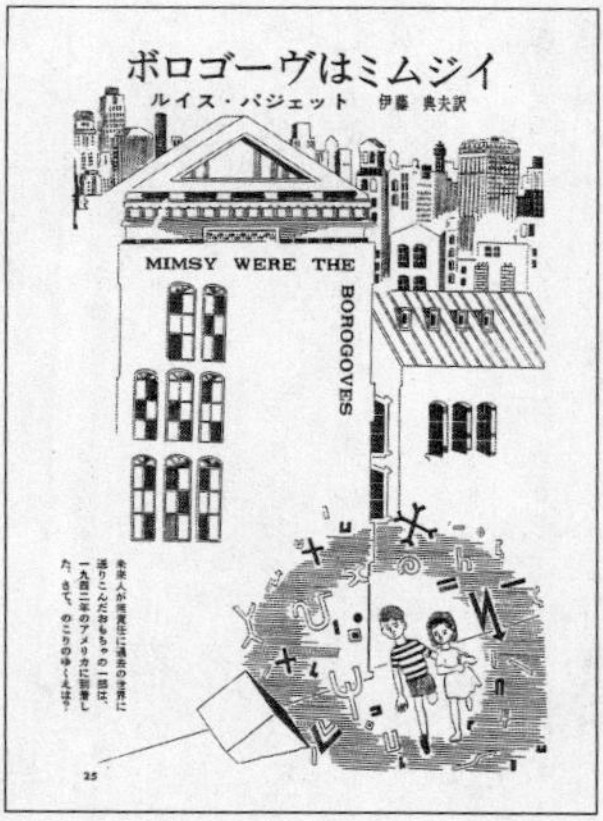

〈S-Fマガジン〉1965年11月号

Mimsy Were the Borogoves
Lewis Padgett
初出〈アスタウンディング〉1943年2月号

カットナー・シンドローム

ルイス・パジェットが、一九五八年に世を去ったヘンリイ・カットナーのペンネームのひとつであることは、今さらとりたてていうまでもないでしょう。カットナーには、ほかに二〇近いペンネームがありましたが、このパジェットは中でも本名さえ凌ぐ人気をかちとりました。一九四〇年代のはじめ、パジェット＝カットナーであることが暴露されたときのファンの驚きは、想像に難くありません。それ以後ほかのペンネームも続々公表されるにつれ、ファンたちのあいだで〝カットナー・シンドローム〟という症状があらわれるようになりました。つまり、まったくの新人がちょっと目につくSFを書くと、それがみんなカットナーのペンネームに見えてくるという病気です。この傾向は、それから十年近くも続き、やがて彼の創作意欲が衰えて、アルジス・バドリスにその地位をとってかわられるのですが、それは別の話。

カットナー、パジェットの作品に共通する特徴は、一九四〇年代のSFには珍しい洒落た文章と、彼の皮肉な性格を反映するアンハ……深入りするのはやめておきましょう。ただパジェットの場合、それをユーモアのオブラートでくるんでいるところが違っています。その点で、最近出たパジェット名義の『ミュータント』（ハヤカワ・SF・シリーズ）は、カットナーの方がよかったかもしれません。（伊藤典夫）

――〈S-Fマガジン〉一九六五年十一月号　作品解説より

アンサホーステン自身や、彼のいるところを説明しようとしても、それはたいした意味をなさない。なぜなら、ひとつには、それがキリスト紀元一九四二年（この小説は、その年に書かれている）から数百万年もあとの時代だからであり、もうひとつには、彼のいる世界が学術的にいって、この地球ではなかったからである。そのとき、彼は実験室に相当するところで、立つという動作に相当することをしていた。彼の作ったタイム・マシンのテストの準備をしていたのである。

動力を入れたあとで、アンサホーステンは〈箱〉がからっぽであったことに突然気づいた。これでは、どうにもならない。装置には被実験物——ほかの時代の状況に反応する三次元の固体——が必要なのだ。でないと機械が帰還しても、それがいつの時代のどこへ行ってきたのか知ることもできない。

〈箱〉の中の固体は、自動的にその時代のエントロピーと宇宙線の衝撃にさらされる。アンサホーステンは、戻ってきた機械の中の固体の質的、量的変化を計測して、計算機に入れる。すると（そのときどきによって）〈箱〉の立ち寄ったのが、紀元百万年なり、紀元一千年なり、紀元元年であるという答えが出てくる仕掛けだ。

もちろん、そんなことは問題ではない――アンサホーステンを除いては。問題なのは、多くの点で、彼が子どもっぽすぎるということだった。

時間は残りすくない。〈箱〉は光りだし、震動をはじめている。アンサホーステンは血まなこで周囲を見まわすと、隣りの部屋にとびこんで、そこにあった整理箱の中をひっかきまわした。やがて彼は、両手いっぱいに奇妙な形のガラクタを抱えて体をおこした。なあるほど。彼の息子スノウエンのいらなくなったおもちゃである。必要な技術を習得して地球から帰ったとき、いっしょに持ってきたものだが……そう、スノウエンもう必要ない。性格調整も済んで、子どもっぽいものには見向きもしなくなったからだ。それに、妻がとっておいたのもセンチメンタルな理由だし……重大な実験のためとあらばやむをえまい。

アンサホーステンは部屋を出ると、ガラクタを〈箱〉にほうりこみ、発進準備完了の信号が閃《ひらめ》く直前に蓋《ふた》を力まかせにしめた。〈箱〉が消えた。見ていたアンサホーステンの眼が痛んだ。

彼は待った。

さらに、彼は待った。

そして、とうとうあきらめると、もう一台タイム・マシンを作った。だが、また同じ事態に直面した。スノウエンは昔のおもちゃが消えたことを気にしていなかったし、母親のほうも同様であったので、彼は整理箱を掃除すると、息子の子ども時代の思い出を残らずタイム・マシン第二号の〈箱〉にぶちまけた。

計算によれば、こちらは十九世紀後半の地球に現われるはずであった。そのとおりだったにしても、装置はそこに残ってしまったにちがいない。もどってこなかったのだから。

腹をたてたアンサホーステンは、二度とタイム・マシンを作るまいと決心した。しかし、茶目っ気の結果は残った。二つのうち、最初のものは――

スコット・パラダインは、グレンデイル小学校をずる休みして遊んでいたときに、それを見つけた。その日は地理のテストだったが、場所の名前を覚える気がしなかったので、サボることにしたのである――一九四二年ごろは、それもかなり分別ある理屈だった。それに今日は、そよ風にほんのりと冷たさのまじる、暖かい春の日。彼は誘われるように野原に出ると、横になって、空にちらばった雲を眠くなるまで眺めていた。地理なんかなんだい！　スコットはうたた寝した。

昼ごろ腹がすくと、彼のまるまる肥った足はひとりでに近くの店にむかった。そこで彼は、胃液の要求を崇高に無視しつつ、乏しい持金をしぶしぶ投資したあと、川岸におりて食べはじめた。

チーズ、チョコレート、クッキーの供給が底をつき、ソーダポップの最後の一滴がなくなると、スコットはおたまじゃくしを何匹か捕えて、それらを研究した。科学的好奇心もいくらか手伝っていたが、長続きはしなかった。なにかが土手からころがりおちてきて、水ぎわの泥の中にめりこんだからである。スコットは油断のない眼を走らせると、急いで調査にむかった。

それは箱だった。事実、あの〈箱〉だった。それにくっついている機械は、スコットにとってなんの意味もなさないものだったが、どうしてそんなに融けて黒焦げになっているのか不思議に思った。彼は考えこんだ。口の端から舌をつきだし、ジャックナイフでつついたり、探ったりしながら――フフーン。誰もいない。どこからこの箱は来たのだろう？誰かが忘れていったのが、土が崩れたとき安定を失って落ちたのかもしれない。

「ラセンだな」スコットはいいかげんにそうきめた。らせん形はしていたが、それは次元の歪みによるもので、ラセンではなかった。それが模型飛行機だったら、たとえどれほど複雑だったとしても、スコットはほとんど不思議に思わなかっただろう。だが事実はそうでなかったので、問題がひとつ提出された。虫の知らせか、スコットには、その装置がこの前の金曜日、彼が器用に分解したぜんまい自動車よりはるかに複雑であるような気がした。

しかし、無理やりにでも引き離されないかぎり、箱を開けないで放っておく子どもはいない。スコットは、さらに深く探りを入れた。箱の角度がおかしくなっている。ショートしたのかもしれない。だから——ウッ！　ナイフがすべったのである。スコットは親指を吸いながら、堂にいった悪態をついた。

オルゴールかもしれない。

スコットががっかりする必要はなかった。この機械には、アインシュタインだって頭痛をおこし、スタインメッツだって発狂寸前におちいったことだろう。問題は、いうまでもないが、箱がスコットの存在する時空連続体にはいりきっていないことだった。それでは、開けられるわけがない。手ごろな岩で叩いて、そのらせん形の箱を手ごろな位置に動かさないかぎり。

彼が叩いたところは、事実その箱の四次元との接点だった。そのため、それがつくっていた時空のねじれがほどけた。なにかがはじけるような音。箱はかすかにジージーと音をたてると、静かになった。もう、部分的な存在ではなかった。箱は簡単に開いた。

彼の眼に最初にとまったのは、柔かな、編んだヘルメットだった。しかし、それにはさして興味も持たずに投げ捨てた。なんといっても、帽子にすぎない。つぎに彼がとりあげたのは、両手にはいるくらい小さい、四角な透明水晶のブロックだった――なかに複雑な装置がはいっているにしては、あまりにも小さい。ほどなく、スコットはその問題を解決した。水晶は拡大鏡の一種だったのである。それが、ブロックのなかにあるものをとてつもなく拡大した。なかのもの自体も変わっていた。たとえば、ミニアチュアの人びと――

彼らは動いていた。ぜんまい仕掛けの自動人形を思わせるが、もっとなめらかに動く。まるで芝居でも見ているように、スコットは彼らの衣裳にも興味をひかれたが、ことにその動作に魅了された。小さな人びとは、器用に家を建てていた。火がつけば、消えるところを見られるのに、とスコットは思った。

半分できかけの建物から、火が燃えあがった。自動人形たちは、奇妙な機械を総動員して火を消しとめた。

呑《の》みこむのに時間はかからなかった。しかし、彼は少しとまどっていた。自動人形たちは、彼の考えに従うのだ。それを思いあたるころには、ふるえあがって、彼はその立方体を放りだしていた。

土手を半分あがったところで、彼は思いなおして戻った。水晶のブロックは半分水に漬かり、太陽の光を受けて輝いていた。おもちゃだ――子どもの直観で、そう感じた。しかし、すぐそれをひろいあげず、かわりに箱に戻ると残った中身を調べた。

驚くような仕掛けがすくなくなかった。午後はたちまちのうちに過ぎた。やがてスコットはおもちゃを箱に戻すと、両手に抱えて、ぶつぶつつぶやき、あえぎながら家に帰った。台所のドアにたどりついたときには、顔は真赤になっていた。

彼は、発見物を二階の自分の部屋の押入れの奥に隠した。水晶の立方体は、紐、針金、二セント、銀紙の玉、よごれた国防切手、石棒などですでにふくらんでいるポケットにはいった。スコットの二つになる妹エマが、危っかしい足どりで廊下からはいってきて、声をかけた。

「おう、のろま」スコットは七歳と数ヵ月の高みからこっくりした。彼は彼なりに妹をたいへんかわいがっているのだが、彼女はまったく気づいていない。小さな、ぽっちゃりした体がカーペットの上にすわり、その大きな眼が悲しそうに自分の靴を見つめた。

「むすんで、スコッティ」

「ばかだな」スコットはおこったふうもなく、紐を結んだ。「もう、夕食できたんだろ?」

エマはうなずいた。

「ほら、手を見せな」驚いたことに、手は無菌ではないにしても、けっこうきれいだった。スコットはつくづくと自分の手を見ていたが、やがて渋い顔で浴室にはいり、形ばかりの手洗いをすませた。おたまじゃくしの跡が、まだ残っていたからである。

デニス・パラダインと妻のジェーンは、下の居間で夕食前のカクテルを楽しんでいた。彼は年より若く見える中年の男で、灰色のまじった髪と、いくぶんやせた、口元のきゅっとしまった顔が印象的だった。彼は大学で哲学を教えていた。ジェーンは小柄な、清潔な感じの、小麦色の肌をした美人だった。彼女はマーティニをちびちびと飲みながらいった

——

「新しい靴よ。気に入った?」

「犯罪のために」パラダインはうわの空で乾杯の言葉をつぶやいた。「え? 靴? これを飲んじまうまで待ってくれよ。ひどい日だったんだ」

「試験?」

「うん。人生の道を邁進《まいしん》する若人《わこうど》たち。死んでくれるといいと思うよ。苦しみぬいてね」

「そのオリーブ、ちょうだい」

「わかってるよ」元気のない声で、パラダインはいった。「このまえ食べたときから何年になるかな。つまり、マーティニに入ったのをだがね。グラスに六つ入れても、きみはもっとというだろう」

「あなたのをほしいのよ。血を分けた兄弟として。シンボリズムね」

パラダインはこわい顔で妻を見つめると、長い足を組んだ。

「ぼくが教えている学生みたいな言いかたをするな」

「あのはねっかえりのベティ・ドースンみたいに、でしょ?」と、ジェーン。「彼女、まだ例のいやらしい流し目するの?」

「するよ。あの子は、心理学のいい問題だ。幸いなことに、ぼくの好みじゃない。もし、そうだったとしたら——」パラダインは意味ありげにうなずいた。「性意識過剰と映画の見すぎだ。単位なんか、膝をちらっと見せるだけでとれると、まだ思いこんでいる。それが、骨ばった膝なんだ」

ジェーンは満足そうにスカートの裾をおろした。パラダインは足をほどくと、新しいマーティニを注いだ。「正直いって、あの猿どもに哲学を教える理由がわからないよ。年齢的に、まずいけない。彼らの習慣や考えかたは、もうきまっているんだ。自分たちじゃ認めようとしないが、おそらく保守的なんだぜ。哲学がわかるのは、成熟したおとなか、エマやスコッティのような子どもだけさ」

「あなたの講義に、スコッティを連れこんじゃいやよ。まだ哲学博士になる年じゃないんだから。天才少年なんかおことわり。特にうちの子はね」

「スコッティのほうが、ベティ・ドースンより点がいいかもしれないぞ」パラダインはぶつぶつつぶやいた。

「〝五歳にして、年老い、力つきて死す〟」ジェーンは夢みるような眼でつぶやいた。「あなたのオリーブ、ちょうだい」

「そら。ところで、その靴、いいよ」

「どうも。あら、ロザリーよ。夕食？」

「できたでございます、奥さま」ロザリーは巨体をゆすりながらいった。「エマ様とスコッティ様、お呼びいたします」

「わたしがするよ」パラダインはとなりの部屋に首を突っこむと、大声で呼んだ。「子どもたち！　夕食だ！　おりてきなさい！」

階段をばたばたと駆けおりてくる小さい足音。スコットがまず姿を現わした。頭をきれいに洗って、水でなでつけているが、反抗的な立ち毛がまだ天井を向いている。それを追って、エマが注意ぶかい足どりで階段をおりてきた。途中で、彼女は前向きにおりる試みを断念し、猿のように四つん這いになって仕事を終えた。小さなお尻の動きでは、彼女はその仕事を驚くほど苦心してやっているようだった。パラダインはしばらくその光景に見とれていたが、膝にとびあがってきた息子の勢いに思わず顔をのけぞらせた。

「やあ、パパ！」スコットがかなきり声をあげた。

パラダインは姿勢を正すと、威厳をもってスコットを見つめた。「やあ、おまえか。夕食の席まで連れてってくれ。今のあれで、腰の関節がおかしくなったらしい」

だが、スコットはもうつぎの部屋にとびこんでいた。そこで、彼はジェーンの新しい靴を親愛の情をこめて踏んづけると、小声であやまって、さっさとテーブルの自分の席についた。パラダインはあとに続きながら眉をつりあげた。エマのふわふわした小さな手が、彼の人さし指をつかんで離さないのである。

「いったいどういう気なんだろう？」

「わるいことでもたくらんでいるんでしょ」ジェーンはため息をついた。「さあ、エマ。お耳を見せなさい」

「きれいだってば。ミッキィがなめたんだもの」

「そうね。あのエアデールの舌べろのほうが、あなたのお耳よりきれいだわ」ちょっと調べて、ジェーンは考えこんだ。

「それに、聞こえるんだから、垢《あか》はまだ表面だけね」

「ヒョウメンって？」

「すこしだけ、という意味」ジェーンは娘を抱きあげると、その足を高い椅子に入れた。エマが一家の食事の仲間入りをしたのはごく最近のことなので、彼女は、パラダインの言葉にしたがえば、今の地位に鼻高々なのだった。食べものをこぼすのは赤んぼうだけだと、今まで教えこまれてきたので、スプーンを口にもっていくその注意ぶかさは、見ていていらいらしてくるほどだった。

「エマには、コンベアー・ベルトがいい」ジェーンの椅子を出しながら、彼は提案した。

「ホウレンソウが小さなバケツに入って、時間ごとにつぎつぎと到着するんだよ」

夕食は、パラダインがスコットの皿に眼を止めるまで、なんの波乱もなく進んだ。「おい。気持が悪いのかい？　お昼につめこみすぎたな」

スコットは目の前の皿に残った食物をしげしげと眺めた。

「もう、体にいるだけ食べたんだもの、パパ」彼は説明した。

「いつもはあるだけ、いや、もっと食べるな。育ち盛りの子どもは、一日に何トンも食べなくちゃいけないんだ。今夜は、いつもより少ないぞ。どっか悪くないか？」

「ううん。ほんと、もう充分なんだよ」

「あれだけで？」

「そうだよ。食べかたが違うんだもの」

「学校で教わったの？」ジェーンが質問した。

スコットは厳粛に首をふった。

「誰にも教わらないよ。自分で見つけたんだ。よだれを使うんだよ」

「もう一度」パラダインはいった。「そうじゃない」

「ええと……つ――つば。ちがう？」

「そう。ペプシンの作用かな？　唾液にはペプシンがはいっていたっけ、ジェーン？　忘れてしまった」

「あたしの口から出るのは、毒だけだわ」ジェーンはいった。「ロザリーったら、ポテトをちゃんとつぶしてないんだから」

しかし、パラダインは別のことに興味をひかれていた。

「じゃ、食べものの中からなんでもとれるというわけだね？　捨てるものもなく——少し食べるだけで」

スコットは考えていた。「そうだと思う。でも、よ……つばだけじゃないや。ひと口にどれだけ口に入れるかとか、どれをどれだけまぜるかとか、計るみたいなことするんだよ。でも、知らない。自然になっちゃうんだもの」

「フンフン」あとで調べるためノートをとりながら、パラダインはいった。「ちょっと革命的な考えかただ」子どもはおかしなことを考えるものだが、これは本道からそう離れていないかもしれない。彼は唇をすぼめた。「長いあいだには、人の食事も変わるだろう——食べかたにしても、ものにしても。つまり、食べものにしても。ジェーン、うちの息子は天才になる徴候があるな」

「え？」

「この子が今いったことは、確かに栄養学として筋がとおっている。スコット、おまえ一人で考えたのかい？」

「そうだよ」子どもはそう答えたが、自分でも信じているようだった。

「どこから考えついた？」

「うん、ぼく――」スコットはもじもじした。「わかんない。そんなこともういいよ」

パラダインはひどく失望した。「だけど、どこかに――」

「ふ、ふ、ふ、ふくしゅん！」エマが突然むせて、くしゃみをした。「くしゅん！」抑えようとしたが、よだれかけをびしょびしょにする結果となった。

あきらめきったようすで、ジェーンが助けにむかい、エマをしかった。パラダインは、当惑と興味のまじりあった視線を息子にむけた。しかし、それ以上のことがおこったのは、夕食がすんで、家族が居間に集まっているときだった。

「宿題は？」

「な――ないよ」うしろめたそうに顔を赤らめながらスコットはいった。彼は当惑を隠すために箱の中で見つけた道具をひとつとりだすと、それを開きはじめた。それはビーズを通したテサラクト（四次元的正多面体）を思わせた。パラダインははじめ気づかなかったが、エマがそれを見つけて遊びたがった。

「やだよ。手をはなせよ。のろま」スコットは命令した。

「見てりゃいいだろ」彼はビーズをもてあそびながら、低い、楽しそうなつぶやきをもらした。エマはぽちゃぽちゃした人さし指をのばしたが、その瞬間悲鳴をあげた。

「スコッティ」パラダインはしかった。

「なんにもしてないよ」

「嚙んだわ。それ、嚙みつく」エマは泣き声でいった。

パラダインは眼をあげると、眉を寄せて、それを見つめた。いったい――

「それ、算盤《そろばん》かい？　見せてごらん」

気のすすまぬようすで、スコットは道具を父親の椅子のところまで持ってきた。パラダインは眼をぱちくりさせた。〈算盤〉は開くとたてよこ三十センチ以上もあり、細い硬い金属線が縦横に走り、あちこちに結び目があった。色ビーズは、その金属線に通っているのだった。それらは前後に動かすことができ、角があってもひとつの支えからつぎの支えに移すことができた。しかし――ビーズなら、金属線の結び目を通れないはず――では、ビーズに線が通してあるのではないのだ。パラダインは眼をこらした。小さな玉のそれぞれに深く溝が掘られていて、線に沿って滑り、回転するようになっている。パラダインは、そのひとつを取りはずそうとした。それは磁石のようにくっついたまま、離れなかった。鉄だろうか？　それよりも、プラスチックに似ている。

骨組みは――パラダインは数学者ではなかった。しかし、線がつくる角度は、漠然《ばくぜん》とではあるがショッキングだった。ユークリッド的論理が、まったくないのだ。それは迷宮だった。たぶん、それがこの道具のねらいなのだろう――パズルだ。

「どこにあった？」

「もらったんだよ、ハリイ叔父さんに」スコットはその場の思いつきで答えた。「こないだの日曜、うちに来たときさ」ハリイがいま町にいないことを、スコットはよく知っている。七つともなると、子どもにも、おとなの気まぐれがあるきまったパターンにしたがっており、プレゼントの贈り主にお礼をするとかなんとかひと騒ぎなければおさまらないことがわかってくる。そのうえ、ハリイ叔父は数週間後でなければ帰ってこないのだ。それは、スコットにとって、想像を絶した遠い先のことであり、彼の嘘が最後にはバレたとしても、おもちゃを所有するというだけなら、それで充分な期間だった。

ビーズを操作しながら、パラダインは頭が少々混乱してきたのに気づいた。角度は、漠然とではあるがロジックからはずれていた。それは、まさにパズルだった。この赤いビーズを、この線に沿ってその結び目に動かせば、そこへ出るはずである——ところが、そうはいかないのだ。奇妙な迷宮ではあるが、教育的なことは確かだった。こんなものにかかわりあっている忍耐力はとてもない、とパラダインは頭からきめた。

しかし、スコットは隅っこのほうに引っこんで、ぶつぶつぶやきながら、ぎこちない手でビーズを動かしているのだった。スコットが違うものを選んだり、まちがった方向へ動かそうとすると、ビーズが指を刺した。やがて、彼は勝ち誇った叫びをあげた。

「できた、パパ!」

「え? なんだって? どれ」パラダインには、それは以前となんの変わりもない迷宮だった。しかし、スコットはそれを指さし、にっこりした。

「とうとう消えちゃった」

「まだ、あるじゃないか」

「青いビーズだよ。さっきあったけど、今ないよ」

パラダインは信じる気になれなかったので、鼻をならした。スコットはまたそれにとり組んだ。彼は実験してみた。こんどは、これっぽちも痛くなかった。この算盤は、正しい方法を教えてくれるのだ。さて、つぎは自分の思うとおりにやってみよう。金属線の奇怪な交差角度も、前に比べればなんとなくわかりやすくなったようだった。

こんな教育的なおもちゃはない――

昼間やった水晶と同じだ、とスコットは思った。思いだしたついでに、彼はそれをポケットからとりだした。算盤をエマに払いさげると、彼女は声も出ないほど喜んだ。彼女はたちまちビーズに取り憑《つ》かれ、こんどはショックにも泣き声すらあげなかった――もちろん、痛み自体も小さいことは小さいのだが。見ていたとおりにやったおかげで、ビーズを消すにはスコットと同じくらいの時間しかかからなかった。青いビーズがふたたび現われた――。しかし、スコットは気づかなかった。彼は、詰め物をしすぎたソファの隅で、立方体に夢中になっていたのである。

中には小さな人びと――水晶によって拡大された人形たち――がいて、動いていた。彼らは家を建てた。やがて、それに本物そっくりの火がついた。彼らは待機している。スコットは急いでささやいた。「消せ！」

だが、なにもおこらなかった。回転する腕がついた、あのおかしな消防車はどこへ行ったんだろう？　ほら来た。それは視野の外から滑るように現われ、停止した。スコットはけしかけた。

おもしろい。劇をやっているみたいだが、それよりはるかに本物に近い。小さな人びとは、頭の中でスコットが命令したとおりのことをした。もし間違ったら、彼らは彼が正しい道を見つけるまで待っているのだ。彼らはさらに新しい問題すら提出した――

立方体も、教育的という点では、前の算盤と変わらなかった。それは驚くべきスピードでスコットを教育し、――同時に、楽しませた。しかし、新しい知識はまだ与えられなかった。彼のほうに準備ができていなかったからである。もっとあと――もっとあとで――

エマは算盤に飽きて、スコットを捜しに出かけた。部屋の中にも、彼の姿は見えなかった。代わりに、彼女は戸棚の中身に興味をひかれた。そして、箱を見つけた。中には、すばらしい物があった――スコットも気がついたのだが、一笑して投げすててしまった人形である。歓声をあげながら、人形を持って下へおりると、フロアのまん中にすわりこんで、それを分解しはじめた。

「エマ！　それ、なあに？」

「クマさん！」

眼も耳もなく、ただふくらんで柔かいものが、クマであるはずはなかった。しかし、エマにとっては、すべての人形がクマさんなのである。

ジェーン・パラダインはためらった。「ほかの子から取ったんじゃないでしょうね？」

「ちがうよ。ぼくんだ」

スコットがポケットに立方体をつっこみながら、隠れがから現われた。「ええと──それもハリイおじさんがくれたんだよ」

「ハリイおじさんが、あなたにくれたの、エマ？」

「エマにやってくれって、ぼくにくれたのさ」スコットは急いで口をはさんで、嘘の上塗りをした。「こないだの日曜だよ」

「こわれるわよ」エマは母親の前に人形を差しだした。「ばらばらになるのよ。ほら」

「あら？　それ……ウッ！」ジェーンは息を呑んだ。パラダインが眼をあげた。

「どうしたんだい？」

ためらいがちに、彼女は人形をパラダインに見せると、意味ありげに彼を見て食堂へはいっていった。彼はあとに続いてドアをしめた。ジェーンは片づけたテーブルの上に人形を置いたところだった。

「感心するものじゃないでしょ、デニイ？」

「フーム」一見したところでは、それはあまり気持のいい代物ではなかった。医学校でなら解剖用人形も考えられないことはない。だが、子どものおもちゃに——

その人形は皮膚、筋肉、内臓などそれぞれの部分に分かれていた。しかし、パラダインの見たところでは、それは模型のわりに、実によくできていた。彼は興味をひかれた。

「わからないな。こういうものは、子どもとおとなで全然見かたがちがうんだから——」

「その肝臓、ご覧なさいよ。それ、肝臓でしょ？」

「うん。まあ、ぼくの……これはおかしいぞ」

「どうしたの？」

「解剖学的に、正確じゃないんだ」パラダインは椅子をひいた。「消化器官が短かすぎる。大腸はない。盲腸もない」

「こんなもの、エマに持たせていいかしら？」

「ぼくが預ってもいいよ。ハリイはどこでこんなもの見つけたんだろう？　危険はなさそうだな。おとなは、内臓を見ると不快に思うように条件づけられているんだ。子どもはそうじゃない。ジャガイモみたいに、中は固いものだと思っている。この人形で遊べば、エマは正しい生理学の知識を学べる」

「でも、これはなに？　神経？」

「ちがうよ。神経はこれだ。これは動脈、これは静脈さ。おかしな大動——」パラダインは当惑したようだった。「それは……網状組織のこと、ラテン語でなんといったっけ？

とにかく……ええと。リタ？　リタだったかな？」
「ラレスよ」ジェーンがいいかげんにいった。
「それは呼吸の一種だ」パラダインは断乎としていった。
「この光る網状組織がなんだかわからない。体じゅうへ、神経みたいに行きわたってい
る」
「血よ」
「ちがう。循環してもいなし、神経ともいえない――おかしい！　肺につながってるらし
いが――」
二人は奇妙な人形に首をかしげながら、夢中になって調べた。細部は驚くほど完全にで
きていたが、正常人と比べて生理学的なずれのあるところが奇妙だった。「待てよ、解剖
図を持ってくる」パラダインはそういって、こんどは解剖図と人形を見比べはじめた。な
おさらわからなくなっただけで、得た知識はほとんどなかった。
しかし、はめ絵パズルよりおもしろいことは確かだった。
そのころ、となりの部屋では、エマが算盤のビーズをまえにうしろにと動かしている最
中だった。今では、動きもそれほど不思議でなくなっていた。ビーズが消えるのも、あた
りまえのような気がした。とうとう、新しい動かしかたができそうな気がする――できそ
うな――

スコットもふうふういいながら、水晶の立方体をのぞきこみ、何回も何回も失敗を重ねて、先刻の火事で燃えてしまったものよりさらに複雑な家の建造を指図《さしず》していた。彼もまた学んでおり――条件づけられつつあった――

人間本位の見かたをすれば、パラダインのまちがいは、そのおもちゃを即座に捨ててしまわなかったことにあった。彼はその意味に気づかず、気づいたときには、状況はかなりのところまで進んでいた。ハリイ叔父も町にいなかったので、パラダインは彼に問いあわせることもできなかった。そして、中間試験。それは、血の出るような精神の集中と疲労による夜の熟睡を意味した。おまけに、ジェーンが一週間ほど体の具合を悪くしたため、エマとスコットのおもちゃ遊びにはなんの邪魔もはいらなかった。

「パパ」スコットはある晩、父親にきいた。「ウェイブって、なに？」

「波《ウェイヴ》？」

彼はためらった。「そう……じゃないよ。ウェイブだとおかしい？」

「ウァブは、スコットランドの方言で綱《ウェブ》の意味だが、それかい？」

「そうかなあ」スコットはそうつぶやき、顔をしかめながら算盤遊びをしに出ていった。今では、彼もそれを上手に使いこなせた。しかし、中断されるのを恐れる子どもの本能によるものか、二人は誰も見ていないときしか、おもちゃで遊ばなかった。もちろん、目立つほどではない――しかし、こみいった実験がおとなの目の前で行なわれたことはなかった。

スコットの覚えは早かった。彼がいま水晶の立方体の中に見ているものは、初期の単純な問題とはほとんど関係なくなっていたが、代わりにうっとりするほどの技術的なおもしろさがあるのだった。自分の教育が――機械的にでも――指導され、管理されていることに気がついたなら、彼はその場で興味を失っていただろう。しかし、事実はそうでなかったので、自発的意志は取り消されなかった。

算盤、立方体、人形――そして、子どもたちが箱の中に見つけたそのほかのおもちゃ――

パラダインもジェーンも、タイム・マシンの中身が子どもたちにどんな影響を与えたか、気がついていなかった。どうして、気づくことができたろう。子どもというものは、自衛の必要から、本能的に劇作家なのだ。おとなの世界の――彼らにとってはまだ不可解な――急務に、ついていくことはできない。そのうえ、生活は人間的変数によって複雑化している。ある人間からは、土遊びするのはよいが、花や小さな木を抜いてはいけないといわれるかと思えば、別の人間からは土遊びすら禁じられる。十戒は石に刻みつけられてはいない。それは人により異なり、子どもたちは、彼らを産み、食物と衣服を与えて専制をふるう人間の気まぐれに盲目的に依存するしかない。といって、この若き獣は、慈悲ぶかい専制に憤っているのでもない。なぜなら、それはなくてはならぬものだからだ。ただ、個人主義者である彼は、ささやかな受身の戦いを挑むことにより、自分の本来の姿を確保しようとしているのである。

おとなの眼から見るとき、子どもは変わる。ある動作を覚えると、子どもは舞台の上の俳優のように、人を楽しませよう、自分に注意をひきつけようとする。このような行動は、おとなにもないわけではない。だが、おとなの場合、それはたいして目立たないのだ——ほかのおとなの眼からは。

子どもにきめの細かい感情が欠けていることを納得するのはむずかしい。おとなとまったく違った考えかたをするという点で、彼らはおとなと大きく違っている。彼らのつくった嘘を、われわれはたやすく見抜く——しかし、彼らも同時にわれわれに対してそれができるのだ。おとなの嘘をひきはがす彼らの態度は、情け容赦もない。偶像破壊が、彼らの特権なのだから。

たとえば、気取り。そこには社交の儀礼が、ばかばかしくなる寸前まで誇張されている。女たらし——

「よく気がつくかた！　すてきなマナー！」未亡人やブロンドの娘たちは、たちまち魅了されてしまう。男たちはしゃくにさわって言うべき言葉もない。しかし、子どもは物事の本質に直行する。

「おじさん、ばかだよ！」

未成熟の人間に、社会関係の複雑さがどうしてわかろう？　しょせん、それは無理な話である。子どもにとって、儀礼の必要以上の誇張はばかなことにすぎない。子どもの生活パターンの機能構造の中では、それは俗悪なロココ式なのだ。自己中心的な小動物。けっして、ほかのものの視点から物を眺めようとしない――特に、おとなの視点からは。独立自足の、ほとんど完全な自然の一単位。ほしい物はほかから供給される。子どもは、血流の中にうかぶ単細胞生命にも似ている。運ばれてくる栄養、運ばれていく排泄物――

ロジックで物を見るとき、子どもはおそろしいほど完全であることがわかる。赤んぼうに近ければ近いほど、完全さは増す。しかし、あまりにもおとなとかけ離れているので、表面的な比較規準しかあてはめることはできない。幼児の思考過程は、おとなの想像を絶しているのである。しかし、赤んぼうにも思考はあるのだ――生まれるまえから。子宮の中で、彼らは動き、眠る。しかし、本能だけでそれを行なっているわけではない。おとなは、やっと生きているかいないかという胎児にも思考があるという考えに、特別の反応をするように条件づけられている。そして、驚き、ショックのあまり笑いだし、それに反撥する。人間らしくないものが、人間であるはずはない、と。

しかし、赤んぼうは人間ではない。胎児にいたっては、なおさらである。

エマがスコット以上にそのおもちゃから学んだのも、おそらくそのためだろう。スコットはもちろん自分の思想を人に伝えることができた。エマは、謎めいたかたことでしか、それができなかった。たとえば、あのなぐり描きのことである――

幼児に紙と鉛筆を持たせる。すると、子どもはおとなとは違った見かたでなにかの絵を描く。そのとてつもないなぐり描きは消防車と似ても似つかない。しかし赤んぼうにとって、それは消防車なのだ。もしかしたら、三次元的でさえあるかもしれない。赤んぼうは考えかたも見かたも、おとなと違うからである。

そんなことを考えたパラダインは、ある晩、新聞を読みながら、スコットとエマが意思疎通をしている模様を観察した。スコットが妹に質問していた。英語もまじってはいたが、ほとんど手真似と無意味なたわ言が代用していた。エマは答えようとしたが、二人のあいだの隔りが大きすぎた。

やがて、スコットは紙と鉛筆を持ち出した。エマもそちらを喜んだ。彼女は楽しそうに、たどたどしいメッセージを描いた。スコットは紙を手にとって眺め、眉をよせた。

「ちがうよ、エマ」

エマは元気よく、うなずいた。彼女はふたたび鉛筆をとると、もっとなぐり描きをした。スコットはしばらく考えこんでいるようすだったが、最後にためらいがちな微笑をすると立ちあがった。彼は廊下へ出ていった。エマは、算盤にもどった。

パラダインの頭に、エマがいつのまにか文字を書くことを覚えたのかもしれないというばかばかしい考えがうかんだ。彼は立ちあがると、紙に目をやった。だが、あては見事にはずれた。紙に描かれているのは、子どものいる家ではどこもおなじみの、意味のないなぐり描きだった。パラダインは、唇をすぼめた。

躁鬱病のゴキブリの脳波曲線かもしれない。いや、そうでもなさそうだ。しかし、エマにはそれがなにかを意味することは疑いない。クマさんの絵かな？

嬉しそうな顔をして、スコットが戻ってきた。彼はエマの眼を見て、うなずいた。パラダインは好奇心が頭をもたげるのを感じた。

「秘密かね？」

「ううん？　エマが……ええと……してほしいことがあるといったから、やってあげたんだよ」

「そうか」誰も知らない言葉を話し、言語学者を当惑させたという二人の赤んぼうの事件を思いだして、パラダインは、子どもたちがあの紙に飽きたら、それをとっておこうと心にきめた。翌日、彼はその紙を大学のエルキンズに見せた。エルキンズは、人の知らないような言語についての実地の豊富な知識を持っているのである。しかし、エマの文学的な試みにはくすくすと笑いだした。

「翻訳してみようか、デニス。いいかい？　あたしにも、こんなものわからない。でも、パパが見たらきっとびっくりすると思うわ。終わり」

二人は大笑いして授業に出かけた。しかし、パラダインはあとになって、その事件を思い出さざるを得なくなった。特に、ホロウェイに会ったあとに。しかし、それまでには数カ月が過ぎ、事態は終局にさらに近づいていたのである。

パラダインとジェーンは、おもちゃにあまり関心を示しすぎたのかもしれない。エマとスコットはそれらを隠してしまって、人が見ていないところでなければ遊ぼうとしなかった。公然とそうしたわけではないが、控え目な注意をはらっていることは確かだった。ジェーンが特にそれを気にした。

ある晩、彼女はそれをパラダインに話した。「ハリイがエマにやったあの人形だけど」

「どうかしたかい？」

「きょう下町へ行ったとき、どこで買ったのか調べてみたの。それが、見つからないの」

「ニューヨークで買ったんじゃないか」

ジェーンは納得がいかないようだった。「ほかのものについてもきいてみたのよ。ストックを見せてくれたわ――ジョンスンっていえば、大きな店よ。知ってるでしょ？　でも、エマの算盤に似たものはどこにもないの」

「フーン」パラダインはたいして興味を惹かれたようすもなかった。その晩は、ショウの切符が買ってあり、そろそろその時刻だったので、問題はさしあたり深く追及されなかった。

その後、隣りの家からの電話で、それは再燃した。

「スコッティって、今まであんなじゃなかったのよ、デニイ。バーンズさんの奥さんから電話で、うちの子がフランシスをこわがらせたんですって」

「フランシス？　あのアホの、でぶのいたずら坊主かい？　親父そっくりだ。大学二年のとき、あのバーンズの鼻をへしおってやったことがあったな」

「自慢しないで、きさなさいよ」ハイボールをミックスしながら、ジェーンはいった。「スコットが、フランシスになにかこわいものを見せたらしいの。ねえ、あの子を——」

「そうだな」パラダインは耳をすました。隣りの部屋の物音で、息子のいることがわかる。

「スコッティ！」

「バーン」と声。スコットがにこにこしながら、現われた。「みんな殺しちゃった。宇宙海賊だよ。なあに、パパ？」

「おいで。二、三分、宇宙海賊を埋めるのを遅らせてもいいな。フランシス・バーンズになにをしたんだ？」

スコットの青い眼は驚くほど正直だった。「うん？」

「よおく考えろ。覚えてるはずだ」

「ええと。ああ、あのことか。全然なんにもしてないよ」

「全然は、いらないの」気の抜けたように、ジェーンは訂正した。

「なんにもしてないよ。ほんとだってば。ぼくのテレビジョン見せたら……こわがったんだよ」

「テレビジョン？」

スコットは水晶の立方体をとりだした。「テレビジョンとちょっとちがうけど。ほら」

パラダインは、倍率の大きさに驚きながら、その得体の知れないものを眺めた。しかし、見えるのは意味のない極彩色の模様だけだった。

「ハリイおじさんが――」

パラダインは電話に手をのばした。スコットは息を呑んだ。

「もう……ハリイおじさん、帰ってるの？」

「うん」

「ぼく、お風呂にはいる」スコットはドアにむかった。パラダインはジェーンと顔を見合せて、意味ありげにうなずいた。

ハリイは帰宅していたが、そんなおもちゃをやったことはないと主張した。パラダインはこわい顔をして、スコットにおもちゃを全部部屋から持ってくるように命じた。やがて子どもたちはテーブルの上に一列に、立方体、算盤、人形、ヘルメットのような帽子、そのほかいくつかの不可解なおもちゃを並べた。スコットへの訊問がはじまった。はじめのうちは雄々しく嘘をついていた彼も、とうとうこらえきれなくなって、しゃくりあげながら自白をはじめた。

「箱にみんなしまいなさい」パラダインは命じた。「そして、ベッドにはいるんだ」

「罰は……ヒック……なに、パパ？」

「そうだ。サボって、嘘をついたんだからな。きめただろう？　これから二週間は、ショウへ連れていかない。そのあいだ、ソーダ水も飲んではいけない」

スコットは涙をすすった。「おもちゃはしまっちゃう？」

「それはまだわからない」

「じゃ……おやすみ、パパ。おやすみ、ママ」

小さな姿が二階に消えると、パラダインはテーブルのそばに椅子を引きよせて、箱をていねいに調べた。そして、融けた機械を考え深げにつついた。ジェーンはそれを見ていた。

「なに、それ、デニイ？」

「わからん。誰が川のそばなんかにおもちゃ箱を置いたんだろう？」

「車から落ちたのかもしれないわ」

「あそこはちがう。道路が川にぶつかるのは、鉄橋のむこうだ。あのあたりは野原だ——なにもない」パラダインはタバコに火をつけた。「飲むかい？」

「あたしがつくるわ」ジェーンは当惑を眼に表わしながら、カクテルを作った、やがて、パラダインの前にグラスをさしだすと、隣りに立って、指で夫の髪をほぐした。「おかしいことでもあるの？」

「いや、そんなことはない。ただ――どこから来たんだろうと思ってね」

「ジョンスンの店でも知らないそうよ。ニューヨークから仕入れてるらしいけど」

「ぼくも調べてみたんだ」パラダインも白状した。「あの人形が」――と指さして――「気になってね。注文品だろうと思うが、誰が作ったのか知りたいよ」

「心理学者じゃない？　あの算盤――あいったもので、患者をテストするんでしょ？」

パラダインは指をはじいた。「そうだ！　うまいぞ！　来週、大学でホロウェイという男が講演するんだ。それが、児童心理学者なのさ。なかなか有名な大物だよ。なにか知ってるかもしれん」

「ホロウェイ？　聞いたこと――」

「レックス・ホロウェイだよ。彼は……フムフム！　ここからそれほど遠くないところに住んでる。彼が作ったとは思わないかい？」

ジェーンは算盤を調べていたが、やがて顔をしかめて退いた。「もしそうだったら、会うのもいや。でも。行ってみたら、デニイ？」

パラダインはうなずいた。「行ってみよう」

そして眉を寄せながら、ハイボールを飲みほした。漠然とした不安を感じたのである。

しかし、怯えるところまではいっていなかった――まだ。

レックス・ホロウェイは、太った、肌のつやつやした、禿頭の男だった。ぶあつい眼鏡をかけていて、そのうえに毛虫のように太い、濃い眉が一文字にのっていた。パラダインは、一週間後、彼を夕食に招待した。ホロウェイはことさら子どもたちを観察しているようすもなかったが、彼らの言うこと、することは、すべて頭に刻みこんでいるのだった。すばしこそうに光る彼の灰色の眼は、なにひとつ見逃がしていなかった。

彼はおもちゃに魅せられた。三人のおとなは居間のテーブルのまわりに集って、そのうえに置かれたおもちゃに見入った。ジェーンとパラダインが説明するあいだ、ホロウェイはそれらを注意ぶかく調べた。やがて、彼は沈黙を破った。

「今夜、ここへ来てよかった。しかし、喜んでるわけじゃないです。困ったことですからな」

「え？」パラダインは見つめた。ジェーンの顔には驚きが現われていた。ホロウェイのつぎの言葉も、二人を安心させはしなかった。

「われわれが、いま問題にしているのは狂気です」

彼を見つめる呆然とした眼にむかって、彼は微笑した。

「おとなの眼から見れば、子どもはみんな常軌を逸しています。ヒューズの『ジャマイカの烈風』を読んだことがありますか？」

「持っています」パラダインは本棚から小さな本をとりだした。ホロウェイは手をのばしてそれをとると、ページを繰って探している個所を見つけた。彼は朗読しはじめた――

「〝赤んぼうはいうまでもなく、人間ではない――彼らは動物であり、非常に古い、分岐した文化を持っていることでは、猫や魚、さらにいえば、蛇などと変わらない。彼らの文化は、いまあげたそれらのものと種類も同じである。しかし、それよりはるかに複雑で、生きいきとしている。なぜなら赤んぼうは、下等な脊椎動物のうちではもっとも発達したものだからである。要するに、赤んぼうの心は、人間の術語や概念では翻訳することのできない術語や概念でもって活動しているのだ〟」

ジェーンはそれを平静に受けとめようとしたが、けっきょくできなかった。「まさか、エマが――」

「娘さんと同じように考えることができますか？」ホロウェイがきいた。「いいですか、〝人間に蜜蜂の考えかたができないと同様、赤んぼうの考えかたもできない〟のです」

パラダインはカクテルを作りながら、肩越しにいった。

「もう相当に理論はできているんでしょう？　どうも、あなたのいうところからすると、赤んぼうには自分たちの文化というものがあって、知能程度も高いということになりそうですが」

「必ずしもそうではないのです。規準となるものがないんだから。わたしはただ、赤んぼうがわれわれとちがった考えかたをするといってるだけですよ。必ずしも優れているわけではありません——優れているというのは、相対的な価値の問題ですし。しかし、範囲をちがったふうにとれば——」彼は顔をしかめながら、言葉を探していた。

「幻想ですよ」パラダインはぶっきらぼうにいったが、エマのことが心配になりだしていた。「赤んぼうだって、感じることはわれわれと同じだ」

「誰がそんなことをいいました？」ホロウェイがきいた。「わたしは、彼らがちがったふうに心を使うといってるだけです。だが、それだけでもう充分です」

「理解しようと努力しているんですけど」ジェーンがゆっくりといった。「頭にうかぶのは、うちのミックスマスターだけですわ。ねり粉とジャガイモをかきまぜられると思うと、オレンジもしぼれる……」

「そんなものです。脳はコロイド状の非常に複雑化した機械です。その潜在的な力については、われわれはほとんど知りません。どれだけの包容力があるかも知っていません。しかし、人間が成長するにしたがって、条件づけられることはわかっています。それは、ごく一般的な法則に従うようになり、それ以後の考えかたは今までに認められたパターンだけに固定されてしまうのです。これをご覧なさい」ホロウェイは算盤に触れた。「これで実験したことはありますか？」

「少し」とパラダインはいった。

「だが、長いあいだではない。そうでしょう?」

「まあ――」

「どうしてです?」

「意味ないからですよ」パラダインはつっかかった。「パズルでも、ロジックというものはある。ところが、この異様な角度ときたら――」

「あなたの心は、ユークリッドに条件づけられているんですよ。だから、これ――この得体の知れぬもの――が退屈で、意味ないように見えるんです。しかし、子どもはユークリッドを知りません。われわれのとは違った幾何学でも、非論理的に見えないのです。そして、見たものを信じます」

「では、この機械が四次元的なひろがりを持っているとでも――」パラダインはきいた。

「見た目はちがいますよ」ホロウェイは否定した。「われわれの心は、ユークリッドに条件づけられているので、これが非論理的な線のからまりにしか見えないといってるんです。しかし、子どもには――特に、赤んぼうには――それ以上のものが見えるかもしれません。はじめからじゃないですが。もちろん、パズルですからね。先入観に邪魔されないのは、子どもだけです」

「思考の動脈硬化というわけですね」ジェーンが不意に言葉をはさんだ。

パラダインはまだ納得していなかった。「では、赤んぼうのほうがアインシュタインより高等数学は得意というわけですか？　いや、冗談でいったんです。あなたのいわんとすることはわかりますよ、ある程度は。ただ――」

「じゃ、いいですか。ここに二つの幾何学があるとしましょう――たとえばの話で、二つにしただけですがね。ひとつは、われわれのほう、ユークリッド幾何学。もうひとつを、Xと仮りに名付けましょう。Xとユークリッドのあいだにはたいしたつながりはありません。違った定理に基いているからです。そこでは二プラス二は四にならなくてもかまいません。イコールかもしれないし、イコールにならないかもしれない。赤んぼうの心は、疑問の余地はありますが、遺伝とか環境の因子を除けば条件づけはまだ行なわれていません。その子どもに、まずユークリッドを――」

「かわいそうな子」ジェーンがいった。

ホロウェイは彼女にちらっと眼を走らせた。「ユークリッドの基礎です。アルファベット積木のような。数学とか、幾何、代数――そういうのはもっとあとです。われわれは、その方向への思考の発達に慣れきっています。しかし、赤んぼうをXロジックの基礎からはじめたとしたら」

「積木はどんなものになるんです？」

ホロウェイは算盤に眼をやった。「われわれにはさして意味のないものでしょう。ユークリッドに条件づけられてしまっているんだから」パラダインは、ウィスキーを生《き》のまま注いだ。「ひどいもんですね。数学になんの制約もないなんて」

「そうですよ！　制約なんかないですよ。つけられるものですか。Xロジックに条件づけられているんだから」

「答えが出たわ」ほっとしたように、ジェーンがいった。

「いないのよ。あなたの思ってらっしゃるようなおもちゃを作る人なんか」ホロウェイはうなずいた。厚いレンズの光で、彼の眼がまたたいた。「そういう人びとがいるかもしれませんよ」

「どこに？」

「隠れていたのかもしれない」

「スーパーマンね」

「さあ、どうだか。パラダイン、ほら、ここでまた物さしの問題が起きた。われわれの標準からいえば、その人びとはある点で超人でしょうな、別の点で、白痴に見えるかもしれない。量的な違いじゃなくて、質的なものですよ。彼らとは、考えかたがちがうんです。むこうにできないことができる確信はありますね」

「やりたくないのかもしれませんわ」

パラダインは箱にくっついた融けた機械を叩いた。「これはなんだろう？　見たところ――」

「目的はありそうですな、確かに」

「輸送手段かな？」

「まずはじめは、それを考える。もし、そうなら箱はどっかからきたんだ」

「そこでは――すべてが――ちがっているんですか？」パラダインはゆっくりときいた。

「そうですよ。遠くの空間からか、それとも時間からか。わかりません。わたしは、心理学者ですからな、それに、不幸にもユークリッドに条件づけられている」

「おかしなところでしょうね」ジェーンがいった。「デニィ、そのおもちゃしまってくださらない？」

「そうしようと思ってたところだよ」

ホロウェイは水晶の立方体をひろいあげた。「子どもたちにはいろいろききましたか？」

パラダインはいった。「ええ、はじめに見たときは人がいたって、スコットはいってましたよ。いま、なにがあるんだってきいてみました」

「なんていいました？」心理学者の眼が大きくなった。

「場所を作っているんだと答えました。そういうふうに。誰が作っているんだ？　人か―

——ときましたが、説明できないようすでした」

「そうでしょう」ホロウェイはつぶやいた。「順を追ってつぎの段階へ進んでいくにちがいないです。子どもたちは、おもちゃをどれくらいの期間持ってました？」

「三カ月というところでしょう」

「充分な時間です。完全なおもちゃは、教育的であると同時に、機械的なものです。子どもに興味を持たせ、知らず知らずのうちに教えます。はじめは簡単な問題。それからすこしずつ——」

「Xロジック」血の気の失せた顔で、ジェーンはいった。

パラダインは心の中で舌打ちすると、いった。「エマもスコットも完全に正常さ！」

「二人の心がどんなふうにはたらくかわかりますか——今なら？」

ホロウェイはそれ以上追及はしなかった。彼は人形を指でもてあそんでいた。「これの元あったところの状態がわかったらすばらしいでしょうな。類推もたいして役にたたない。欠けている因子があまりにも多すぎます。X因子に基づく世界——Xパターンで思考する心によって調整された環境。そんなものを想像することはできません。人形の中にあるこの光る網状組織ですがね。どんな可能性だってありますよ、これは。われわれがまだ見つけていないだけなのかもしれない。それがうきでるような色素でも見つかったら——」彼は肩をすくめた。「これはなんだと思います？」

それは真紅の球だった。直径は五センチ。表面に把手がつきだしている。

「誰に見せたらわかるだろう?」

「スコットは?　エマは?」

「三週間前まで、こんなのはわたしも見なかったんだ。エマが最初に遊びはじめた」パラダインは唇を嚙んだ。「そのあとで、スコットが手を出した」

「これでなにをするというの?」

「真正面に持って、前後に動かすんだよ。動きはきまっていない」

「ユークリッド的でないだけでしょう」ホロウェイが訂正した。「子どもたちにも、はじめはおもちゃの目的がわからなかったんです。そこまで、教育ができていなかった」

「こわいわ」

「子どもたちはそんなことは思いません。エマのほうが、スコットより早くXを理解したのかもしれません。まだ、この環境に条件づけられていないから」

パラダインはいった。「しかし、わたしは子どものころのことをたくさん覚えてますよ。赤んぼうのときのことも」

「で?」

「わたしは――まともじゃなかったんですか――そのとき?」

「あなたが覚えていないのは、なにを狂気と判断したかの基準です」ホロウェイは反駁した。「しかし、おことわりしときますが、わたしは、一般に知られている人間の正常さからどれほど離れているかを示すための都合のいい象徴として、〝狂気〟という言葉を使っているんです。正気をはかる独断的な基準ですよ」

ジェーンはグラスを置いた。「ホロウェイさん、あなた、さっき類推はむずかしいとおっしゃったでしょう。でも、ほんの少しのことから、たくさん導きだしていらっしゃるように見えますわ。やはり、このおもちゃ——」

「わたしは心理学者です。子どもが専門です。しろうとじゃありません。おもちゃが意味するところはたくさんあります。なぜかというと、それがほとんど意味を持っていないからですよ」

「それがまちがっていたら——」

「そう願いたいですね。お子さんたちを診察したいんですが？」

ジェーンは身をこわばらせた。「どうやって？」

心理学者が肉づきのいい手で肩を叩いた。「おくさん！　わたしはフランケンシュタインじゃありませんよ。わたしにとっては、個々人がもっとも大切な因子です——そうじゃないですか。扱うのが、心なんだから。もし、お子さんたちがどこか悪いんだったら、わたしは治療したいと思いますね」

パラダインはタバコを置くと、ゆっくりとした動作で、感じられないくらいの隙間風にゆれながらのぼっていく紫色の煙に眼をやった。「予後は、知らせていただけますか？」

「できるだけは。わたしとしては、それだけしかいえません。お子さんたちの未発達の心がXチャネルに向けられているのなら、それから戻すことが必要です。それが最善の方法だとは、いっていませんよ。だが、われわれからすれば、それがいい。とにかく、エマもスコットもこの世界に住むんだから」

「そう、そうですね。ただ、別に悪くなっているとは思いませんが。今も普通の子どもです。完全に正常だし」

「表面的には、そう見えるかもしれませんね。異常にふるまう必要もないから。ですが、考えかたが――違っていないと、どうしてわかります？」

「呼びましょう」パラダインはいった。

「なにげなく、お願いします。警戒させるとまずいですから」

ジェーンがおもちゃを見てうなずいた。ホロウェイがいった。

「それはそこへおいてよろしいんですね？」

しかし心理学者は、エマとスコットがやってきてからも、直接質問にはいろうとはしなかった。彼はごく控え目にスコットを会話に巻きこむと、その中にときどき鍵となる言葉をはさんでいった。単語連想テストのように見た目に明らかなものであってはいけない――この場合は、協力が必要なのだ。

もっとも興味ある進展は、ホロウェイが算盤を手にしたときにおこった。「これどう動くんだか教えてくれない？」

スコットはためらっていた。「うん。こうやって――」彼は迷宮の中のひとつのビーズを器用に動かしていった。道は複雑で、手の動きも速すぎたため、最後にそれが消えたのかさえわからなかった。手品にすぎないのかもしれない。そして、もう一度――

ホロウェイがやってみた。スコットは鼻にしわを寄せながら、それを眺めていた。

「これでいいの？」

「ううん。こっちだよ！」

「こっち？　どうして？」

「そうしなきゃ動かないもの」

しかし、ホロウェイはユークリッドに条件づけられていた。この線からその線へ、どうしてビーズが行かなければならないのか理由がわからないのだ。それは、でたらめの因子のように見えた。と同時に、ホロウェイは、今ビーズの通っている道が、さっきスコットのやったときと違っているのに気づいた。少なくとも、彼の見るかぎりそうだった。

「もう一度、やってみてくれないか？」

スコットはいわれたとおりにし、さらに二回アンコールにこたえた。ホロウェイは眼鏡の奥で、眼をしばたたかせた。たしかに、でたらめである。しかも、可変なのだ。スコットが動かすビーズは、やるたびに違った道をたどった。おとなたちの眼には、なぜかビーズの消えるのが見えなかった。消えるつもりで見ていたら、彼らの反応も違っていたかもしれない。

けっきょく、なにもわからずじまいだった。いとまを告げるホロウェイの顔には、不安の色が濃かった。

「また寄っていいですか？」

「こちらからお願いしたいくらいですわ」ジェーンがいった。「いつでもいらしてください。先生は、まだうちの子が――」

彼はうなずいた。「お子さんたちの心は正常な反応を示していません。鈍いのではなくて、われわれにはわからない結論にたどりついたのではないかという印象を強く受けます。まるで、幾何を使うべきところに、代数を使ってるみたいに。結果は同じです。しかしそれにたどりつく方法が違うのです」

「おもちゃはどうします？」パラダインが不意にきいた。

「持たせないようにしてください。できたら、お借りしたいんですが――」

その夜、パラダインはひどく寝つきが悪かった。ホロウェイの比較が、当を得ていなかったのである。それは、胸の悪くなるような考えに導いた。X因子――おとなが幾何を使うところを、子どもたちは代数を使っている。

それもいい。ただ——

代数には、幾何で出ないような解答の出ることがあるのだ。幾何学では、どうしても記号や術語が制限される。もしXロジックが、おとなの心では把握できない結論を導きだしたとしたら？

「ちくしょう！」パラダインはつぶやいた。隣りで、ジェーンがもぞもぞと動いた。

「デニィ、あなたも眠れないの？」

「うん」彼は起きあがると、隣りの部屋へ行った。エマは、クマさんに太った手を巻きつけて、天使のように安らかに眠っていた。開いたドアのむこうに見える枕には、身じろぎもしないスコットの黒い顔が見えた。

ジェーンがそばにやってきた。彼は妻の体に腕をまわした。

「かわいそうな子どもたち」彼女はつぶやいた。「ホロウェイからは〝頭がおかしい〟なんていわれて。おかしいのは、あたしたちじゃないかと思うわ、デニス」

「かもしれない。こわくなってきた」

スコットがもぞもぞと動いた。眼をさましたふうもなく、彼はわけのわからない言葉で質問らしいものを発した。エマが、音程の鋭く変わる、すすり泣くような叫び声をもらした。

彼女は目をさまさなかった。そのまま、子どもたちは静かになった。

しかしパラダインは、みぞおちのあたりがむかつくのを感じながら、あれはスコットが発した質問にエマが答えたのかもしれないと思った。

彼らの心は——眠りすら——普通とちがうほど変わってしまったのだろうか？

彼はそんな考えを払いのけた。「風邪をひく。ベッドへ戻ろう。なにか飲むかい？」

「ほしいわ」エマを見ながら、ジェーンはいった。その手が無意識に子どもにむかって伸びたが、彼女は自分でそれを抑えた。「行きましょう。子どもたちが目をさますわ」

二人はいっしょにブランディを少し飲んだが、言葉は出なかった。しばらくして、ジェーンは眠りながら泣いた。

スコットは眠っていた。しかし、彼の心はゆっくりと注意ぶかく論理をたどっているのだった。こんなふうに——

「おもちゃを持ってかれちゃう。あの太った人……リスタバあぶないかもしれない。でも、ゴール方向がよく出ないから……エバンクラス・ダンしてない。イントラスデクション……明るくて、光ってる。エマ。あいつ、すごくコー・プランク高くなっているから……ぼく、まだわからないな……サバラー・リクサリイ・ディスト——」

スコットの思考は、まだ少しは理解することができた。しかし、エマははるかに急速にXに条件づけられていた。

彼女のほうも考えていた。

それは、おとなや子どもの考えとは、ほど遠かった。人間的ともいえなかった。もっとも、ヒト属からかけ離れているだけで、それも人間には違いなかったのだが。

ときには、スコットでも彼女の思考についていけないことがあった。

もしホロウェイが現われなかったら、彼らの生活は正常に近いものに落ちついていたかもしれない。もはやおもちゃは、積極的にXを思い出させる効力を失っていた。エマは、クマさんと砂遊びにいまでも夢中だったし、スコットはベースボールと化学セットで満足していた。彼らは子どもたちがすることならなんでもやり、異常さは、たとえあったにしても、表面に出ることはなかった。しかし、ホロウェイは小さなことで大騒ぎする男だった。

彼はおもちゃをテストさせた。結果はさんたんたるものだった。彼は無数の図表を書き、数学者、技師、ほかの心理学者たちと文通し、黙々と機械の構造になんらかの意味を見つけようと努力した。箱そのものは、それについていた機械を含めて、なにも語らなかった。その大部分が融けて、形もわからなくなっていたからである。しかし、おもちゃは——

研究の障害となったのは、そのでたらめな性質だった。それさえ、意味論の対象になった。ホロウェイは、そのでたらめさが見かけだけであると信じていたのである。要するに、知っている因子が少ないというだけなのだ。そのいい例としては、算盤を操作できたおとたった。子どもにそれを与えなかった。ホロウェイは万全を期して、子どもにそれを与えなかった。

水晶の立方体も、同様に意味ありげだった。なかには、とんでもない色の組み合わせが見え、ときにはそれが動いた。その点では、それは万華鏡に似ていた。しかし、バランスを崩したり、重力のかかる方向を変えても、それはなんの影響も受けなかった。これもでたらめな因子。

というより、未知の因子――Xパターンというべきだろう。やがて、パラダインとジェーンは満足感のようなものを持てるところまでたどりついた。子どもたちをおかしくしていた原因が取り除かれ、やっと治療が済んだという気持である。エマとスコットの行動には、二人の心配を消すようななにかがあった。

子どもたちは水泳、ハイキング、映画、ゲーム、普通のおもちゃなど、この時代の遊びを楽しんでいた。彼らが、計算を少々必要とする機械装置をマスターするところまで行かなったのも事実である。たとえばパラダインがとりあげてしまった三次元的な組み合わせ球。しかし、それはスコットにもむずかしかった。

時には、ちょっとした間違いもあった。ある土曜日の昼下り、父親とハイキングに出かけたスコットは、山の頂上で腰をおろした。眼下に、美しい谷がひろがっていた。

「きれいじゃないか」パラダインがいった。

スコットは真剣な顔つきで景色を見ていたが、やがていった。「おかしいよ」

「え?」

「わかんないけど」

「どこがおかしいんだ?」

「うん――」スコットは困ったように沈黙した。「わかんないや」

子どもたちはおもちゃを恋しがったが、それも長いあいだではなかった。最初に立ちなおったのは、エマだった。スコットはまだふさぎこんでいた。彼は妹とわけのわからない会話を続け、彼が渡した紙に妹が描く意味のないなぐり描きを研究した。それはまるで、自分の理解を超えた難解な問題を彼女にきいているかのようだった。

エマが理解力で長じているとすれば、スコットは本当の意味での知性と指先の器用さで長じていた。彼は組立セットを使って機械をこしらえたが、結果は不満足なものだった。それは、パラダインが安心したのは、不満足の原因が見た目にも明らかだったからである。それは、立方体の船をなんとなく思わせる、いかにも普通の子どもが作りそうな代物だった。

スコットを喜ばせるには、それはあたりまえでありすぎた。そこで彼は、エマにさらに質問をした。むろん、誰も聞いていないところでである。彼女はしばらく考えているようすだったが、やがてぎこちなく握った鉛筆でなぐり描きをつけたした。

「あなた、これが読めるの?」ある朝、ジェーンが息子にきいた。

「読むのと違うよ。見ると、エマが考えることがわかるんだ。いつもじゃないけど、たいていね」

「字なの、それ?」

「ち——ちがう。見たってわからないよ」

「シンボリズムさ」パラダインがコーヒーを飲みながらいった。

ジェーンは目を丸くして、彼に向いた。「デニィ——」

彼は片眼をつぶると首をふった。しばらくたって、二人だけになると、彼はいった。

「ホロウェイのいうことなんかで驚くなよ。子どもたちが知らない言葉で話してるとは、ぼくもいってないぜ。エマがむちゃくちゃを描いて、それを花だといったら、それでひとつのルールができるんだ——スコットはそれを覚えてるのさ。そのつぎのとき、エマが同じようなむちゃくちゃを描いたら、あるいは描こうとしたら——そういうもんだよ!」

「そうね」ジェーンは信じられないとでもいうようにいった。「このごろ、スコットがたくさん本を読んでるのに気がついた?」

「ああ。でも、変な本じゃない。カントとかスピノザとかいうような」

「乱読をはじめたのね」

「あのころは、ぼくもそうだったな」とパラダインはいうと、朝の講義に出かけた。彼はホロウェイといっしょに昼食をとった。これはもう、毎日の習慣だった。彼は、エマの文学的労作について話した。

「シンボリズムについて、ぼくのこの考えかたはいいのかい、レックス？」

心理学者はうなずいた。「そのとおりだ。われわれの言語は今では独断的なシンボリズムにすぎんよ。少なくとも、応用の面では。いいかい」彼はナプキンの上に非常に細い楕円を描いた。「これはなんだ？」

「これはなにを表わしてるか、ということか」

「そう。なにに見える？　あらっぽい描きかたかもしれんが——なんだ？」

「たくさんあるな。眼鏡の縁《ふち》。玉子。焼フランスパン。葉巻」

ホロウェイは楕円の一端に小さな三角形を書き加えた。彼はパラダインを見あげた。

「さかなだ」パラダインがすぐにいった。

「われわれの知っているさかなのシンボルだ。ひれも眼も口もないが、それだとわかる。なぜかというと、われわれはこの形を心の中にあるさかなの像と同一化するように条件づけられているからだよ。判じ絵遊びの根本だな。われわれにとって象徴は、紙の上に描かれてあるものよりはるかにたくさんのことを意味する。この絵を見たとき、なにを考えた？」

「そりゃ——さかなさ」

「もっと続けてみたまえ。なにが見える？——みんな見えるだろう！」

「うろこ」空《くう》を見つめながら、パラダインはゆっくりといった。「水、泡。さかなの眼。ひれ。色」

「というわけで、このシンボルは抽象的なさかなというよりはるかにたくさんのことを表わしている。その意味が名詞だということに注意してくれよ。動詞じゃない、象徴で動作を表わすのは、はるかにむずかしい。それはそれとして――こんどはその過程を逆にしてみよう。ある具体的な名詞のシンボルを作りたいとする、たとえば、鳥だ。描いてみたまえ」

パラダインは、くぼみが下を向いた弧を二つつなげて描いた。

「最大公約数だ」ホロウェイはうなずいた。「単純化されるのが、自然の傾向だ。特に、子どもがはじめてなにかを見て、比較の基準をほとんど知らなかったとき、そうなる。子どもは今まで慣れ親しんできたもので、その新しいものを認識しようとする。海の絵を、子どもが描いたのを見たことがあるかい？」彼は返事を待たずに、話を続けた。「ぎざぎざの連続だよ。地震のグラフみたいだ。三つのとき、はじめて太平洋を見たんだが、まだはっきりと覚えている。ちょうど――傾いてるように見えた。ある角度で傾斜した平面だな。波は正三角形で、突端は上を向いていた。そんなふうに様式化して見ていたわけじゃない。しかし、あとになって思い出してみると比較の基準となったものがわかった。まったく新しい事柄を概念としてつかむには、その方法しかない。普通の子どもは正三角形を描こうとする。だが、まとめかたを知らないので、地震計のグラフになるんだ」

「ということは、つまり」

「子どもが海を見る。彼は、それを様式化する。そして、海を表わすあるきまった、象徴的なパターンを描くんだ。エマのなぐり描きも、シンボルかもしれない。なにも、あんなちがったふうに世界を見てるといってるんじゃない――だが、もっと明るく、鋭く、鮮明に見ているかもしれん。もっとも、眼の高さより上は見えにくくなるというハンデはあるがね。要するに、ぼくのいってるのは、あの子の思考過程が違うということだ。自分の見たものを、異常なシンボルに置きかえてしまうんだよ」

パラダインは、以後ホロウェイとの昼食の約束をできるだけ少なくすることにきめた。心配性がひどすぎるのだ。彼の理論はしだいに荒唐無稽になりつつあり、そこへ自分の主張の支えにする事実を、たいして考えもせずに持ってくるのだから始末が悪い。

やや皮肉な意味をこめて、彼はいった。「ということは、エマとスコットがわれわれの知らない言葉で意思疎通しているということだな?」

「言葉にすらならないシンボルでね。スコットが、あのなぐり描きの大部分を理解しているのは確かだ。あの子にとっては、二等辺三角形はどんな因子にもなりうる。はっきりした名詞かもしれん。代数を知らない人間に、それがなにを意味するかわかるか? このシンボルから、海の光景さえ想像できるなんて察しがつくかい?」

パラダインは答えなかった。かわりに、彼は、頂上からの景色がおかしいとスコットがいったという話をした。一瞬ののち、彼は話したことを後悔していた。心理学者の説明が、またはじまったからである。

「スコットの思考パターンは、この世界とつりあわないところまで来ている。もしかしたら、無意識に、あのおもちゃが元あった世界を見たいと思ってるのかもしれない」

パラダインはそれ以上、聞いていなかった。もうたくさんだ。子どもたちはうまくやっている。あとに残った厄介な問題は、ホロウェイ一人である。あとになって意味を持ってくるのだが、その夜、スコットはウナギに興味を示した。

博物学になにも危険はない。パラダインはウナギの話をしてやった。

「でも、どこで卵を産むの？　産まないの？」

「それは、まだわかってないんだよ。産卵場を見つけた人間はいないのさ。サルガッソ海かもしれないし、深い海の底かもしれない。圧力でお腹から子どもが生まれるのかな？」

「おもしろいね」考えこんだように、スコットはいった。

「サケもだいたいそれに似てるよ。ただ、卵を産むために川をのぼるんだ」パラダインは詳しい説明をした。スコットは夢中になって聞いていた。

「ほんとだよ、パパ。サケは川で生まれて、泳ぎをおぼえると海へ行くんだ。それから、卵を産みにかえってくるの？」

「卵だけ送って――」スコットは考えていた。「うん」

「もしかしたら、帰らないかもしれないな」

――」

「それだと、産卵管が長くなくちゃいけないぞ」といってから、パラダインは産卵について慎重に選んだ言葉で説明した。

スコットは満足したようすでもなかった。花は遠くまで種を蒔く、と彼はいうのだ。

「そこへ飛ばすんじゃないんだよ。肥えた土を見つけるのは、それほどたくさんない」

「花には、脳みそはないものね。パパ、どうして人はここに住んでるの？」

「グレンデールにかい？」

「ちがう――ここだよ。この世界さ。ここだけじゃないのに」

「ほかの星だね？」

スコットはためらっていた。「ここは、大きな場所の中にある小さな場所なんだよ。サケがのぼる川みたいに。どうして、人は大きくなっても海のほうへ行かないのかな？」

パラダインは、スコットが象徴的に話しているのに気づいた、彼は一瞬、寒けを感じた。

海――だって？

なんであれ、生物は幼いうちは、両親の住む、より完全な世界に適応していない。充分成長してから、彼らはその世界へはいっていく。そして、彼らは子孫を作る。受精した卵は、孵化するまで川のはるか上流の砂の中に埋められる。

生まれると、彼らは学びはじめる。本能だけでは、あまりにも遅い。特に、人間のような専門化した種の場合は……。生まれた世界と四つに組むこともできなければ、食い、飲み、生きのびていくこともできない。誰かが気をきかして、それらの必要を満たしてやらないかぎり。

食物を与えられ、世話されたものだけが生き残る。保育器とか育児ロボットというものがあれば、生き残ることはできる。しかし、彼らは、下流にある海という広い世界へ泳いでいくすべを知らない。

教えなければならない。たくさんの方法で、訓練し、条件づけなければいけないのだ。苦痛もなく、すこしずつ、ごく控え目に、子どもは、なにかをするおもちゃを喜ぶ――もし、それが同時に教育もするとしたら――

十九世紀の後半、ひとりのイギリス人が小川に近い草ぶかい土手にすわっていた。そのそばに、小さな少女が寝ころんで空を見上げていた。彼女は今まで遊んでいたおもちゃを投げ捨てて、意味もない歌をうたっていた。男は聞くともなく、それに耳を傾けていた。

「それはなんだい？」やがて、彼はきいた。

「あたしがつくった歌よ、チャールズおじさん」

「もう一度、歌ってごらん」彼はノートをとりだした。

少女はいわれたとおりにした。

「意味はあるんだね？」

彼女はうなずいた。「ええ。あたしが、こないだしてあげたお話みたいにね」

「あれはおもしろい」

「いつか、ご本にするんでしょう？」

「うん。でも、いろんなところを変えなくちゃ誰にもわからないよ。今の歌は変えなくてもよさそうだけど」

「変えちゃいけないわ。変えたら、わからなくなっちゃうもの」

「そこだけは変えないよ」彼は約束した。「でも、それ、どういう意味なんだい？」

「遠いところのお話よ」少女はあいまいにいった。「あたしにも、わからないの。魔法のおもちゃから聞いたんだけど」

「いったい、ロンドンのどこのおもちゃ屋でそんなすてきなものを売ってるんだろう！」

「ママが買ってきてくれたのよ。でも、死んじゃったわ。パパは、あたしにかまってくれないの」

それは嘘だった。ある日、テームズ川で遊んでいて、そのおもちゃがはいった箱を見つけたのである。それはまったくすばらしいおもちゃだった。

彼女の歌——チャールズ叔父にとって、それはちんぷんかんぷんだった。（実をいうと、彼は少女の叔父ではなかった。少女のほうで、勝手にきめこんでいたのである。すてきなおじさんだったから）歌には、重要な意味があった。それは、道を示したものだった。それがいっているとおりに、やればいいのだ。そうすれば——

しかし、彼女は大きくなりすぎていた。道はとうとう見つからなかった。

パラダインは、ホロウェイとの交際をやめた。当然のことだが、ジェーンが彼をいやがったのである。彼女にいちばん必要なことは、おそれをしずめることだった。スコットとエマが普通にふるまっているようすに、ジェーンも満足していた。しかし、パラダインには、それは全面的な同意のできない希望的観測だった。

スコットは、エマのオーケイを得ようとつぎつぎと機械を持ちこんだ。ふつうは首をふる彼女だったが、ときにはその顔がどっちつかずの表情をうかべ、ごく稀にうなずいた。すると、つぎの一時間、ノートの切れ端にたどたどしいとてつもなく奇妙ななぐり描きをする作業が続き、最後にスコットがそれを見て、錠や機械の部品やロウソクの残りかすや寄せ集めのガラクタを組みあわせ、分解しては、またそれを組みあわせた。メイドは毎日それを片づけたが、そのたびにスコットはまたはじめた。

彼は、ゲームの意味がわからなくて当惑している父親に、その一部を恩きせがましく説明した。

「だけど、どうしてこの小石がここにあるんだい？」

「丸くて固いからだよ、パパ。そこにしか置いちゃいけないんだ」

「これも丸くて固いよ」

「上にワセリンが塗ってあるよ。そんな遠くへ行っちゃったら、丸くて固いものしか見えないじゃない」

「つぎはなんだろう？　このロウソクかい？」

スコットは失望したような顔をした。「それは、もっと先だよ。つぎは、鉄の輪さ」

森の中の斥候の道、道路の中の目印。そんなものに似ている、とパラダインは思った。

しかし、これもまた、でたらめな因子、スコットが組立てるガラクタには、論理——人間が慣れ親しんだ論理——というものはなかった。

パラダインは部屋を出た。肩越しに、スコットが丸めた紙を引きのばし、ポケットから鉛筆を出して、隅で考えこんでいるエマのところへ駈けていくのが見えた。

さて——

ジェーンはハリイ叔父と昼食に出かけて留守。こんな暑い日曜の午後は、新聞を読む以外にすることがなかった。パラダインはいちばん涼しい場所を見つけて、そこに陣取ると、連載漫画に読みふけった。

一時間後、二階の足音が、彼をうたた寝からめざめさせた。スコットが嬉しくてたまらないというように叫んでいた。

「できたぜ、のろま！ おいで――」

パラダインは眉を寄せて急いで立ちあがった。廊下に踏みこんだとき、電話が鳴りはじめた。ジェーンが電話するといっていた――

受話器に手がかかったとき、エマの興奮したかなきり声がかすかに聞こえてきた。パラダインは顔をしかめた。いったい、なにをしているんだろう？

スコットが奇声をあげた。「おおい！ こっち！」

口がわなわなと震え、神経が途方もなく張りつめていた。パラダインは電話を忘れて、階段を駈けあがった。スコットの部屋のドアは開いていた。

子どもたちの姿は半分消えかかっていた。

風に吹き払われる煙のように、歪んだ鏡の中の動きのように、それは分解しようとしていた。手を取りあって歩いていくその方角が、パラダインには理解できなかった。入口でまたたきしたときには、彼らはもういなかった。

「エマ！」乾ききった喉で、彼は呼んだ。「スコッティ！」

カーペットの上には、白墨でかいた模様と小石と鉄の輪があった――ガラクタ。でたらめな模様。くしゃくしゃになった紙が、パラダインのほうに舞ってきた。

彼は無意識にそれをひろいあげた。

子どもたち、どこなんだ？　隠れてないで――

「エマ！　スコッティ！」

下では、電話のかん高い、単調なベルの音がやんだ。パラダインは、手にした紙を見た。それは、本から引裂いたページだった。行間と縁の白い部分には、エマの意味のないなぐり描きがいっぱいしてあった。詩の一節は、アンダーラインと書き込みで判読のしようがないほどだった。しかし、パラダインは『鏡の国のアリス』をよく覚えていた。記憶が言葉を与えた――

ブリリグともなれば、スライジイ・トーヴは
ウェイブにジャイアし、ギンブルし
ボロゴーヴはまことミムジイとなりて
モーム・ラースもアウトグレイブす

('Twas brillig, and the slithy toves
Did gyre and gimbel in the wabe :

All mimsy were the borogoves,
And the mome raths outgrabe.)

気のぬけたようになって、彼は考えた。ハンプティ・ダンプティが説明していた。ウェイブは、日時計のまわりの芝生だと。日時計。時間――時間となにか関係があるのだ。ずっと前、スコッティが、ウェイブとはなんだと聞いたことがあった。シンボリズムか。

ブリリグともなれば――

すべての条件を満たす、シンボルで表わした完全な数学の公式。子どもたちは、ついにそれを理解したのだ。床の上のガラクタ。トーヴはスライジイ――ワセリンか？――にこしらえなくてはならない。それらに、あるつながりを持たせて置くことにより、はじめてジャイアし、ギンブルするのだ。

まさしく奇妙奇天烈《きみようきてれつ》！

しかし、エマやスコットには、それは少しも奇妙奇天烈ではなかった。彼らの思考方法は違う。Xロジックを使うのだ。エマがページに描きこんだノート――彼女は、キャロルの文章を二人が理解できるようなシンボルに置きかえたのだろう。

でたらめの因子は、子どもたちには意味を持っていたのだ。彼らは時空方程式を満足させたのだ。モーム・ラースもアウトグレイブ――

パラダインは喉の奥からぞっとするような声を出すと、カーペットの上の異様な模様を見おろした。子どもたちがやったように、それをたどることができれば——しかし、それは不可能だった。模様は意味をなしていなかった。でたらめな因子の前には、彼は手も足も出ないのだった。ユークリッドに条件づけられた彼には——

たとえ発狂したとしても、それは変わるまい。狂気の種類がちがっているのだ。

彼の思考は、今ではもう停止していた。しかし、ときおりその中を信じがたい恐怖のかたまりが通りすぎることがあった。パラダインは指でページを丸めた。「エマ、スコッティ」それは、もはや返事を期待していない死んだ声だった。

開いた窓から射しこむ陽の光が、クマさんの金色の毛を輝かせていた。下では、電話がふたたび鳴りはじめた。

訳注　前出の詩は、本文の説明にもあるとおり、ルイス・キャロルの『鏡の国のアリス』（一八七一年）より採られたものである。本篇の内容との関係から、このようなしまりのない、カタカナまじりの訳文になってしまったが、もともと造語だらけの戯詩なので日本語に移すのは至難に近い。この詩の題名である“Jabberwocky”は、英米では「ちんぷんかんぷん」を意味する普通名詞に使われているほどだ。しかし原作にあるハンプティ・ダンプティの解説を手がかりに、わが国でもつぎのような訳が試みられている。

「そはゆうとろどき　ぬらやかなるトーヴたち／まんまにてぐるてんしつつ　ぎりねんす／げにも　よわれなるボロームのむれ／うなくさめくは　えをなれたるラースか」高橋康也氏訳（別冊現代詩手帳「ルイス・キャロル」所載）

「ときしもぶりにく、しねばいトーブが／くるくるじゃいれば、もながをきりれば／すっぺらじめなボロドンキン／ちからのピギミイふんだべく」生野幸吉氏訳（福音館書店刊『鏡の国のアリス』所載）

なお、六五ページに登場する「チャールズおじさん」とは、イギリスの数学者・作家であったチャールズ・ラトウィッジ・ドジスンのこと。もちろん、ルイス・キャロルの本名である。

子どもの部屋

レイモンド・F・ジョーンズ

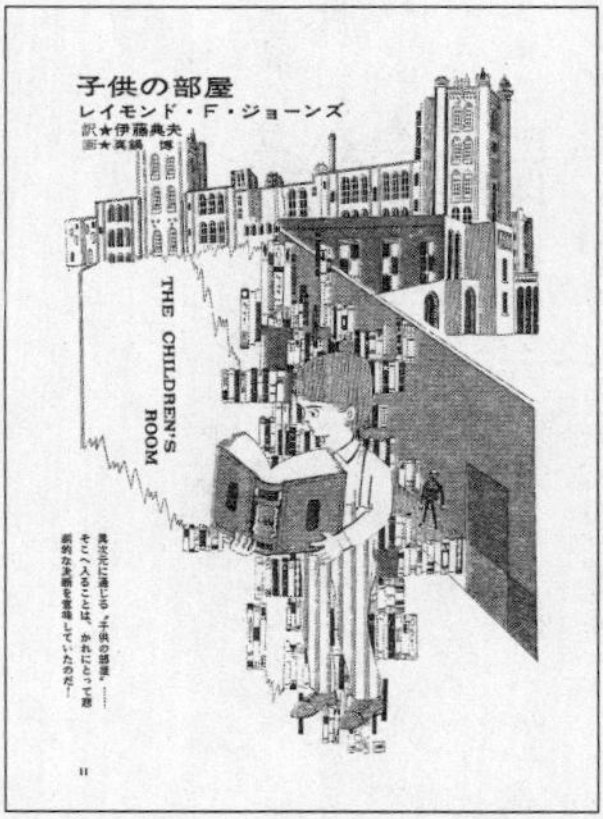

〈S‐Fマガジン〉1967年7月号

The Children's Room
Raymond F. Jones
初出〈ファンタスティック・アドベンチャー〉1947年9月号

レイモンド・F・ジョーンズが本誌に登場するのは「よろず修理します」（一九六二年二月号）に次いで、これで二度目。しかし、わが国へは、その前に『星雲から来た少年』という少年物の傑作が翻訳されています。

一九一五年に生まれ、四〇年代の初期から、主に〈アスタウンディグ〉を中心に活躍をはじめ、最初は〝ヴァン・ヴォクトの亜流〟などといわれましたが、やがてその殻をやぶって、ストレートなSF作家として脚光を浴びるようになりました。

彼は、サイバネティックス、放射能の恐怖、それとタイム・パラドックスを扱った作品に優れたものが多いといわれています。そういえば確かにそのとおりで、「よろず修理します」も、タイム・パラドックスと放射能の恐怖をうまくミックスした物語でした。

（伊藤典夫）

――〈S-Fマガジン〉一九六四年十一月号　ジョーンズ「騒音レベル」解説より

ビル・スターブルックは、くたびれた夜会服のまま慎重に腰をおろし、〈物理学ジャーナル〉の最新号をとりあげた。原子核の輻射《ふくしゃ》放出を扱ったサンダースンの論文をやっと三ページ読みかけたところで、妻のローズが婉曲にいうところの〝夕べの娯楽〟に、二人して行かなければならない時間が来てしまったのである。そして今、午前二時になって、彼はキャバレーの濁った空気と悪い酒がもたらした頭のもやもやを苦労してふりはらおうとしているのだった。

彼はとうとう諦めた。内容についていけないのだ。しかしブラッドフォード・エレクトロニクスほどの大会社の主任技師ともなれば、それくらいの代償は支払わなくてはならない。研究よりも取り引き、得意先のすすめるジンにまさるものなし。

しかし、彼の時代も遠くはない。コンサルタントとして独立する準備も、もうほとんど整っているのだ。

雑誌を置こうとして身体を起こしたとき、めざした小卓の一ヵ所にふと眼がとまった。そこには、見たことのない新しい本があった。彼は雑誌をマガジン・ラックに落とし、見慣れない本をとりあげた。息子のウォルトの本である。いつも変わった本を、大学や公共図書館から借り出してくるのだ。好奇心旺盛なことでは、知能指数《IQ》二四〇の頭脳は子犬のそれにおとらない。とにかく手に触れたものを片っぱしから読んでしまうのだ。

表紙を見たところでは、古い時代の法律書か医学書専門の図書館から借りだしてきた本という感じだった。もちろんウォルトも、このかいわいの標準的十歳児なみに俗悪マンガを読みあさりはする。しかしウォルトはまた、そのほかにプルタルコスの『英雄伝』から〈物理学ジャーナル〉までありとあらゆる本や雑誌を飽くこともなく読むのだ。

手の中にある大冊が、なんの変哲もない童話だとわかって、スターブルックはすこし首をひねった。

好奇心をそそられて、彼はページをめくった。息子のするどい探究心が、いつ、どこへ向けられるかは予測がつかない。原子論に知的満足を味わう頭脳が、反面でおとぎ話を楽しんだとしても、べつに矛盾はないのだろう。それも、彼の友人たちがコミック・ブックとか野球といった中途半端な娯楽で自分を縛りつけているときに。

単語のいくつかが、スターブルックの注意をひいた。いつのまにか、彼は文章に眼を通し、その意味を追っていた。はじめ、そこにはつかもうにもつかめない異質の要素があった。しかし読み進むにつれ、それはしっきりしてきた。単語のほとんどが、二重の意味を持っていたのである。まるで、二つの物語を並行に読んでいるようだった。そんな物語をつくりあげた技術に、彼は舌を巻いた。

従となる、つまり彼の考えでは主題であるストーリィに、彼は魅了された。それは、精神的、肉体的属性が人と異なる一群の人びとのことを書いた不思議な話だった。肉親や友の理解もなく、おたがいのつながりも持たないまま、彼らは悲しい孤独な毎日をおくっていた。そこへ魔法のように、一冊の本が現われた。それは地球全土をめぐり、彼らを引き合わせ、別世界へ通じる扉へと導いた。それからは、彼らも幸せに暮したという。おかしな話だ。異質な神秘的な意味の影みたいなものが、彼の想像力の限界のすぐ外側にひそんでいるように思える。彼は最初のほうの考えを訂正した。なるほど、ウォルトが喜びそうな本だ、と。

そのときになってはじめて、スターブルックは時間に気づいた。四時三十分。二時間ばかりの睡眠で、研究所に出勤しなければならない。

しかし六時に、彼は眠いところをベッドの物音で起こされた。ローズが着換えをしていた。

「なんだ、大発明でも思いうかんだのかい？」

「シーッ。寝てらっしゃい。一時間したら起こすから。ウォルトが、もう一時間も咳をしているのよ。見に行ってくるわ。風邪をひいたのなら、きょうは学校を休ませなきゃ」

スターブルックは思いきり首をふって、頭のもやもやを払いのけようとした。これ以上眠る努力をしてもはじまらない。仕事中、よけいに眠くなるだけだ。彼はとろんとした眼で時計を見上げると、ウォルトの部屋によろめきながら入った。

子どもはたてつづけに咳をしていた。発作がおさまると、彼はニコッと笑った。「濾過《ろか》性《せい》病源体にやられちゃった、パパ。起こしてごめんね」

スターブルックはベッドの縁に腰をおろした。「きょうは家《うち》にいて、ばい菌がこれ以上増えないようにしたほうがいいな」

「うん、だけど困ったな――図書館の本、きょう返すんだよ。すごく、きびしいんだ。かわりに返しに行ってくれる?」

「いいとも。どこにある? どんな本だ?」

「居間のテーブルの上にあるよ。大学図書館の〈子どもの部屋〉で借りてきたんだ」

「あのおかしな童話かい? ゆうべ見たよ。大学にあんな本があるとは知らなかった」

「ぼくだって、わかったの、ついひと月前だよ。すごい本があるんだ。ずうっと読んでてさ、すごくおもしろい本だなと思ってるの。だけど、気がつくと、同時にその本がいろいろなことを教えてくれてるんだよ。薬にキャンディをつけたみたいに。学校でも、あんなふうにやればいいのになあ」

スターブルックは笑った。「なかなかいい方式らしいね。では、そこにある本をもっと見る必要があるな」

「そうだよ」小さな声でウォルトはいった。

「こんな本を入れたのは、ミス・パーキンズだろうね。あの人はいつも、人の心を向上させるような新刊本を探しているから」

ヒーデマン大学の構内では、ビル・スターブルックは有名な存在だった。たびたび、この優れた研究図書館にやってきては、ウォルトが本を借りる特別許可をとっていたからである。とはいっても、司書のミス・パーキンズが二人のことを、高貴な構内に入る資格のない常識はずれの異端分子だと思っているのは、彼も知っていた。

出勤の途中で図書館に寄ると、ミス・パーキンズが一人でデスクにいるのが見えた。スターブルックは書類かばんの鍵をあけて、ウォルトの本を出した。

「おはよう、パーキンズさん。これ、〈子どもの部屋〉に返していただけますか？　ウォルトが病気で、きょう来られませんので」

ミス・パーキンズは微笑で挨拶すると、すぐ不審げな顔をした。

「〈子どもの部屋〉？　ここには児童図書はおいてありませんよ」

彼女は本をとって、タイトル・ページと図書番号を調べた。その顔は、ますます不審そうな表情を帯びた。「おまちがえでしょう。この書きかたなんか、でたらめですよ。ここの本じゃありませんね」

スターブルックはいらだった声をあげた。「ウォルトはここで借りたといったんですがね」

「公共図書館かもしれませんね。この分類記号、わたしにはわかりませんけれど。内容はなんですか？　数学関係？」

スターブルックは彼女を見て、心の中で十まで数えた。今朝《けさ》は、冗談を楽しむムードではない。彼は愛想よくいった。「童話です、ただの」

ミス・パーキンズの口がきっと結ばれるまえに、彼はそこを離れた。

歩きだした彼の心に、この出来事はいらだたしくなるような執拗さでひっかかってきた。いくら寝ぼけまなこだったにしても、ウォルトの言葉を聞き違えるほどではない。ウォルトは確かに、大学図書館の〈子どもの部屋〉といったのだ。

ドアのすぐそばまで来たとき、左を見て、彼は低い声で悪態をついた。ドアの上のところに札があり、飾り文字でちゃんと〈子どもの部屋〉と書いてあるではないか。

ミス・パーキンズはどういうつもりであんなことをいったのだろう？　彼は首をかしげた。数学関係だって――！

それまで、なぜこの部屋に気がつかなかったのか。そう、いつも急ぎ足で出たり入ったりしていたからだ。こんな狭い入込み《アルコーヴ》の奥にあっては、見逃すのも無理はない。部屋はそれほど大きくなかった。テーブルのいくつかに、八つから十四ぐらいの子どもが十人あまりすわっている。デスクにいる司書は、小柄な老女だった。彼女を霊気のように包む、はかり知れぬ老齢の印象は、形容する言葉がない。しかしその青い眼は、鋭く、若々しかった。

彼女はスターブルックの出現に驚いたようだった。「あなたは初めてのかたですね！」

スターブルックはひと目で彼女が好きになった。司書を見るとすぐ連想してしまう、ミス・パーキンズの意地悪さは、彼女にはかけらほどもなかった。

彼は微笑した。「ええ。うちの息子のウォルトが、これを借り出しまして。きょう病気で来られないものですから」

「ここで――ここの本をなにかお読みになりまして？」

スターブルックは、自分の出現がひき起こした彼女のろうばいと驚きに合点がいかなかった。「はあ。なかなかおもしろい本ですねえ。児童文学がこれほど進歩しているとは思いませんでした」

小柄な老司書は驚きの声をあげた。「こんなことはじめてです。どうしたらいいかしら――」

スターブルックは一日分の我慢の限界まで来ていた。今は九時二十分前――あと二十分で、各部門の主任との週一回の会議がはじまる。

「もう行かなければ。お返ししますから、帳面に——」

司書は、彼の見当もつかない問題でひとつの結論に達したようだった。彼女はおろおろしたようすをなくすと、にっこりとほほえんだ。

「ええ、つけますよ。それから、お願いですけど、お子さんにこのシリーズのつぎの本を持っていっていただけますか？　もうひとつ、おとうさまご自身もほかの本を何冊かお持ちになって、おとなの立場から読んでいただけると嬉しいんですけど。普通のとはまったく毛色の違う本を置いているものですから、おとなのかたのご批評もうかがいたいのです」

スターブルックのいらだちは彼女の微笑でやわらいだ。彼はうなずいた。「喜んで」

一日は、昨夜のスターブルックの行動から当然予期される、いらだちと騒動の連続で終わった。ただ、クロムウェルの特許を買う契約が結ばれたことだけは、ささやかな慰めとなった。それが、昨夜の〝娯楽なるもの〟の真の目的だったのである。

そんな一日をすごして家に帰りついた彼は、すっかり疲れていた。しかし、ウォルトに笑顔を見せに行く余裕は残っていた。彼はローズに、夕食を二、三分待つようにいうと、新しい本をもってウォルトの寝室に入った。

ウォルトの眼が輝いた。「やあ、パパ、来ないかと思ってた！　それ、つぎの本だね！

読んでくれるといいんだけどなあ」

「読んであげよう。パパだって、おまえに読んであげてるときがいちばん楽しいんだ。司書の人は、わたしにも読めといって二冊ばかり貸してくれたよ。夕食がすんでからだ。オーケイ？」

「うん。イディスさんに会ったんだね。いい人だろ？　どれから読めばいいか教えてくれるんだ。頭の中でこんがらがらないように」

「読む順序でもあるのか？」

「あるよ。前に、違うところの本をとったんだよ。そうしたら、外国語みたいなんだ。むずかしいものを読むには、初歩のものを先に読まなければいけないんだって。どうしてかわからないけど、そうなんだ」

夕食がすむと、スターブルックは息子の部屋に戻って、ミス・イディスがウォルトのために貸してくれた新しい本をあけた。

「パパ、本当に読めるの？」ウォルトがきいた。

「読めるさ。なぜ？」

「うん、初歩の本、読んでないから変だなと思っただけさ」ウォルトははっきりしない口調でいった。

スターブルックは読みはじめた。ストーリイは、彼が昨夜読んだものの続篇といったものだった。〝異なる〟人びとの物語である。そこには、その最初の人間が自分の特異さに気づき、数少ない自分の仲間を見つけ出すまでが、相当にくわしく語られていた。彼らは団結して魔法の本をつくり、残りの仲間をすべて集めるためにそれを世界へおくりだした。

初秋の闇がゆっくりと部屋に満ち、ページの単語もぼんやりしてきた。しかしスタープルックの頭の中では、ひとつの明かりがしだいに輝きを増していた。前の本で従であったストーリイは、彼のいいかたによれば、今や主となっていた。そして、この本では従であるストーリイ――それは、信じがたい、すさまじい天啓《てんけい》となって、彼の眼前で爆発した。

「きみは〝異なる〟人びとの一人なのだ」無言の不可解なメッセージが、彼の頭脳の内部で叫んだ。「そして、これはその魔法の本である。これの導くところへついていけば、われわれのために用意された安息の場所が見つかるだろう！」

闇が大きくなりすぎ、単語の見分けがつかなくなるころ、彼は不意に本を閉じた。しかし、頭の中で執拗に鳴りわたる声を静めることはできなかった。

枕にもたれたウォルトの白い顔も、ほとんど見えなかった。「やめちゃ、いやだよ。明かりをつけて、先を読んで」

「ウォルト――」スタープルックはためらった。どう言葉にすればいいかわからなかった。「これを、おまえはどう考える？　本筋のほかに象徴的な物語のあるのがわかるか？」

「うん。ぼくらが、普通の人とは違うといってるんだよ。この先を読めば、ほかの仲間がいるところへ行く方法がわかるんだ。そうじゃなかったら、読めないはずなんだ。パパが読めるとわかったときは嬉しかったよ。同じ仲間なんだもの」

暗闇が自分の顔や眼をかくしているのを、スターブルックはうれしく思った。「そうだと、どうしてわかる?」

「ほかの人には、この本にふつうの字が書いてあるのがわからないんだって、イディスさんが教えてくれたもの。だから、人には見せないようにって。それは本当なんだよ」

ウォルトの眼は失望でくもった。「まえにママもこういう本をあけたことがあるんだ。こわいものでも見たような顔をしたよ。ぼく、代数の本だといったんだ。ママは違いがわからないんだけど、でも、心配そうな顔してた。それで、わざとパパに見つかるところへ置いたの――」

スターブルックの想像力は、エンジニアとしては決して劣るものではなかった。しかし、それでさえ、これが暗示する意味の前には色を失うのだった。〝異なる〟人びとと魔法の本。物語の異常なリアリズムがそうさせるのだ、彼は自分にいいきかせた。人びとや本が現実のモデルを持っているなどとは、考えるだけでもばかばかしい。

しかし彼の心には、否定することのできない決定的な知識がすでに厳《げん》として存在していた。その前には、彼の疑問も悪口も、不可能なおとぎの国をまのあたりにした子どものあざけりのように無価値だった。

本は存在する。

これが、それなのだ。

〝異なる〟人びとは現実なのだ。彼もその一人――彼とウォルトは、その神秘的な一族に属しているのだ。

しかし、いったい何者なのか？　解答のないこの知識は、なにを意味しているのか？

「下で仕事がある」スタープルックはいった。「おまえが眠っていなかったら、またあとで読んであげよう」

彼は居間へ行くと、ミス・イディスに頼まれた本の一冊を開いた。

驚いたことに、それはウォルトの本ほどやさしくはなかった。言語そのものが、相当に難解だった。これが子どもの本でないことは、すぐ気づいた――いや、そうだろうか？初歩的な本による適応課程を終えた子どもたちのものかもしれない。

もう見せかけの物語はなかった。それは第一ページから、生物学の原理や、遺伝、放射線に関する高度の解説に入った。はじめは容易でなかった。しかし進むにつれ、単語や原理の意味を把握する力がついてくるようだった。しかし、〈子どもの部屋〉で八歳児たちがこの書物の内容を消化している光景は、なんとしても理解できなかった。

ローズが入ってきて、夜ふかしに文句をいった。しかし彼は本をおかなかった。彼の心は、眼前に開けた壮大な理論の峰や岩塊を軽々と跳躍していた。真夜中に、彼は読み終わって本をとじた。本来なら、それが数週間を要する努力であることが、彼にはわかった。

しかし、この目的はなんだろう？　なぜ、こんな本が図書館の児童図書室にあるのだ？　彼はいまだに、自分やウォルトが〝異なる〟人間であるという、あのおとぎ話の執拗な暗示に納得できないでいた。今のところ、その違いにも、これらの人びとの謎の目的地にも、説明はなんら加えられていないのだ。

解答は、たちどころに与えられた。それは、眼前にとつぜんほとばしった炎だった。それまでさっぱり理解できないでいた二冊目の本を開いたのだ。今や言葉は平明で、読者に直接語りかけていた。

「もう、きみには容易にわかるだろう。きみはミュータントなのだ」

単語を見つめたまま、彼はその意味を心から拭い捨てようとした。しかし意味はあい変わらずそこにあった。そして、それが真実であることを、彼は知っていた。

「いままで学んだことから、きみにはこれがなにを意味するか理解できると思う」本は続けた。「きみは、絶えまなく変種をつくりだしている宇宙線の存在を知っている。また、変種が作りだされる過程も、ある程度理解している。とすれば、きみがそういう〝異なる〟人びとの一員であり、自分が一般人と異なることも知らずに地表を歩いている突然変《ミュー》異体《タント》であることを理解するのも困難ではないはずだ」

スターブルックは眼をあげた。ウォルトについては、真相は容易に認められる。スターブルック自身も、相応に有能なエンジニアである——しかし、二百万もいる同業者と比べて、さほど優れているわけでもない。精神、肉体いずれをとっても、異常なところなどなにも持ちあわせていないのだ。

「毎月、何万例にもおよぶ突然変異が起こっている」彼は読み続けた。「その大部分は致命的で、個体にも種にもなんの利益ももたらさない。しかし長期間においては、また知れざる有益な突然変異も、数千件起こっている。この大部分も、結果的には失われる。種については、事故とか不適切な交配、あるいは交配をまったく行なわれないことが、その原因となる。個体については、多くの場合、その特異性が社会集団において不適合をもたらす。しかしまた、望ましい交配による、知性のより優れた、より永続的な、すべてにおいて優性な個体も数多く生まれている。彼らは周囲のものからミュータントと気づかれることはなく、自身でも気づかない。彼らの形質は、数世代にわたって受けつがれる。しかし、適切な交配が行なわれないかぎり、やがては劣性となり、失われてしまうのである。

今よりはるかに遠い未来において、人類は銀河系で別の大種族と競争関係に入る。人類がかちとった優越性を保つためには、いや、曲がりなりにも存在を維持するためには、自然の進化過程を促進させねばならない。人為的な手段をとることは、従来の不経済で残酷な実験の結果、不可能なことがわかった。複製することのできない自然の過程をとらないかぎり、進化を効果的に進める道はないのだ。しかし、貴重な突然変異を長い年月にわたって浪費してきた自然じたいにも、人類の悲惨な未来に責任がある。われわれの目的は、つまり浪費されてきた突然変異をここで救出し、人類の進化速度を速めることだ。

ここまでを知ったきみには、すでにひとつの義務がある。われわれに参加する義務が。そして、きみの突然変異した性質を、人類すべてのために役立てるのだ」

スターブルックは、そこでやめざるを得なかった。彼の心には、想像するには、それはあまりにも異質すぎ、とほうもなさすぎた。彼は、ただのビル・スターブルック。ブラッドフォード・エレクトロニクスの主任技師にすぎない。時代を超えて、種族全体の幸福のために見知らぬ土地へ行けと呼びかける、神秘的なメッセージなどを読む柄ではないのだ。

彼は短く笑った。〈子どもの部屋〉だって！　誰か知らないが、よくこんなふうがわりな信じがたいおとぎ話を作ったものだ。自分がミュータントだと信じかけるところだった！　ミス・イディスには、この本がなんの価値もないにせよ、リアルであることは話さねばなるまい。

彼はぶらぶらとポーチに出た。澄んだ冷たい夜で、星が近づいて見えた。完全な進化を目ざす競走では、種族はミュータントを利用しないかぎり追い抜かれる、と彼は考えた。人間進化の窮極の姿とはいったいなんだろう？　人間が類人猿や爬虫類と異なるように、それは人間とはまったく異なるものであるにちがいない。

眼を星に向けたまま、彼は考えた。この空のどこかに、人類とはまた違う幼い種族がいるのだろうか？　そして、いつの日か、われわれに挑戦し、めざましい進化の波でわれわれを押しのけようとするのだろうか？

彼はこのとほうもない考えを払いのけた。これを一挙にかたづけてしまう方法があった。通りのむかい側を一ブロックほど行ったところに、マーティン教授の家があり、まだ明かりがついていた。マーティンは大学の古代語科の主任教授で、彼とはときどきジン・ラミーをやる仲である。

スターブルックはコートをはおると、例の本の一冊を手にして、こっそりと家を出た。

マーティン教授は大男で、あごひげをもしゃもしゃと生やしていた。教えているのが古代ギリシャ語なので、その顔を見るたびに、スターブルックは古代ギリシャ人を連想するのだった。

マーティンは、機嫌のよいどら声をはりあげて彼を迎えた。「やあ、ビル！　そろそろ誰かがポーカーかジンをやりに来てもよさそうだと思っていたんだ。女房が一週間ばかり実家へ行っちゃってね。こっちは、不眠症をわずらった冬眠中のクマだよ」

スターブルックは中に入り、コートを脱いだ。「長くはいられないんだ。見せたいものがある。きみの考えをききたくてね。これをなんだと思う？」

スターブルックは最後に読んだ本を見せた。その強力なメッセージは、ふたたびすべての活字や単語から伝わってきたが、彼は注意してマーティンに眼をやった。教授は顔をしかめた。「どこでこれを手に入れた？」こんな活字は今まで見たこともない。それでいて、みんな見たことのあるような気がする」

スターブルックはため息をついた。「あんたなら読んで、教えてくれると思ったんだが。たまたま――街の古本屋で見つけてね。きっと、なにかとんでもない言葉だろうな。何年か前に流行《はや》ったエスペラント語みたいな」

マーティン教授は首をふった。「たぶんね。とにかく、わたしにはわからんよ。しばらく貸してもらえたら」

「うん――今すぐだと困る。別の友人に貸すと約束したもんだから。それで、こんな夜遅くのこのこ出てきたわけなんだ」

「いや、そのことならいいんだ！　話し相手は大歓迎だよ。一人じゃ心細くてね――」

しばらくして、スターブルックはふたたび夜空の下に出た。そのとき、確信がすさまじい勢いで彼を打ちのめした。

おれはミュータントなのだ、と彼は思った。ウォルトもミュータントだ。さもなければ、マーティンやほかの人間にはちんぷんかんぷんだったあの見知らぬ活字が、普通の英語のように読めるはずはない。とすれば、ほかのすべても真実だということになる。

しかし、これにどんな意味があるのか？　遠い未来と、あらゆる時代のミュータントたちが一堂に会する不思議な世界の話に――

あの老司書、ミス・イディスが、この問題の鍵を明らかに握っている。彼女は書物の出所を知っている。どういうことなのか、教えてくれるだろう。

とつぜん彼は、この夕方、考えてもみなかったある出来事を思いだした。ミス・パーキンズのいった言葉だ。「ここには児童図書はおいてありませんよ！」

翌朝、図書館の扉がミス・パーキンズの手であけられたとき、スターブルックはもうおもてで待っていた。彼女はスターブルックを認めて、白《しら》けた笑顔を見せた。

「おはようございます」

「おはよう、パーキンズさん」

彼はロビーに入ると、〈子どもの部屋〉の方角に曲がった。ドアはあいていて、ミス・イディスがもうデスクにいるのが見えた。それは、考えてみれば奇妙だった。図書館は、いま開いたばかりなのだ。彼は、第一図書室へ帰ってゆくミス・パーキンズを盗み見た。彼女もこちらを見ていた――だが〈子どもの部屋〉のドアを認めたようすはなかった！

スターブルックはとつぜん奇妙な恐怖に襲われた。部屋に駆けこむと、思い思いのテーブルを占領しているたくさんの子どもが眼に入った。どこから入ったのだろう？　そんな疑問が、心をかすめた。

「おはよう、スターブルックさん」ミス・イディスがいった。「今朝《けさ》、きっといらしてくれると思いました。お願いした本、ご覧になる時間ございました？」

「ええ、みな読み通しましたよ」

「それはどうも。どうお考えになります？」

「イディスさん――あなたはお読みになったんですか？　なにが書かれているか、ご存じですか？」

「ええ、もちろんですとも。ここにある本は、どれも気をつけて読みましたよ。それが、わたしの一生の仕事ですから」

「では、説明してください」

老婦人は、明るいブルーの瞳で無表情に彼を見ると、デスクのそばの椅子から立ちあがった。

「どうぞ事務室へいらしてください」

スターブルックは彼女に続いた。彼女は小さな部屋のドアをしめると、椅子にかけ、彼にもむかい側の椅子にすわるよう指示した。

「あなたのことは、わたしがこれまで出会ったうち、いちばん面倒なケースです」彼女はためらいがちに話しはじめた。「この五百年間で、わたしたちのコロニーに適当と認められた成人は一人しか現われておりません。ごめんなさい、いつも子どもたちと話しているものですから、物事を単純化しすぎるんですの——もっとも子どもは子どもでも、みんな知能指数二二〇以上ですから、変わりありませんわね。お貸しした本の二冊目で、あなたは、ご自分がミュータントであるという——」

「それです、それをお聞きしたかった！　信じる気になれなかったのですが、いちおう確かめてみたんです。大学の言語学の教授も読むことができませんでした」

「それでは、内容もある程度は納得されたわけですね」

「じゃ、どこかに本当にミュータントが集まっていて——人類を救おうとしているというのですか？」

「そんなメロドラマ的ないいかたはしたくないんですけれど——煎《せん》じつめれば、それがわたしたちの目的です。現在、人間がこうむっている進化の遅れを取り戻して、人間の優越性を保つために、わたしたちは努力しています。その優越性を保たないかぎり、わたしたちは確実に滅びるはずです。もちろん、これは、そういったことがわかる科学者が計算した可能性ですけれど。今のところは、進化を加速するために、人間の歴史のあらゆる時代からミュータントを集めているというだけで充分でしょう。これらミュータントを適切に利用して、将来、銀河系で、わたしたちの存在や優越性をおびやかす競争相手を追い抜くのです。

あなたの世界で、ミュータントがどう考えられているか、わたしは存じません。子どもわたしたちの場合は、突然変異の正しい意味をはじめから学ぶので簡単です。ある性質についての遺伝子のわずかな変化が、その種族の標準と異なる個体をつくり、しかもそれが種族にとって、またそれ自身にとって有利となることがある。そういうことです。けれども、突然変異は一般にその所有者さえも気づかないほどの目立たぬ変化なのです。これは、わたしたちの仕事に関連した問題で、覚えておいていただきたいことのひとつです。この貴重な突然変異を発見して利用しないかぎり、わたしたちは、ちょうど人間が現われたときの類人猿と同じように、進化から取り残されてしまうでしょう」

スターブルックは理解しようと努力しながら無言で見つめていた。

「有用なミュータントを保護していこうという計画は、ずっと昔にはじまっています。これには、たくさんの方法が考えだされています。この図書館は、なかでももっとも効果的なものです。わたしたちは、今この本に使っている言葉を考えだしました。これは、ミュータント以外には読めません。ミュータントへの鎖の環《かん》といえる、ある種の頭脳の特性があって、それで読むことができるのです。つまり、ある遺伝子の変化が起きると、特定の位置にある別の遺伝子にも必然的な変化が起きますわね。これが、さまざまな新しい刺激を感じるように、脳をつくりかえるのです。とはいっても、大部分は気がつきません。そんな刺激が来ないからです。この言語は、そんな刺激のひとつです。突然変異によって得たもうひとつの能力は、この部屋に入れたことです」

「でも、わたしはただ入っただけですよ！」スターブルックは叫んだ。

ミス・イディスは微笑した。「ええ、そうですよ。でも、ほかの人たちが同じように入ってこないのを、不思議に思いませんか？　なぜミュータントだけが入れるのかしら？」

「それは——ええ、しかし——」

「入口にある〈子どもの部屋〉という彫刻の文字は、ふつうの人間には、図書館の装飾の一部にしか見えません。ミュータント文字だから、あなたに読めたのです。そのうえ、戸口の前のフロアには複雑な模様があって、あなたをこの部屋に導く標識になっています。それは、あなたの突然変異した感覚が本能的にたどれるだけで、ほかの人間が通る気づかいはありません。その人たちには、入口も、〈子どもの部屋〉もないのです」

「しかし、わたしの突然変異はどんな性格のものですか？」スターブルックはきいた。

「それは検査《テスト》しなければわかりません。でも、ひとつだけ、覚えておいていただきたいことがあるんです。あまり多くを期待しないこと。ミュータントであることは、それほど楽しくはありませんわよ。たとえば、わたしの場合ですけど、突然変異は長命だけでした。こう見えても、九百歳を超えているんですよ——」

「九百——！」

ミス・イディスはうなずいた。「ええ。わたしの突然変異に結びついていた要素は、不妊でした。いったでしょう、楽しくはないって」

彼女の老いた眼が、はるかな年月を見わたすように、とつぜん不思議な光を宿した。あとで考えてみれば、その瞬間だったのである。多くの異質の時代を目撃してきた彼女の力強い瞳をのぞきこんだとたん、スターブルックははじめてすべてを納得したのだった。

「なにをすればいいんですか？」やがて、彼はいった。

「手を貸していただけますね？」

「息子のウォルトのことは？」

「あの子にはまだ学ぶことがたくさんあります。計画を話すのは、それからです」

「簡単には答えられない問題ですね」スターブルックはいった。

「なんにも知らない状態だし――」

「毛色の変わった街へ引っ越すのと同じことですわ。お友だちやお隣りの人が、さまざまな時代や場所から来ているというだけで。ある意味では、そのほうが活気づいていいともいえます。もちろん、奥さまとかそれまでのお友だちとは縁を切らなければなりません――おとなのあなたには、むずかしいことでしょうけれど」

ローズ！

結婚生活について、これがひき起こす問題の真の意味を理解したのは、そのときがはじめてだった。どんな事態になろうと妻がついてくるものと、無意識に思いこんでいたのである。もしローズと別れることが、ミュータントの仲間に加わる条件のひとつなら、彼らは未来における彼の貢献をあきらめなくてはならない。こんなことは、彼らには珍しくないはずだ。

しかし、子どもはどうなのだろう？　とつぜん彼は思った。子どもを手離すということだろうか——？

新たな冷たいしこりを内に感じながら、彼はいった。「結論を出すまえに、わたしがなにに適しているかテストを受けられますか？」

「ええ、すぐ用意させます。こちらへいらしてください」

二人は別のドアを抜けて廊下に出た。そこが、ヒーデマン大学の図書館の一部でないことは確かだった。歩きながら、大きな窓の外を一瞥《いちべつ》したスターブルックは、聞えるほどの音をたてて息をとめた。なだらかな緑の丘のひとつ、そこに点々とちらばる白い家、静けさと生気に満ちた谷間。それは、彼の時代の都市を構成する白痴的な石造建築の集合ではなかった。

道案内は、景色を考える余裕を与えなかった。彼女は広間のつきあたりのドアへスターブルックを招じ入れた。そこは、見慣れぬ器具がところ狭しと並べられた部屋だった。科学者タイプの若い男が、微笑をうかべて彼を迎えた。

「ロジャーズ先生です」ミス・イディスが紹介した。「先生がテストされます。あなたのことはご存じですよ。終わったら、また事務室へいらしてください」

彼女は立ち去り、ロジャーズが椅子を示した。「おとなのかたと話せるなんて、久しぶりですよ」ロジャーズは親しげな口調でいった。「ＩＱ（知能指数）二五〇から三〇〇という、あの前青年期のちびどもを見てると、血のめぐりのよすぎるのに腹のたつことがありましてね。ぼくもその一人だったから、わかるんだけど。さあ、このテーブルに横になってください――」

スターブルックは、心にあるビル・スターブルック、ブラッドフォード・エレクトロニクスの主任技師という断片にしがみついていようと死にものぐるいだった。これまでの世界が現実なのだ。九百歳という途方もない老婦人ミス・イディス。本来ならヒーデマン大学のある場所に緑の谷間が見える窓。進化の法則の克服を目標に、将来、人類に寄与するかもしれない突然変異を検査するテスト。これは、みんな悪夢なのだ。いつかは目覚めるはずなのだ。

彼はこの空想を心の中でなんども反復しながら、長時間のテストに耐えた。やがて、ロジャーズ医師がテストの終わったことを告げた。

スターブルックはデスク越しに相手を見つめた。ロジャーズの前には、このテストの結果である書類や図表が山積みされていた。

「ここに、あなたの完全な染色体地図があります」医師はゆっくりといった。

「わたしが貢献できる性質はなんですか？」

一瞬、ためらいがあった。そしてロジャーズは図表から眼をあげた。「正直に申しあげたほうがいいでしょう。答えは、ゼロです。まったくなにもありません」

つかのま、スターブルックはぼうっとなってすわっていた。人類が高みをきわめるのに、自分が必要とされている——その仮定のもとに、それまでの数時間、彼は巨大な理想を築きあげていたのである。いずれを犠牲にするかの戦いにも、見事に耐え抜いた。それが今——。

「なにも——？　わたしにはわかりません。イディスさんの話では——。ミュータント語の——」

「あなたのケースは、特に異常なものです。突然変異は感覚器官にしか起こっていません。ミュータント語を読めたり、〈子どもの部屋〉を見つけたりする能力だけです。ほかの突然変異と結びつかなかった例は、ぼくの知るかぎりこれがはじめてです。純粋に生物学的な立場から見れば、かなり興味深いことです。特に、ウォルトのおとうさんであるということで。しかし、実際問題として、あなたの突然変異にはなんの価値もありません」

スターブルックは笑った。その声は、失望や漠然《ばくぜん》とした恥ずかしさを隠しおおせていなかった。「では、わたしは役立たずのわけですか？　人類に役立つものを、なにも持ちあわせていないというんですね？」

ロジャーズはまじまじと彼を見つめた。「これを、あまり重要に、考えないでください。

あなた個人としては、なんの意味もないんですから。見分けのつく突然変異が、数百人にたった一人だということは心にとめてください。実用価値を有する者となると、数万人に一人です。価値のない子どもは本人に気づかれないうちに除外します。ご覧のとおり、あなたの場合はそういかなかったわけですが」

「わかります」スターブルックはいった。「誤解しないでください。このことで、ふさぎこむようなことはしません。だいたい、期待する権利なんかないんだから。考えてみると、どうも理想主義者の傾向がありましてね。どうにかして人びとの役に立ちたいなんて思っているんですよ。きっと下意識がこれに妙にこだわって、理想を実現するチャンスだと一人合点していたんでしょう。それはそうと、息子のウォルトはどうなんですか？」

「ウォルトは必要です。どうしても必要です。あの子の性質は、自然が積みあげた突然変異の頂点ともいえるもので、それは将来ミュータント・コロニーで、あの子を最重要人物にする可能性を持っています。あの子の一生は、人間の歴史を大きく変えるでしょう」

「あの子は、それをまだなにも知らないのですか？」

「ええ。いくら優れた理解力を持っていても、子どもだから、ゆっくりと教えなければなりません。しかし、本が教育していますから、あの子の可能性やわれわれの要求を教えていいときがもうじき来ます」

「しかし、こちらはどうなるんですか？ あなたがいま漠然と話した危機について、わたしはどうも納得できない――息子が新しい人生を踏みだすのを許すほどには、です。わたしたちともあまり会えなくなるわけでしょう」

「こちらに来て、仕事をはじめた子どもは」ロジャーズは冷酷にいった。「二度と両親に会えません」

スターブルックは信じられずに相手を見つめた。「では、死んだつもりで、息子を渡せというのですか？」

「そういうふうにとられると困ります」ロジャーズは乾いた口調でいった。「この時代の人びとに、問題が火急を要することを説得しようとしても、おそらく無理でしょう。しかし、ぼくとしては、あなたを説得してみたい気があります。いくつかの理由で。

いいですか、こう考えてください。二つの惑星があって、そこで同時に生命が生まれ、同じような発達をはじめたとする。けれども、そのうちのひとつでは、ミュータントの発生や、それによる進化の割合がほかと比べて数倍劣るので、そこに人間が――いわゆる現代人が――現われたとき、他方では類人猿が現われたばかりだった。

そこで、です。進化の遅い世界に、人間が現われたとする。はじめの世界とことが、もしコンタクトしたら、どういう関係になりますか？ これが〝正常な〟時間で、より高度の種族を発見したときの状態です。彼らとのあいだには、今日のわれわれと類人猿に匹敵する開きがありました——肉体的には、サルと人間以上の開きでした。

予想されるとおり、彼らはわれわれをサルほどにしか考えませんでした——やや賢いサルというわけです。空間におけるわれわれの動きも、技術面での業績も、彼らは賢いサルの手すさび程度にしか感じなかったようです。見たところでは、道徳的で、平和な種族のようですが、われわれに共感したり、意思疎通や貿易を望んだりする精神的基盤をなにも持ちあわせていないのです。われわれとのあいだに考えられる可能性は、ひとつしかありません。今まで、人間とそれ以下の動物のあいだで常にそうであったように——搾取《さくしゅ》があるだけです。

科学者は、これら——超人——による人間の搾取が不可避であることを、あなたには説明しようのないある方法で証明しました。彼らと戦って搾取をまぬがれるのは、サルの一族が、あらゆる科学兵器、レーダーから原子爆弾まで用意したハンターの一団から逃れるのと同じくらい不可能なことです。

希望は、たったひとつでした。われわれ自身を、このライバルと同等か、あるいは優れた段階にまで高めることです。しかも、予言どおりとすれば、数世代のうちにそれを行なわなければなりません。ミュータント・コロニーは一世代前、この全貌が明らかになったころ設立されました。今までのところ、成功を信じていいようです。突然変異が思ったより多いのです。無駄をしても、その点では、自然は親切でした。

　われわれはすでに次代の人間を一世代つくりあげています。彼らは全力をあげて、この問題に取り組んでいます。ピラミッド式に増えてゆくこのような施設の中で、さらに次の世代が生まれ、それがまたその一歩先を行こうと努力しているのです。

　それで、ウォルトのことですが、われわれにあの子は必要です。あの子の持っている三つの劣性遺伝子は、われわれが今まで知らなかったものでした。あの子がつぎの一歩を可能にしてくれるものと、われわれは考えています。問題をあなたが深く理解されれば、この決定的な進歩を妨害する気にはならないはずです。残念ながら、その根拠となる知識を教えることはできないんですが」

　それまで無言で聞いていたスターブルックは、とつぜん首をふり、ロジャーズから顔をそむけた。いつのまにか緊張の度をすごしていたのだろう。そうしたあとでも、筋肉が痛んだ。

「わからない」彼はいった。「あまりとつぜんで、意味がつかみきれたもんじゃない。この眼で見られたら――」

「それはできません」ロジャーズはきっぱりした態度でいった。「ふつう、こんなことはしないのですよ。あなたの特異な性質のおかげで、こんな事故が起きたんですから。あなたの承諾を受けずに事を運ぶことだってできたのです――」

とつぜん狂騒的な戦慄《せんりつ》が、スターブルックの内部をかけ抜けた。ミュータントの力が、ロジャーズの言葉どおりだという証拠を、彼は今まで充分に見てきているではないか。ウォルトを誘拐し、〈子どもの部屋〉のかなたにある不思議な土地へ永遠に連れ去ってしまうことができるのだ。

「人びとに苦痛を与えるのは、われわれの主義ではありません」ロジャーズは続けた。「あなたは科学者だ。息子さんの学習についてきてください。いっしょに学ぶのです。われわれの科学を学んで、人類が直面している危機のディテールを知ってください。それでも納得されなかったら、こういう事柄を扱っている評議会が、あなたの言い分を通すかもしれません。正直にいって、ありそうもないことですが。ウォルトはわれわれにとってあまりにも重要です」

「しかし、両親に苦痛を与えずに、どうやって子どもを連れていくんですか？　子どもを失って喜ぶ両親なんて、どれだけいます？　ただ連れていって、元の場所をからっぽにしていいという法がありますか！」

「いや、そんなことはしませんよ」ロジャーズは一瞬ためらったが、ひとつのドアへ行って誰かを呼んだ。そして、ふたたび椅子にかけた。「人間ひとりを引っこぬいて、からっぽにしておくなんてことをするものですか。あなたの社会に大騒動を起こしかねない数ですからね。苦痛が大きすぎます」

そのとき、ロジャーズが呼んだドアから、一人の少年が入ってきた。

「ウォルト！」驚いて、スターブルックは立ちあがった。「ここにいたのか！」

しかし、少年は返事をせず、そればかりか、スターブルックを認めたようすもなかった。

「まだ完成していないのです」ロジャーズが説明した。

「どういう意味ですか？」スターブルックも少年の空虚な表情に気づいた。空虚さは、嫌悪をもよおすほどだった。恐怖に襲われ、彼はよろよろとはじめの椅子に倒れた。

「子どもを連れていくときには、その環境に身代わりを置きます」ロジャーズはいった。

「このような相同体《ホモログ》を作って、われわれに加わる本人以外には気づかないように入れ換えをするんです」

スターブルックの恐怖は強まった。「ウォルトを連れていって、こんな――こんな怪物を残すというのか！」

とつぜん、少年の顔に苦しみの表情がよぎった。ロジャーズが腹を立てたように立ちあがった。彼は少年を部屋から連れ出し、戻ってきた。

「スターブルック！　あなたは科学者でしょう。科学者らしい態度をとれないんですか！」

「ウォルトの父であることが先だ。息子をあきらめて、あんな――あんな代用品を受けとると思ったら大間違いだぞ！」

「あなたに、ある程度客観的な見かたができると考えたぼくが、馬鹿だった。今までと同じように、知らないあいだに入れ換えをすればよかった」

「わたしたちに気づかれずに、息子とホモログを入れ換えられるというのか？」

「もちろん。今までに何千例と行なっていることです。このホモログは、あらゆる点であなたの息子です――完成したあかつきには、といいましょう。あらゆる感情パターン、記憶、本能、肉体の形状、あなたの息子さんをつくるすべての要素が複製されます。もちろん、ウォルトがほかの人びとと異なるあの生産的な形質を除いて。これは、ホモログに複製することはできません。ホモログは、あらゆる点でウォルトの生活に適合します。肉体的にも、知能的にも成長し、ウォルトそっくりに環境に反応する。正常かつ有意義な生活を送ります。結婚もできます、といっても子どもには恵まれませんが。知能はウォルト同様ですから、社会的にも優秀でしょう。あの子をあなたが愛するにしろ嫌うにしろ、それはウォルトにしているのと同じことです。彼がウォルトなのです。彼の感情は、息子さんのものをたんに移植したにすぎません。だから、さっきあなたが怪物呼ばわりしたとき、ショックを受けたのですよ。そんなふうにウォルトを呼んだとしたら、どうなると思いますか？　あのホモログの心から、さっきの記憶を消すには、非常に手間がかかるでしょう」

ふいにロジャーズは立ちあがった。「考える時間はありますよ。われわれのほうの最終的行動は、評議会が決めるはずです。ぼくはたんなる技術顧問にすぎませんが、こうはいえますね。もし、あなたがここで見聞きしたことを理解しようとされるなら、それはあなた自身にも、息子さんにも、また人間すべてにとっても、大きなプラスとなるはずです。逆なら、大きなマイナスです」

ロジャーズはためらった。「いちばん簡単な解決の方法は、あなたがこちらへ来ることかもしれません。決定的な突然変異がひとつありますから手はずはつきます。技術者としての仕事があるでしょう。もちろん、あなたに代わるホモログがそちらの世界には送られます」

スターブルックのいまいるところから、つきあたりの窓のむこうにある奇妙な谷の遠景が見わたせた。それは、彼のまだ知らぬ平和と安息を約束していた。またここには、今まで夢に見たこともなかった科学の存在する証拠がある。しかし、彼はここでは役立たずなのだ。ロジャーズの口から出た招待の言葉は、自然の誤ちが生んだ彼に対する憐れみにすぎない。

それに、ローズを捨てるというのは——

「ありがとう」彼はいった。「しかし、おことわりします」

ロジャーズはうなずいて、彼をミス・イディスの事務室へ送りかえした。スターブルックが今までのことを話すと、彼女は非常に失望したようすだった。

「それはがっかりでしたわね。でも、ミュータントの世界もそれほど楽しくありませんよ、前にも申しあげたとおり。もうお目にかかることはないと思いますけれど、息子さんにはときどきここへ来るようにおっしゃってください。また二冊ばかり新しい本を持っていってくださいますか？」

建物を出て、車に乗りこむスターブルックの眼には、世界が奇妙に非現実的な色あいを帯びて見えた。彼は機械的に運転して、街なかから郊外へむかうハイウェイに出た。これに沿って行ったところに、ブラッドフォード・エレクトロニクスがあるのだった。

会社に着くと、彼は、誰が連絡してきてもつながないようにと秘書に命じて、オフィスに引きこもった。そして椅子にそっくりかえった。窓の外には、スモッグにけぶる無秩序な都市の景観がある。別の窓から、彼の関わり知らぬ未来の時代の平和な光景を見たことが、数秒前のようだった。

あの奇妙な世界の現実性を疑っているわけではない。あの経験には、人間を説得させるものがあった。確かに彼は、未来の奇蹟を見たのであり、はるかな未来に住む人びとと話したのである。

彼の思考は経験の周囲をさまよいながら、努めて核心を見まいとしていた。しかしついに、それに面とむかう意志をふるい起こした。

ウォルト。

彼は主観的な要素を極力排除して、科学者のつもりで問題にあたる態度をとった。ロジャーズの言葉に嘘があるとは思えなかった――それを認めたとたん、彼はとほうに暮れた。ウォルトは行かなければならない。人間の幸福のために、彼は自分の持つ性質をさらにおしすすめる計画に参加するのだ。それだけのことであり、取るべき道はひとつしかない。

しかしその結論が、それまで抑えられていた主観的な反対意見を爆発させた。息子に対する父親の愛情は、まるっきり無視されるのか？　そんなことはない。苦々しく、彼は思いだした。彼らは、息子のイメージに似せた奇妙な自動人形をあてがう気なのだ。彼の反応を見たら、きっとロジャーズはあんなものを潰さざるを得なくなるに違いない。

それからローズ。

それまで、スターブルックは彼女の反応を考慮に入れずにいた。彼女は科学者ではない。科学がとる客観的な無私の姿勢を理解しようとしたこともない。今度の場合だって、むろんそうだろう。ウォルトの運命が、未来のミュータントとともにあることなど、彼女が納得するはずはないのだ。

それから、ウォルト自身についてはどうだ？

やがて、彼は自分を、自分の持つ可能性を、すべて理解するようになる。ミュータントとともに進む道を選ぶだろうか？

そうすることには、ほとんど疑いはない。彼の中にある天才は、感情的な安定性も申し分ないもので、恐怖も偏見もなく問題を総合的に評価することができるのだ——本来なら、スターブルック自身も、それに近くあるべきはずなのだが。

スターブルックは疲れきったようにため息をつき、苦痛に満ちた思考をうち払った。どうする術もないのだということを、自分に認めさせようとした。決断は彼でなく、ウォルトがするのだ。

どういうふうにローズに打ち明けよう、と彼は思った。それが、いちばんむずかしいところだ。しかも、ミュータント語や未来世界を知る能力がないのだから、なおむずかしい。彼の説明によってしか、説得の手段がないのだ。

しばらくのあいだ、彼はデスクの上にある書類を片づけようと無益な努力を続けた。けっきょく、無理なことがわかった。彼はデスクを整理すると、秘書に必要な指示を与え、明朝来ると伝えて退社した。

帰宅した彼を、ローズは玄関で迎えた。彼女の顔には驚いているようすがあった。

「ビル！　どうしたの、こんな時間に？　どこか悪いところでも——？」

「そうじゃないんだ」彼は両手をローズの腰にやって彼女を持ちあげた。「お昼に手作りの料理を食べたくなってね。なんだい、献立は？」

「ビル、ばかね。なんにもないわよ——あなたの食道楽を満足させるようなものは。フルーツ・サラダとサンドイッチだけ――あたしとウォルトのよ」

「すばらしい。それに、ありつかせてくれ」

こんなことをしてうまくいくはずはない。彼は思った。そもそも持っていきかたからして間違っている。しかし、どういえばいいんだ？　いったいなにをいうのだ――

昼食がすむと、彼は居間に妻を連れていき、ソファにすわらせた。

「ビル、どうしたの？　なにを考えているの？」

彼はおぼつかなげに微笑した。「きみに話しておきたいことがある。きみにもわかってほしい――ウォルトのことだ」

「ウォルト？　なにがあったの――？」

「嬉しいことだよ。もうはじまっていることだ。というより、終わりかけていることだ。これには、わたしたちの理解と助けがないといけない。ミュータントというのが、どんなものか知っているかい？」

ローズは眉根を寄せた。「大学で生物学をとったときに聞いたことがあるわ。六本足の子牛や、余分な羽根のあるハエや――」

「そう。だけど、それは悪いほうだ。生物はそれがなんであれ発生したときから、突然変異を何回もして自分を改良している。両親とは違ったものになる。ローズ、ウォルトがそのミュータントなんだよ」

漠《ばく》とした不信、ショック、反撥が、つぎつぎと波のように彼女の顔をよぎった。それを見はからって、ビル・スターブルックはゆっくりと話をはじめた。本のこと、〈子どもの部屋〉のこと、そこでの彼の経験を話した。そして、ミュータント・コロニーのこと、彼らの戦いのことに触れ、最後にウォルトの潜在能力がこの戦いに必要とされていることを話した。

話が終わっても、ローズは凍りついたように身じろぎしなかった。その顔には、まったく表情がなかった。手にさわると、それは冷たかった。

「そんな話を信じろとおっしゃるの」やがて彼女はいった。「嘘です。嘘にきまってるわ。そんなありそうもないこと」

「それが起こってるんだ。わたしの時代だけでも、何万件と。偶然のことから、わたしはウォルトが連れていかれる前に知ってしまったんだ」

「とんでもない冗談だわ。ビル、あなただって信じていないはずよ。なぜ、こんなことを話すの？」

「その証拠に、いま話した本——」

「あの本ね。知っているわ。ウォルトが最初に家に持ってきたときから、よくない本だという気がしていたもの。誰も読めない本なんて。活字は、まるで昔の呪文や秘法を書いた秘密のなぐり書きじゃない。そんな夢みたいな話をするのも、あの字のせいだわ」

「ローズ」スターブルックは説得の無意味さにふと気づいた。しかし彼は話を続けた。「ウォルトとわたしは、あの本が読めるんだ。二人には、あの活字が意味を持つんだ——あれを読めるようにする突然変異が、体内にあるからだ」

「二度とあんな本を家に持ってこないように、ウォルトにあなたからいって。そばへおいとかなければ、いくらあの子や——あなたが、夢中になったって、そのうちには忘れてしまうはずよ」

スターブルックは黙っていた。ローズが信じていないことは、その眼を見れば明らかだった。しかし、あとからでは遅いのだ——

「とにかく、できることはやってみよう」彼は疲れはてていった。「急にやめさせようとしても無理だ。図書館で読もうとするだろうしね。しかし害にならないように、気をつけるよ」

彼は車に戻り、家を出た。失望のベールがすべてを覆っていた。しかし、よい結果を期待するほうが間違っていたのだ、彼はそう自分にいいきかせた。ローズがあれ以外の反応をするはずはない。彼女のような、科学的教養のない平凡な心には、あまりにも大きすぎる啓示なのだ。

とつぜん彼は、目的地もなしに車を走らせているのに気づいた。会社へは戻りたくはない。書類鞄には、ミス・イディスがウォルトのためにと貸してくれた二冊の本がある。ウォルトにわたすのを、すっかり忘れていたのだ。彼は下町に向けてハンドルを切り、公共図書館の閲覧室に入った。そして、手許の新しい本を検討しはじめた。

今や彼は、ほとんど悲壮的といえる熱心さで、手に入るかぎりのミュータント・コロニーについてのデータを吸収しようとしていた。ウォルトがこれから住むようになる世界のことを、なんとしてでも知っておきたかったのだ。

ウォルトの出発を避けられない結論として考えられている自分に気づいて、彼は愕然とした。ウォルトが時空を超えて遠い未来に去ってしまったあとでも、二人を結びつける共通の経験を、すこしでも多くつくっておきたかった。

彼があけた本は、それまでウォルトに与えられていたものとは違っていた。おとぎ話的修飾はもうない。新しい情報は、まったく異質のものだった。難解さに閉口したスタープルックは、ウォルトにこんなものがわかるのだろうかと思った。しかしミュータントは誤りを犯さない。彼らは自分のしていることをちゃんと知っているのだ。

この時代の科学にはない情報が現われはじめた。読み進むにつれ、彼は現代人の誰ひとり知ることのないミュータント科学の内部へますます深入りしていった。

はじめ混乱していた感情は、しだいに持ち前の客観的考えかたに席をゆずった。ここには、彼の時代にはかり知れぬプラスとなるものがある。これがこのまま失われたら、悲劇というほかはない。なんとか形にして残さなければ。ミュータントはこれに反対するだろうか？　そんなことはないはずだ。現にロジャーズは、ウォルトの本を彼が読むのになんの反対もしないし、ウォルトといっしょに学ぶようにと助言さえしている。

けっきょく彼は会社に戻ることにきめた。着いたのは、退社時間まぎわだった。しかしフォト・ラボラトリーはまだやっていた。彼は本を一冊、写真技術者のジョー・カパーズにわたした。

「これをみんなとるのに、どれくらい手間がかかる？　全ページ、フォトスタットで三部ずつだ」

不可解な文字に眼をやって、技術者はひたいにしわを寄せた。

「いったいこれは――？」そして、スターブルックの顔つきに気づいた。

「あしたまでにやりましょう」彼はすぐにいった。「お急ぎのようだから。ちょうど今、BC一二四A装置の説明書が終わったところでね――」

「よし。あした来るよ――そのとき、また頼むものがある」

家に帰っても、ローズはきょうの午後のことをふたたびとりあげようとはしなかった。それは、彼にしても同じだった。二人は、二階へウォルトの容態を見に行った。風邪もおおかた治ったのか、彼はくいいるようにミューータントたちの本の一冊を読んでいた。

本を見ても、ローズの表情はほんのわずかしか変わらなかった。ただウォルトの笑顔には、彼女も微笑をかえした。

「やや、パパ。もう来ないかと思った。ママに聞いたけど、お昼に帰ったんだってね。それなのに、ぼくの部屋へ来ないんだもの。なんの用だったの？」

スターブルックは息子の髪を手でとかした。「急用さ。それでなければ、おまえを放っておくものか。どうだい、おまえの濾過性病原体とかいうのは――」

「かえり討ちだよ。あしたは起きれると思うな」

「まだまだ」ローズは笑った。

「ねえ、ママが夕食をつくってるあいだ、チェスやろうよ。すこしぐらいできるよ。いいよね、ママ？」

「いいですよ。二人でやってなさい。お食事、トレイにのせて持っていくから」

ローズが行ってしまうと、ウォルトは、それまでずっとスターブルックが持っていた書類鞄に眼をやった。「本、借りてきてくれた？」

スターブルックはうなずいた。そして、ミス・イディスからまかされた二冊のうちの最初のほうをとりだした。「これからは、本を隠しておかねばならなくなりそうだよ。おかあさんが心配してる。おまえに悪い影響があると思ってるんだ。わたしやおまえにはわかっても、おかあさんにはわからないからだ。お昼も、その話をしに来たのさ。だけど、だめだった。おまえに読んでもらいたくないといってる。いいつけに従うか、隠れてでも読むかだ」

一瞬、枕の上のウォルトの顔が血の気を失ったように見えた。やがて彼は首をふった。

「どっちも困るよ。行きつくところまで行かなければ本はやめられないし、今いちばん必要なことのひとつは、ママの理解なんだもの。そうじゃない？」

「そう――そうだと思う。しかし、おまえのほうからはなにがしてやれる？」

「この本の読みかたを教えることだってできる。こんなやさしい言葉、ないと思うんだけどなあ。ねえ」

「さあね。わたしはそうは思ったことはないな。とにかく、やってみないか？」

そう、確かにやってみることだ、とスターブルックは思った。特定の突然変異を持たない人間が、この言語を読む可能性を、彼は考えていなかったのである。やって損はあるまい。ウォルトには、周囲の最大限の理解が必要なのだ。少年の顔には、すでに不安と、新天地を垣間見たショックが現われはじめていた。息子への愛情と理解は深まるものの、彼に打つ手はなにもなかった。自分がなにを期待されているか知る瞬間が来たとき、ウォルトはどんな顔をするだろう。そんな疑問が頭にうかんだ。しかし、機会をみすみす見逃すことだけは、ウォルトはすまい。恐るべき未来ではあるが、彼はこのチャンスにとびつくはずだ。これには疑問の余地はない。手遅れにならないうちに、ローズが理解を示してくれたら――

「あしたやってみなさい」ふいにスターブルックはいった。「なんとかして、おかあさんの興味を本にひきつけるのだ」

翌日は、午前中いっぱい工場の仕事に追いまくられた。警察専用トランシーヴァーの開発が大詰めを迎えて、技術者たちとともに研究所にカンヅメにされていたのである。午後早く、彼はやっとそこから逃れて、写真室に赴いた。

「きのうのやつはどうだい？」彼はジョー・カパーズにきいた。「つぎにこれを頼む」

「中国人の友だちでもいるんですか？　こんなものがよく読めるな」技術者はにやりと笑った。そして、ずっしりと重いフォトスタットをよこした。

スターブルックはそれに眼をやった。「こんなものをわたした覚えはないぞ！」

ジョー・カパーズは合点のいかぬ顔をした。「いや、それですよ。これがオリジナルとおんなじものです。どうしたんですって――？」

スターブルックはフォトスタットを長いあいだ見つめ――それから原物に眼を移した。そしてやっと、自分を当惑させたものの正体を知った。フォトスタットの活字は、まったく意味をなしていない。元の本だけが、彼の頭脳を刺激するのだ。活字の形のほかに、別の要素があるらしい――おそらく本の原料が問題なのだろう。

彼はゆっくりと本をとりあげ、フォトスタットの束を見てうなずいた。「これを捨ててしまってくれ、ジョー。間違っていた。面倒かけてすまなかったな。これは、写真ではだめらしいよ」

立ち去るスターブルックを見ながら、技術者はぽかんと口をあけていた。そしてドアがしまるやいなや、堰《せき》を切ったように悪態をつきはじめた。

自室へ戻ると、スターブルックはこの問題をじっくりと考えなおした。内容を記録する唯一の方法は、大きな声で読む以外にないらしい。彼は、一日はまわり続けるという長時間テープレコーダーを持ってこさせた。こんなことをしていたら、とほうもない時間がかかりそうだ。ウォルトが追いついてきたら、手伝わせよう。

彼は書物を開くと、会社に誰一人いなくなるまで録音をとった。ローズに電話して、今夜おそくなることを伝えた。やっと帰る決心がついたのは、十一時をまわるころだった。

家の明かりは消えているものと思っていた。ウォルトは眠っているだろうし、ローズも一人のときには早くベッドに入るのだ。しかし、家のそばまで来てみると、正面の窓にはまだ明かりが煌々と輝いていた。

彼が玄関のドアをあけたのに気づいて、ローズは眼をあげた。彼女の膝にある一冊のミュータントの本に気づいて、彼はやや驚いた。ローズは、彼の視線に気づいていた。

「こわいわ、ビル」彼女はか細い怯えた声でいった。「今までにこんなこわい思いをしたことないわ」

「ローズ——!」

「ウォルトがこの本の読みかたを教えてくれるというの。冗談のつもりで聞いていたのよ。そうしたら、あたしにも読めるの。もう単語や文章がひろえるわ。ところどころ、そっくりわかるパラグラフもある。ああ、ビル、あたしこんな本読みたくない！」

「だが読まなくちゃ――読めるのがわかったんだから」静かに、彼はいいきかせた。「わかるだろう？」

彼女はうなずいた。その顔は恐怖にこわばっていた。

「きのう、あなたが話してくれたこと。あんなことが本当に――！」

「興奮しないで、ローズ」スターブルックは彼女のそばに腰をおろし、妻の肩を力強く抱きしめた。「ウォルトの本当の素質を知ったことを、わたしたちは誇りに思わなくてはいけないんだ。ウォルトを生んだのは、わたしたちなんだよ。そのウォルトが、全人類のためにこれからすばらしいことをしてくれるんだ」

「そんなふうには考えられないわ。あたしはいや。あたしの坊やよ」

「そうさ」スターブルックはかれた声でいった。「わたしの息子でもある――」

こんな状態が、あとどれくらい続くのだろう？　彼は考えた。風邪はまもなく治り、ウォルトはふたたび学校へ通いだした。そして〈子どもの部屋〉から、定期的に本を借りだしてきた。

ウォルトが新しい科学を学ぶ速度はめざましく、追いつくのが精いっぱいのスターブルックには、いらだたしいほど切れ切れの断片と紹介同然の解説しか頭に入らなかった。今や彼は、大部分をウォルトを通じて学んでいた。内容を読み分類する仕事までウォルトまかせであるにもかかわらず、録音はあまり進まなかった。

しだいに高まる緊張の中で、スターブルックは毎日を、きょうこそ最後の日という感じで迎えるようになった。ウォルトに対する真の目的を、ミュータントたちがいつ明かさないともかぎらなくなった今、彼は過ぎ去る一秒一秒から生活のエッセンスを味わうようにして生きていた。ウォルトが去る瞬間は、スターブルックの内のなにかが死ぬ瞬間でもあるのだ。

ミュータント語を学ぼうとするローズのねばり強さには、彼も驚いた。はじめ、それは彼女にもやさしいように思えた。しかしやがて、例の第一巻——ファンタジイと寓話形式で書かれた、世界じゅうにちらばっていたミュータントの話——より先にはとうてい進めないことが明らかになってきた。

しかし、なににもまして驚いたのは、日ましにはっきりしてくるローズの態度の変化だった。恐怖はゆっくりと奇妙な落ち着きに席をゆずった。それは、あきらめのようにも見え、かえってスターブルックを心配させた。そのページから、彼女はウォルトや彼さえ気づかなかった秘密を握ったのかもしれない。

それを問いただそうかとも、彼は思った。しかし、心がきまれば、彼女のほうから話が出るだろうと考え、たずねなかった。

彼女はやがて打ち明けた。それは、ウォルトの病気が全快して、ちょうど二週間目のことだった。夕闇の訪れるころ、玄関の階段に腰をおろした二人は、二ブロック先の公園で野球をするといって自転車にとびのるウォルトを見つめていた。

「寂しくなるわ」とつぜん、ローズがいった。「でも、思い出もきっといいものね」

ローズ！

「あたし、ミュータントの本のいっていたことが、今になってやっとわかったような気がするの。何回も何回も読んだけれど、物語でなくなるともうわからないわ。でも、もうだいじょうぶ」

「なにがだい？」

「ウォルトが人と違うことが、納得できたの。本当は、ずっと昔から気がついていたんだと思うわ。頭のいいこともそうだけど、もっと別のところで。今の世界では、あの子は一人ぼっちなのよ。仲間といっしょに行かなければ、一生ひとりぼっちだろうし、なによりもあの子の一生に意味がなくなってしまうわ。手離すのがどんなに辛いことでも、あたしはそんな思いだけはあの子にさせたくないの」

「あの——話——から、そこまでわかったのかい？」

スターブルックは、ミュータント語に潜む語義の力をいまさらながら知った。読者の考えを作者の思いどおりにさせる秘密がどこにあるかはわからない。しかし、この本の裏には、彼の時代の人間が予想もしない大いなる科学が存在しているのだ。たとえば、ローズの恐怖を落ち着きにかえ、彼女のたった一人の子を人類の未来に捧げるよう説得することのできる語義学。こんな力を理解する方法はまだない——

彼はいった。「おまえの考えもかたまったことだし、ウォルトもそろそろ真相を知るころだろう」

「十年もいっしょに暮らしたんですものね。あたしたちには、もったいないくらいだわ。むこうは、いつ話すのかしら？」

「さあね。あの子に心の準備ができたころだろう。もう、いつ起こってもおかしくはないよ」

スターブルック自身も覚悟はついたと思っていた。しかし、そのときが来てみると、感情はかたい殻を破ってあふれだしていた。

それは、翌日、彼が工場から帰宅したときだった。ドアをあけると、居間にすわっているローズとウォルトに気づいた。二人の血の気のない顔を見た瞬間、彼の内部のなにかが死んだ。二人は泣いていた。

「きょうなんだって」彼が口を開く前に、ウォルトがいった。「パパやママは今までずっと知っていたんだってね。どうして、ぼくにいってくれなかったの？」

スターブルックは喉元の緊張を隠そうと努めた。「うん、知っていたよ。おまえに心の準備ができるまで待っていたんだ」

「誰もいっしょに来ないの？」ウォルトは悲しみを眼にたたえて、父親を、そして母親を、そしてまた父親を見た。「パパは本が読めるから、いっしょに来てくれるとばかり思ってたんだ――だのに――だのに――」

スターブルックは首をふり、弱々しく笑った。「だめなんだよ。今まであの人たちが知らなかったタイプのミュータントなんだよ、おとうさんは。パパには、行く資格はないんだ。それに、おかあさんだって、わたしがいなくては困るだろう――」

「ぼくはいやだよ――！」ウォルトの泣きはらした眼からふたたび涙があふれだした。

「おまえは寂しいことはないじゃないか」自分でも驚くほど落ち着きを取り戻して、スターブルックはいった。「寂しい思いをしないところへ、これから行くんだろう。ここにいれば、世界じゅうでいちばん寂しい人間になるんだよ。数えきれないほど才能を持ちながら、それをみんな枯らしてしまうんだから。この世界では、おまえは誤解され、おまえの優秀な才能がねたみを買い、一生を不幸なまますごすんだ。行くべきところへ行ったほうが、ずっといいんだよ。みんな、おまえを理解してくれるだろうし、おまえと同じミュータントなんだから」

「うん、それはわかってるよ」ウォルトはか細い声でいった。「――でも、パパやママはそれとは別だよ――」

過ぎてしまうことだ。スターブルックは思った。過ぎてしまわなければならない。しかも結果的には、それがいちばんいいのだ。自分の言葉の正しさを彼は確信していた。

「でも、無理して行くことはないんだよ――」

「うん、だけど行かなきゃ！　気はすすまないけど――」

それだけ確かめればよかった。スターブルックはほっとして微笑した。「いつかわかったのかい？」

「今すぐなんだよ。今夜！」

「今夜！」その一言に、スターブルックの確固たる信念は崩壊してしまうかに見えた。

「あと二時間足らずなんだ。なにか緊急事態らしいんだ。どういうことか知らないけど。それで、これからすぐ〈子どもの部屋〉を別の時代へ移すんだって――殺されそうな運命にある重要なミュータントを救いに行くらしいよ。ぼくが来るのを待っている」

「それだけあれば、みんなして夕食を食べられるな」スターブルックはいった。「思い出のために、ご馳走を食べよう」

「用意してあるわ」涙をふいて、ローズがいった。「あなたを待っていたのよ」

それは一生の思い出となる夕食だった――一生の思い出にしておかねばならない夕食だった。三人は過去へさかのぼり、彼らが分ちあった数千回の幸福の瞬間をひろいあげて、宝石のようにいつくしみ、記憶にあらためて刻みつけた。

時はいつのまにか過ぎ、出発の時間が来た。

ウォルトが時計をちらっと見た。「行かなきゃ」

ウォルトとローズが車に乗ると、スターブルックの運転で、車はゆっくりと通りの中央に出た。ウォルトは二度とこの道を戻ってくることはない――その実感は、つぎつぎと新しい一瞬が訪れるたびに、大きな衝撃となって襲った。両側の家なみ、この大通り、車の中のウォルトを見つけて歩道から手をふる彼の友人たち――それらが、二度とウォルトの存在を感じとることはないのだ。とつぜん、スターブルックは心配になってきた。ウォルトの失踪をどう説明しよう――

夢の中の情景のように四囲の音はすべて打ち消されており、車は空間を音もなく進んでいた。ほとんど無意識のうちに、車は大学のキャンパスに近づき、図書館の前にとまった。主閲覧室には、まだ明かりがついていた。

「入りたくない？」ウォルトがためらいがちにきいた。

「ううん、入るわよ」ローズは落ち着いた声でいった。

ローズはまだ〈子どもの部屋〉の入口を見ていない。彼女には、それはどんなふうに見えるだろうか。

ウォルトをまん中にして、三人はゆっくりと建物にむかった。

「あっ、そうだ」とつぜん、ウォルトが口を開いた。「自転車しまうの忘れてきた。雨になりそうだ。パパ、しまってくれる？」

「うん。うん――しまってあげるよ――」

この急ごしらえの願いごとの無意味さが、三人をまたみじめさのどん底につき落した。無言のまま、彼らは石段をのぼり、大広間に入った。

「ここだ」スターブルックは妻の手をとった。

「どこ？　なにも見えないわ。でも、あたしは違うから――」

彼女は首をふった。「わからない。ただの平たい壁よ、ビル！　どこにそんなドアがあるの――？」

以前の恐怖がふたたび彼女の表情によみがえりはじめていた。

「そこだよ。ウォルトが歩いていく。おまえの見ている前で消えるはずだ」

ウォルトは最後にもう一度ふりかえった。そして、確信に満ちた、温かい微笑をうかべ、片手をあげた。身体が部屋に踏みこんだ。

息子の消失をまのあたりにして、ローズが小さな叫び声をあげた。「ビル――あなたは見える？　どこへ行ったの？」

「ちゃんとあそこにいる。今、イディスさんやロジャーズ先生と話しているよ。ほかにも、たくさんの少年が見える。中国人もいるし、ヨーロッパの子どももまじっているようだね。あの図書館は、世界じゅうに通じているのかもしれない」

「ウォルトはいまなにをしている？」

「待っている。ロジャーズ先生がうしろからあの子の肩を抱いている。幸せそうだよ。ほんとうに幸せそうだ。こうなっていいんだ」

その言葉の途中で、とつぜん〈子どもの部屋〉のドアがかすんだ。彼の視力が衰えたのだとでもいうように、それはしばらくぼんやりと揺れていた。彼は、楽しそうに笑っているウォルトの顔を一瞥《いちべつ》した。ウォルトは手をふっていた。

「行ってしまった」

気抜けしたのか、ローズがもたれかかった。彼女は夫の肩に顔を埋め、すこしのあいだしゃくりあげていた。しかし、やがて顔をあげ、夫の顔を見上げた。彼女の眼には、悲しみを超えた輝きがあった。

「ごめんなさい、ビル。我慢できなかったの」

「帰ろうか？」

二人が石段をおりるころ、小雨がぱらつきはじめた。

「雨だわ。ウォルトの自転車、出しっぱなしなのよ。しまうのを忘れないでね」

そうだ、とスターブルックは思った。それを忘れてはならない。それが、あの子にしてやれる最後のことなのだ。

彼は、歩道のふち石のところにとめてあるからっぽの車に眼をやった。驚いたことに、それはからっぽではなかった。バックシートに小さな人影が見え、ウィンドー越しに顔がこちらを見つめている。

ローズも気づいて、一瞬、かすかな恐怖の叫びをあげた。

戦慄《せんりつ》がスターブルックの内部をつき抜けた。

ホモログだ。

忘れていた。彼の言葉どおりに、ロジャーズはそれを破壊したと思いこんでいたのである。

彼は眼を閉じ、この悪夢の怪物、このウォルトのパロディが消えるようにと無言で祈った。

それは、ウォルトの顔、ウォルトの眼で、二人を見つめていた。唇にうかんでいるのは、ウォルトの微笑だった。

それは二人を呼んだ。

ウォルトの声で。

「急いで、本を借りてきたよ。早く帰ろうよ。自転車、雨の中に出しっぱなしなんだ」

スターブルックの内部にあったかたいしこりが、ほぐれたようだった。これは、あの日ロジャーズの実験室で見た空《うつ》ろな顔ではない。まだ未完成だというロジャーズの言葉を、彼は思いだした。完成したときには、それはウォルトの本能、ウォルトの感情、ウォルトの記憶を持つはずだ、とロジャーズはいった。ウォルトが反応するであろうとおりに反応する、と。

ローズは未完成のホモログを見ていない。それがなんであるかに気がつくと、彼女の表情から最初のショックが薄れた。彼女はゆっくりと歩きだした。

「ウォルトよ」ささやくように、彼女はいった。「どこもかも。あなたのお話を聞いて、できそこないの機械だとばかり思っていたわ。あの人たちは、ミュータントをあたしたちから取りあげて、本当の息子を返してくれたのよ!」

語義的なコントロール——願望充足——どういってもいい。スターブルックは考えた。ミュータントの本をほとんど読んでいないローズに、どうしてこれほど容易にホモログが受け入れられるのだろう?

しかし——スターブルック自身も確かに彼らからある影響を受けている——そうなら、それでいいじゃないか。ホモログは、ウォルト自身なのだ。本能、感情、反応、記憶——すべてをあわせ持っているのだ。いったいなにを人間というのだろう?

仲間のミュータントたちにまじって長い旅に発とうとしているウォルトの顔を思い返したが、なぜか現実味がなかった。

ホモログが車からおりた。少年は歩いてゆく二人にむかって、走ってきた。

「どうしたの？　ママ――パパ、なんか変だな。困ったこと？」

スターブルックはほほえんだ。「いいや、なんでもないんだ――ウォルト。おかあさんと二人で、わたしたちは幸せだねと話していたんだ。さあ、行こう。早く帰って、自転車をしまわなきゃ」

虚影の街

フレデリック・ポール

〈S-Fマガジン〉1965年8月号

The Tunnel Under The World
Frederik Pohl
初出〈ギャラクシイ〉1955年1月号

「ポールは、現代的な意味でのSFが生みだした、もっとも優れた作家である」——『ラッキー・ジム』の作者キングズリイ・エイミスは、彼のSF評論『地獄の新地図』の中で、こんなことを書いてます。SFを文明批評として位置づけようとするエイミスの立場からすれば、『宇宙商人』の作者のひとり、ポールを高く買うのは当然ですが、それにしても大した惚れこみようです。

むろん、これには異論がないわけではなく、『宇宙商人』があれほど有名になったのもC・M・コーンブルースのおかげだという見方が一般的なのですが、ともあれポールが「SFの生みだした優れた作家のひとり」であることは否定できないでしょう。

一九一九年生まれ。SFを書きだしたのは二十歳ぐらいのときですが、ほかに雑誌編集、作家のエージェント、アンソロジイ編集、などの仕事に追われて、小説の本能が本格的に開花したのは一九五三年の『宇宙商人』からです。本誌にも、今まで二篇ほど彼の短篇が紹介されていますが、これらはいずれも四〇年代のマイナーな作品で、本格的なものとしてはこれが最初ということになります。

いったいどんな作家なのか、とにかく読んでみてください。（伊藤典夫）

——〈S-Fマガジン〉一九六五年八月号　作品解説より

I

六月十五日の朝、ガイ・バークハートは悲鳴をあげて夢から目覚めた。

これほど現実感のある夢を見たのは、はじめてだった。鋭い、金属の裂けるような爆発音。彼を荒々しくベッドからほうりだした震動。灼けるような熱波。彼はそれらを今でも聞き、感じることができた。

発作的に起きあがると、彼は静かな部屋と窓からはいる明るい日ざしを、信じられない眼で眺めた。

彼はしわがれ声でいった。「メアリ？」

隣りのベッドに妻はいなかった。カバーは彼女がたったいま出ていったように、くしゃくしゃになって片方に寄っている。夢の記憶があまりにも鮮明だったため、あの爆発で妻がベッドからほうりだされたのではないかと、彼は無意識に床を捜していた。

しかし、そこにも彼女はいなかった。もちろん、いないさ――見慣れた化粧テーブルと椅子、ひびの入っていない窓ガラス、歪みのない壁を見ながら、彼は自分にいいきかせた。ただの夢なのだ。

「ガイ？」階段の下から、妻が不気嫌な声で呼んだ。「ガイ、あなた、だいじょうぶなの？」

弱々しく、彼は返事した。「ああ」

しばらくの沈黙。そしてまだ疑わしそうに、メアリは、「朝食ができたわ。あなた、ほんとにだいじょうぶ？　大声をあげたように思ったけど――」

バークハートは確信をこめていった。「悪い夢を見たんだ。すぐ行く」

シャワー室に入って、お好みの〈ぬるま湯とオーデコロン〉をパンチしながら、まったくたいした夢だったと、彼は内心思った。もっとも、悪い夢はそれほど珍らしくない。爆発の夢など、なおさらである。水爆ヒステリーがここ三十年も続いている今、爆発の夢を見ない人間がいるだろうか？

やがてわかったことだが、メアリもその夢を見たのだった。彼がその話をしかけると、彼女はすぐさえぎった。「あなたも？」あっけにとられたように、彼女はいった。「まあ、わたしもおんなじ夢を見たのよ！　ほとんど、それとそっくりの夢。ただ、わたしにはなにも聞えなかったわ。目を覚ますと、ふいにショックがあって、なにかが頭にぶつかって、それで終わり。あなたのも、これと同じ？」

バークハートは咳をした。「ううん、ちがう」彼はいった。メアリは、男のようにたくましく、虎のように豪胆なタイプの女ではない。あの夢を真にせまるものにしていた小さなディテイルを、彼女に全部話す必要はあるまいと、彼は思った。砕けた肋骨、喉から噴きだすしょっぱい泡、これこそ死だという断末魔の知覚、そんなことを話してもはじまらない。彼はいった。「下町でなにかの爆発があったのかもしれない。それを聞いて、夢を見はじめたんだよ、きっと」

メアリは手を伸ばすと、うわの空といったようすで彼の手をそっと叩いた。「そうね」彼女も賛成した。「あら、もう八時半。急いだほうがいいんじゃない？　会社に遅れたくないでしょ？」

食事を詰めこむと、妻にキスして、彼は家をとびだした——それはむしろ時間に遅れないためというより、彼の推測が正しいことを確かめるためといったほうが近かった。

しかし、タイラートンの下町にはいつもと変わったところはなかった。バスに乗ってからも、バークハートは注意ぶかい眼を窓の外に向けて、爆発の証拠を探した。それらしいものはなかった。そればかりか、タイラートンの町はいつもよりきれいになったように見えた。美しい、すがすがしい朝で、空には雲ひとつない。ビルもこざっぱりとして、人びとを招いている。蒸気噴射で〈力(ザ・パワー)と光(アンド・ライト)〉ビル——この町唯一の摩天楼(コントロ化学の本社工場を郊外に持った町が耐えなければならない刑罰だ)——の洗濯をしたのかもしれないと、彼は思った。コンクリートのビルの並びには、階段式蒸溜器から吐きだされるガスの跡がくっきりと見えていた。

バスの乗客がいつもの常連客ではなかったので、あの爆発のことは誰にもきかずじまいになった。しかし、五番街とルハイ通りの角で彼をおろしたバスが、ディーゼルのかすかな騒音を残して走り去るころには、彼も、あれは想像の出来事だったのだと納得しきっていた。

彼は会社のビルのロビーにあるタバコ販売店に立ちよった。しかし、ラルフはカウンターのうしろにいなかった。タバコを売ってくれたのは、見知らぬ男だった。

「ステビンズさんは?」バークハートはきいた。

男はていねいな口調でいった。「病気なんです。あしたは来ますよ。きょうはマーリンになさいますか?」

「チェスターフィールド」バークハートは訂正した。

「はい」と男はいった。しかし彼が棚からとって、カウンターの上をすべらせてよこしたのは、見たこともない緑と黄の箱だった。

「これをすってごらんなさい」男はすすめた。「咳止めの成分が入ってます。普通のタバコだと、すぐ息がつまりませんか？」

バークハートは疑いぶかくいった。「こんな名前、きいたことないな」

「そりゃ、そうですよ。売りだしたばかりですから」バークハートが二の足を踏んでいるので、男は説得するようにいった。「試してごらんなさい。わたしが責任を負います。お気に召さなかったら、空箱を持ってきてください。お代は返しますよ。それなら、いいでしょう？」

バークハートは肩をすくめた。「損するわけじゃないな。だが、チェスターフィールドもくれよ」

エレベーターを待つあいだ、封を切って一本に火をつけた。化学的に草を処理したタバコには懐疑的な彼だったが、これは悪くないと思った。しかし、ラルフの代役のことでは、あまりいい気はしていなかった。販売店で、来る客来る客にあんな高飛車な調子で売りこんでいたら、毛嫌いされるばかりだ。

エレベーターのドアがあいて、低い音楽が聞えてきた。乗ったのはバークハートのほか二、三人で、彼は入りしなに彼らに会釈をした。音楽が途切れて、箱の天井にあるスピーカーからいつものコマーシャルが始まった。

いや、いつものではない。バークハートは気づいた。無理やり聞かされるコマーシャルには長いこと慣れっこになっていて、それらは今では外耳にも入ってこないほどなのだが、ビルの地下の録音されたプログラムから送られてくる放送には、彼の注意を喚起するものがあった。たんに商品名が聞き慣れないだけではない。形式もどこか違っていた。

彼が今まで飲んだこともないソフト・ドリンクスを歌った、しつこい、がちゃがちゃしたリズムのコマーシャル・ソング。十歳くらいの二人の少年のキャンディについての早口の会話らしきもの。続いて、威厳のある低音《バス》が――「今すぐ行こう。**すごくおいしい**チョコバイトを買おう。そして、**風味のきいた**チョコバイトをペロリと食べよう。そうだ、チョコバイトだ！」今度は、女のすすり泣きが――「あたしもほしい、フェックル冷蔵庫！あたし、なんでもするわ、フェックル冷蔵庫のためなら！」バークハートは自分の階について、最後のコマーシャルの途中でエレベーターを出た。少々、不快感が残った。聞きなれた商品名ではないというほかに、それらには、習慣や常用の感じが欠けていた。

しかし、社内はうれしいことに平常そのままだった――もっとも、バース氏が休んでいることを除けばの話だったが。応援デスクであくびをしているミス・ミトキンも、理由は知らなかった。「家から電話があっただけですわ。あしたには、いらっしゃいますよ」

「工場へ行ったのかもしれないな。家のすぐそばだから」

「ええ」彼女は気にもとめていないようすだった。

バークハートはふいに思いだした。「だけど、きょうは六月十五日じゃないか！　今期の所得税申告日だ――申告書にサインしなくちゃいけないのに！」

ミス・ミトキンは肩をすくめて、それは彼女ではなく、バークハートの問題だとほのめかした。そして、爪磨きの作業に戻った。

バークハートはかんしゃくを起こして、デスクにむかった。バースの代わりに、おれがサインできないというんじゃない。むかっぱらをたてながら、彼は思った。要するに、おれの仕事じゃない。それだけだ。それは、コントロ化学のダウンタウン・ビルの総務部長であるバースが、受け持つべき仕事なのだ。

自宅に電話してバースを呼びだそうか、それとも工場で見つけようかとつかのま考えたが、すぐその思いつきは放棄した。工場の連中にはあまり関心はなかったし、つきあいが少なければ少ないほど彼の望むところだからである。以前、一度だけ、彼はバースといっしょに工場へ行ったことがあった。それは、不可解な、と同時にある意味では、おそろしい経験だった。ほんのひと握りの幹部と技師を除けば、工場には誰もいないのだ――というより（とバークハートは以前バースから聞いたことを思いだして訂正した）生きている人間は誰もいない――機械ばかりなのだ。

バースによれば、機械はどれも、人間の本物の記憶と精神を電子の乱舞の中に再生させた、ある種の計算機によって制御されているということだった。それは、あまり気持のいい考えではなかった。バースは笑いながら、墓をあばいたり、機械に脳を移植するようなフランケンシュタインまがいのものではないと保証した。彼の言葉に従えば、それは人間の習慣のパターンを頭脳の細胞から、真空管の細胞へ移しかえるというだけのことだった。人間を傷つけはしないし、機械を怪物に変えるわけでもないのだ。

しかし、どちらにしても、バークハートにとって不快なことには変わりはなかった。彼は、バースや工場や、そのほか些細ないらだちの原因を心の外へ押しだすと、申告書に取り組んだ。数字を確かめるのに昼までかかった——バースなら、これを記憶と私用の帳簿で十分間のうちにあげてしまうのに。そう思って、バークハートは腹だちが抑えられなかった。

それを封筒に入れると、彼はミス・ミトキンのところへ行った。

「バースさんがいないから昼食は交代にしたほうがいい。先に行きたまえ」

「すいません」ミス・ミトキンは大儀そうにデスクの引き出しからバッグを出すと、化粧をはじめた。

バークハートは封筒を差しだした。「これをポストに入れてきてくれないか？　あ——ちょっと待った。そのまえに、バースさんに電話したほうがよくないかな。呼び出しに出られるって、奥さんがいっていたかい？」

「いってませんでした」ミス・ミトキンはティッシュで注意ぶかく唇をおさえた。「それに、奥さんじゃないんです。電話してきたのは娘《こ》さんで、それも言伝《ことづて》でした」

「子ども？」バークハートは眉をひそめた。「あの娘は、遠くの学校へ行ってたと思ったがな」

「かけてきたのはその娘で、わたしはそれしか知りません」

バークハートは自室へ戻ると、デスクにある開封していない郵便を不愉快そうに見つめた。しかし気にくわないのは、悪夢のほうだった。あのおかげで一日がだいなしになってしまったのだ。バースみたいに寝ていたほうがよかったかもしれない。

帰る途中で、奇妙なことが起こった。いつもバスに乗る街角が混雑していたので――新しい冷凍睡眠のことを誰かがどなっていたのだ――彼はもう一区画歩いた。近づいてくるバスが見え、足を速めたとき、うしろから彼の名を呼ぶ声に気づいた。むずかしい顔をした小男が、あとを追ってくる。

バークハートはためらっていたが、やがて彼を思いだした。スワンスンという名の男だが、あまりつきあいはない。もうバスにはまにあわないと、バークハートは苦々しく思った。

「こんちは」と彼はいった。

スワンスンの顔は、ひどく真剣だった。「バークハートか？」彼は奇妙に切迫した調子できくと、黙ってバークハートを見ながら立ちつくしていた。やがて、彼の表情に見えた燃えるような真剣さは、かすかな希望へと薄れ、最後に後悔に変わった。なにかを捜し求め、なにかを待っているようだ、とバークハートは思った。しかし、その男の欲するものがなんであるにしても、なにも知らぬバークハートにそれを提供できるはずがない。

バークハートは咳をして、もう一度いった。「こんちは、スワンスン」

スワンスンはその挨拶すら気がつかないようだった。代わりに、彼は大きなため息をもらした。

「だめだ」と自分にいいきかせるようにつぶやくと、彼は放心した顔つきでバークハートに会釈をし、踵《きびす》をかえした。

うなだれた肩が人ごみに消えるのを、バークハートは眼で追った。おかしな日だ、と彼は思った。それに、あまり楽しい日でもない。どこか狂っている。

つぎに来たバスの中で、彼はそのことを考えた。恐ろしいとか、危険だというものではないが、今までの経験からはまったくはずれたことなのだ。誰でもそうだが、人は生活をするうちに、印象と反応の網状組織を作っていく。そして、物事を予測するようになる。薬品箱をあけると、二つ目の段に剃刃がある。玄関のドアに錠をおろすときには、掛け金がうまくかかるように少し余分に引く必要がある。

そういったことを熟知するのは、それらが生活の中で当然かつ安全なものだからではない。むしろ少し狂っているからこそ、そうなるのだ――強情な掛け金、バネが年を経て弱くなって、力をこめて押さないと役にたたない階段の上の明かりのスイッチ、必ず足元ですべる絨毯。

しかし、きょうの出来事は、バークハートの生活のパターンからはずれているだけではなかった。つまり、狂いっぱなしのものが狂ったのだ。たとえばきょう、バースは出社しなかった。しかし、今までバースは毎日出ていたのだ。

バークハートは夕食のあいだも、それを考え続けた。夜、隣人たちとブリッジをやりながら、妻が彼の注意をゲームにひきつけようとしているのも無視して、そのことを考え続けた。隣人というのは、彼のお気に入り――アンとファーリイ・デナーマン夫妻で、二人とも幼な馴染みである。しかし、今夜は彼らもなんとなくおかしく、考えこんでいるようだった。デナーマンは電話会社のサービスの悪さについて盛んに文句をいい、アンは近ごろのコマーシャルの程度の低さを批判したが、彼はほとんど聞いていなかった。

このままでいったら、放心状態の長時間記録さえ作っていたかもしれない。しかし、真夜中をまわるころ、驚くほど突然に――奇妙にも彼にはそれがわかった――ベッドにころがりこむと、すぐ深い眠りにおちてしまった。

II

六月十五日の朝、バークハートは悲鳴をあげて目を覚ました。

これほど現実感のある夢を見たのは、はじめてだった。爆発音、そして彼を壁にたたきつけた爆風。彼はそれらを今でも聞き、感じることができた。なんの乱れもない部屋のベッドで発作的に起きあがった自分が、どうしても納得できなかったほどだ。

妻が階段を駈けあがってきた。「あなた！」彼女は叫んだ。「どうしたの？」

彼はもごもごといった。「なんでもない。悪い夢を見たんだ」

彼女は胸に手をおいて息をついた。そして怒ったように口を開いた。「驚くじゃないの――」

しかし、おもての騒音が彼女の言葉をさえぎった。けたたましい、ショッキングな、サイレンと鐘の音。

二人は一瞬、顔を見あわせると、恐ろしげに窓に駈けよった。

騒音をまきちらす消防車は通りに見えず、ただ一台の小さなパネル・トラックがのろのろと動いている。そのてっぺんに、四方を向いた朝顔型のラウドスピーカーがついていた。ますます強さを増す、けたたましいサイレンの音は、酷使されたエンジンの唸りや鐘の音にまじって、そこから流れてくるのだ。それは火災報知機の四回のブザーの音を聞きつけてとんできた消防車の、完全な録音だった。

バークハートは驚いていった。「メアリ、これは法律違反じゃないか！　やつらのしてることがわかるかい？　火事のレコードをかけてるんだ。なにをしようってんだろう？」

「なにか下心のあるおふざけなのよ」妻が考えを述べた。

「おふざけ？　朝の六時に、隣り近所をみんな起こしてか？」彼は首を振った。「十分もすれば、警察が来るだろう。見ていたまえ」

しかし、十分はおろか、それを過ぎても、警察は現われなかった。トラックの中の人騒がせな人間たちが何者であるにせよ、彼らはどうやら警察からゲームの許可をとったらしい。

トラックは区画の途中で停止すると、二、三分沈黙していた。しかしやがて、スピーカーがビーンと鳴り、巨人の声が歌いはじめた――

「フェックル冷蔵庫！
フェックル冷蔵庫！
みんなが買ってる
フェックル冷蔵庫！
フェックル、フェックル、フェックル、フェックル、
フェックル、フェックル、フェックル――」

それは果てしなく続いた。そのころには、区画のどの家からも顔がのぞいていた。声はたんに大きいというより、耳を聾《ろう》するというほうに近かった。

バークハートは騒音の中で、妻にどなった。「フェックル冷蔵庫ってのは、なんだ

い？」

「冷蔵庫の一種でしょ、たぶん」彼女は冷淡にどなりかえした。

ふいに騒音がやみ、トラックは沈黙した。まだあたりはもやのたちこめた朝で、太陽の光は屋根の上からほとんど水平にさしている。ほんのすこし前まで、この静かな区画で、ある冷蔵庫の名前がやかましく繰りかえされていたことを信じるのは、不可能だった。

「とっぴょうしもない宣伝のやりかただな」バークハートは苦々しくいった。そしてあくびをすると、窓から離れた。「服を着ようか。あれできっとおしまい――」

そのうしろから、どなり声がかぶさってきた。彼は耳を平手打ちされたような気がした。大天使のトランペットよりもかん高い、荒々しい、嘲けるような声がわめきたてた。

「お宅に冷蔵庫はありますか？　そんなのは駄目ですよ！　フェックル冷蔵庫でないかぎり、駄目！　いいのは今年のフェックル冷蔵庫だけですな！　誰がアジャックス冷蔵庫を持ってるか知ってますか？　アジャックス冷蔵庫を持ってるのは、みんな同性愛者《ホモ》ですよ！　誰がトリプルコールド冷蔵庫を持ってるか知ってますか！　トリプルコールド冷蔵庫を持ってるのは、みんな共産党員《アカ》ですよ！　最新型のフェックル冷蔵庫以外の冷蔵庫は、どれもこれも駄目！」

声は怒りのため、ほとんど絶叫に近かった。「忠告します！　いますぐ行って、フェックル冷蔵庫を買いなさい！　早く！　早く！　フェックルを！　早く、フェックルを！

早く、早く、早く、フェックル、フェックル、フェックル、フェックル、フェックル、フ
ェックル……」

それも最後にはやんだ。バークハートは唇をなめた。そして、妻に、「これじゃ警察を呼んだほうが——」といいかけたとき、スピーカーがまた爆発した。それで出鼻をくじかれた。そのつもりで、むこうもやったのだろう。スピーカーが絶叫した——

「フェックル、フェックル、フェックル、フェックル、フェックル、フェックル、フェックル、フェックル。安っぽい冷蔵庫では食べ物が腐ります。気持が悪くなって、ゲロを吐くのが関の山。気持が悪くなって、コロリといくのが関の山。フェックルを買いなさい。フェックル、フェックル、フェックル、フェックル！　冷蔵庫から出した肉が、どれくらい腐って、カビがはえてるか調べたことはありますか？　フェックルを買いなさい。フェックル、フェックル、フェックル、フェックル。腐った悪臭を放つ肉を食べたくないでしょう？　それなら頭を働かせて、フェックルを買うのです。フェックル、フェックル——」

そこで勘忍袋の緒が切れた。指は違ったダイアルばかりまわそうとしたが、バークハートはやっとのことで分署へかけるのに成功した。電話は話し中だった——どうやら同じことを考えた人間がほかにもいるらしい——しかし、震える指でまたダイアルをまわしはじめたとき、おもての騒音がやんだ。

彼は窓の外をのぞいた。トラックは消えていた。

バークハートはネクタイをゆるめて、ウェイターにフロスティ・フリップ（清涼飲料の一種）をもう一杯注文した。クリスタル・カフェがこんなに暑くさえなければ！　新しく塗りかえた壁は——灼けるような赤と、目もくらむ黄で——まったくひどいものだった。今が六月でなく、一月だと勘違いしている人間がいるらしい。おかげで、レストランは外よりもたっぷり十度は暖かかった。

彼は二口でフロスティ・フリップを飲みほした。変わった香りはするが、悪くない。ウェイターが保証したように、確かにさわやかな気分にはなった。帰り道でカートンを買って行こうと、彼は思った。メアリも気にいるだろう。彼女は新しいものにはなんでも興味を示すのだ。

若い女がテーブルのあいだをこちらに歩いてくるのに気づいて、彼はぎこちなく立ちあがった。彼女ほどの美貌の持主をタイラートンで見るのは初めてである。背は彼の肩ぐらい、髪はハニイ・ブロンドで、スタイルは——というより、完璧といえばすむだろう。身にまとったドレスが、彼女の着ているもののすべてだということは、疑いもなかった。彼女に挨拶をしながら、彼は顔があからむ思いをした。

「バークハートさん」その声は遠くの太鼓の響きのようだった。「あなたにお目にかかれるなんて、こんなうれしいことございませんわ。今朝はどうも」

彼は咳ばらいした。「いやいや。おかけになりませんか、ミス――」

「エープリル・ホーン」とつぶやくと、彼女はバークハートが指さしたテーブルのむこう側ではなく、彼の隣りに来てすわった。「エープリルと呼んでいただけます？」

彼女はなにか香水をつけているようだと、バークハートは心のまだ役目を果している部分を使って考えた。彼女みたいな女が、香水や、そのほかの化粧品を使うのは腑におちなかった。彼はふと我にかえって、ウェイターが二人分のフィレ・ミニヨンの注文をとっていったことに気づいた。

「おい！」彼は取り消そうとした。

「バークハートさん、いいんですのよ」彼女は肩をすりよせて、まっすぐ彼を見つめた。暖かい息が顔にあたった。その表情はやさしく、熱っぽかった。「フェックル・コーポレーションがお払いしますわ。そうさせていただけません？　せめてそれくらいは」

彼女の手が彼のポケットに侵入してきた。

「ポケットに食事の費用を入れたんです」彼女は秘密めかしてささやいた。「そうしていただけますわね？　その――ウェイターに勘定をお払いになるとき。古くさい女とお思いでしょうけど」

彼女はとろけるような微笑をうかべると、急にビジネスライクな表情を作った。「お金を取っておいてください。そして、フェックルのことは大目に見てください。その気になれば、いくらでもあなたは補償金を請求できます。あんなふうに睡眠を妨害されたんですから」

兎がトップ・ハットの中に消えるのをまのあたりで見たように呆然として、彼はいった。
「ああ、あれね。たいしてひどくなかったですよ……エープリル。うるさいことはうるさかったけど——」

「バークハートさん！」青い瞳が称讃するように大きく見開かれた。「きっとわかってくださると思いましたわ。実をもうしますと——その、あれがすばらしい冷蔵庫だものですから、外部の人間が持ちだして売ろうとしたわけなんですの。いま本社で調査を行なってますから、はっきりした事情がわかりしだい、全部のお宅にお詫びにうかがいます。あなたの勤め先は奥さんにうかがいました——お詫びかたがた、いっしょにお食事できてほんとに嬉しいですわ。これも、バークハートさん、あれがすてきな冷蔵庫だからですわね。こんなことといってよかったかしら？　でも——」青い眼眸ははにかむように下を向いた——「フェックル冷蔵庫のためだったら、あたし、たいがいのことはするつもりでおりますの。あたしにとっては、仕事以上といってもいいですわ」眼をあげた彼女は魅力的だった。「バカな女だとお思いになるでしょう？」

バークハートは咳をした。「そんなことは——」

「あら、それほど気になさらなくてもいいですわ！」彼女は首を振った。「うそをいわなくてもけっこう。バカだと思ってるんでしょ？　でも、バークハートさん、フェックルのことをもう少し知っていただけたら、その考えはきっと変わると思います。このパンフレットには――」

バークハートは丸一時間遅れて、昼食から戻った。遅れた原因は、あの女のせいばかりでもなかった。スワンスンという、あまりつきあいのない小男と、彼は奇妙な出会いを演じたのだ。その男は通りで、すごく急ぎの用でもあるように彼を呼び止めると、そのまま立ち去ってしまった。

しかし、それは気にとめるほどのことでもなかった。その日、バークハートがこの会社に勤めて初めて、バース氏が欠勤したからである――おかげでバークハートは今季の所得税申告の事務を押しつけられる羽目になってしまった。

それよりももっと問題なのは、彼がついふらふらと、容積三百四十リットル、縦型、自動霜取り装置つきフェックル冷蔵庫の購入書にサインしてしまったことだった。定価は六百二十五ドルで、十パーセントの特別割引きとなっていた――「今朝あんないやな目にあったのに、バークハートさん」とエープリル・ホーンはいった。

しかも、妻にこれをどう説明すればいいか。彼には見当もつかないのだった。

思い悩む必要はなかった。玄関のドアを入ると、待っていたように妻がいったのだ。

「新しい冷蔵庫買うのどうかしら、あなた。今朝のことで人があやまりに来て——それで、話しているうちに——」

彼女自身、購入書にサインしていた。

ひどい一日だった、と考えながら、その夜遅くバークハートは寝室へむかった。しかし、一日はそれで終わったわけではなかった。階段をのぼったところにある、明かりのスイッチの弱ったバネが、今夜はどうやってもカチリといわないのだ。腹をたてて上げたり下げたりしているうちに、接触する部分が止め金からはずれてしまった。回路がショートして、家中の明かりが消えた。

「ちくしょう！」バークハートは舌打ちした。

「ヒューズがとんだの？」眠そうに、妻が肩をすくめた。「朝、なおしなさいよ」

バークハートは首を振った。「先に寝ていたまえ。すぐ戻る」

それほどヒューズを気にしていたわけではないが、今はとても眠る心境ではなかった。彼はこわれたスイッチの接続を切り、まっ暗なキッチンにおりると、懐中電灯をとって用心深く地下室へおりていった。そして予備のヒューズの箱に背が届くように空のトランクを動かし、溶けたほうを取りだした。

新しいのを入れ換えると同時に、カチリという音、そして上のキッチンの冷蔵庫が発する単調な唸りが聞えてきた。

彼は階段へ戻りかけ、そこで立ちどまった。

古いトランクのあったところの床が、奇妙に明るく光っているのだ。彼は懐中電灯をさしむけた。それは金属だった！

「くそっ」とバークハートはいった。そして信じられぬように首を振った。眼を近づけ、金属のつぎはぎの縁をこすったとき、親指にズキンズキンと痛む切傷をこしらえてしまった――縁は鋭どかった。

汚れたセメントの床は、薄い覆いでしかなかった。ハンマーを見つけ、あちこち割ってみた――どこもかしこも金属だった。

そればかりではない。地下室全体が銅の箱なのだ。煉瓦とセメントの壁までが、金属の外装の偽の覆いなのだった！

混乱して、彼は土台になっている一本の梁《はり》に挑んだ。それは、少なくとも、木だった。地下室の窓ガラスも、ガラスに違いなかった。

血の流れでる指を吸いながら、地下室の階段の台を試した。本物の木である。オイル・バーナーの下の煉瓦を打ってみた。本物の煉瓦。ささえ壁と床――それらは見せかけだけのものだった。

まるで誰かが、金属のわくで家を建て、その証拠をていねいにカムフラージュしたように見える。

最大の驚きは、地下室の奥の半分を占領している、ひっくりかえしたボートの腹だった。何年か前、バークハートはこういった日曜大工にこったことがあったのである。上から見ただけでは、それはどこもおかしいところはなかった。しかし、内側の腰掛けや戸棚のあるべきところには、荒削りで未完成の棒がはりわたしてあるだけだった。

「これを作ったのは、おれじゃないか！」親指の痛みも忘れて、バークハートは叫んでいた。彼は目がくらんだようにボートの腹に背をもたせかけると、合理的な解答を見つけようとした。明らかに、彼には推測できない理由によって、誰かが彼のボートを、地下室を、いや、もしかしたら、この屋敷全体をどこかへ持ち去り、本物と見分けのつかない偽物を代わりに置いたのだ。

「そんなばかな」と誰もいない地下室にむかっていうと、懐中電灯の光を頼りに、彼はあたりを見まわした。そして、つぶやいた。

「いったい、どこの誰が、なんの理由でそんなことをするだろう？」

理性が回答を拒否した。理屈に合う答えはない。長いあいだ、バークハートは自分の思考の正気さをおずおずと検討していた。

見間違いではないか、想像にすぎなかったのではないかと思って、彼はもう一度内部をのぞいた。しかし、荒削りで未完成の棒は、あい変わらずそこにあった。もっとよく見ようと下へもぐりこんだ彼は、信じられぬように粗い木の表面を手でさわった。あり得ないことだ！

彼は懐中電灯を消すと、外へ這い出ようとした。しかし、結局それは成功しなかった。動き、這い出る命令が両足に下るか下らないうちに、突然彼は脱けるような疲労感に襲われた。

そして、意識は——いつのまにか、というより奪い去られるように消え、ガイ・バークハートは眠りにおちていた。

Ⅲ

六月十六日の朝、ガイ・バークハートは地下室のボートの腹の下でうつぶせになったまま眼をさました——そして、きょうが六月十五日とも知らずに、階段を駈けあがった。

しかし、その前にボートの腹と、地下室のにせの床と、模造煉瓦に血走った視線を走らすのを忘れなかった。それらは不可能なまでに昨夜の記憶と寸分変わっていなかった。

キッチンは静かで、なんの変化もなく、聞こえるものといえば、正確に時を刻む電気時計の音だけだった。六時少し前、とそれはいっていた。そろそろ妻が起きてくる。

バークハートは玄関のドアを開け放すと静かな通りに目をやった。朝刊が階段の中途に無雑作にひろがっている——それをたたみなおそうとしたとき、彼は日付が六月十五日となっているのに気づいた。

だが、そんなことはありえない。六月十五日は、きのうだ。忘れるわけがない——今年の所得税申告日だったのだ。

彼は広間へ戻ると、電話器をとりあげた。〈天気予報〉のダイアルをまわすと、抑揚のない声が聞えてきた。「——涼しく、ところによりにわか雨。気圧は一〇一七ミリバールですが、これからしだいにあがる見込みです……合衆国気象台、六月十五日の天気予報をもうしあげます。きょうは暖かな日和に恵まれ、高気圧が——」

彼は電話をきった。六月十五日。

「いったいどうなっているんだ!」バークハートは祈るような気持でいった。確かになにかおかしい。妻の目ざまし時計のベルが鳴るのを聞いて、彼は二階に駆けあがった。

メアリ・バークハートはベッドに半身を起こして、悪夢から目覚めたばかりというように、怯えた不可解な表情を眼にうかべていた。

「あなた!」部屋に入ってきた夫を見て、彼女はあえぎながらいった。「恐ろしい夢だったわ! なにかが爆発して——」

「またかい?」あまり同情したようすも見せずに、バークハートはいった。「メアリ、おかしなことがあるんだ！　きのう一日、変だ変だと思ってたんだが――」

彼は、銅の箱に入った地下室のこと、誰かが彼のボートに施した擬装のことなどを、つぎつぎと話していった。メアリはははじめは驚いたようだったが、しだいに怪訝な顔になり、最後には不安げな、なだめるような表情におちついた。

彼女はいった。「それ本当なの？　あの古トランクは、あたしが先週掃除したのよ。そのときにはなんともなかったわ」

「確かだよ！」ガイ・バークハートはいった。「新しいヒューズを入れようとして、あれを踏み台がわりに壁ぎわにうつしたんだ。ゆうべ、ヒューズがとんだすぐあと――」

「なんのすぐあと？」メアリの表情は、たんに〝怪訝そうな〟という以上のものだった。

「停電してからだよ。階段をのぼったところのスイッチが動かなくなったのは知ってるだろう？　あれから地下室へおりて――」

メアリはベッドの上に起きあがった。「ガイ、動かなかったなんてうそだわ。それに、ゆうべ明かりを消したのは、あたしよ」

バークハートは妻をまじまじと見た。「ちゃんと覚えてるんだ！　来て、見たらい！」

彼はおどり場へ出ると、芝居気たっぷりにこわれたスイッチを指さした。昨夜、ネジをはずして、そのままにしておいたものを……

しかし、事実は逆で、それをいじりまわしたようすはまったく見えなかった。信じられぬように、バークハートはスイッチを押した。両方の広間に明かりがついた。

メアリは青ざめ、心配そうに、彼を残して、朝食をつくるためキッチンへおりていった。バークハートは長いあいだスイッチを見つめて立ちつくしていた。思考は不信や驚きの限界を通りこし、活動を停止していた。

彼は麻痺したように自分の殻に閉じこもったまま、ひげを剃り、服を着、朝食をすませた。メアリは無言で、彼に不安げな、いたわるような視線を向けた。口をきかずにバス停留所にそそくさと出かけようとする夫に、彼女はお出かけのキスをした。

応接デスクのミス・ミトキンは、あくびをしながら彼に挨拶した。「バースさんは、きょうはいらっしゃいません」

「おはようございます」その声は眠そうだった。

バークハートはなにかをいいかけて、思いとどまった。彼女は、きのうバースが欠勤したことを知らないのだ。でなければ、いま彼女がカレンダーの六月十四日の分を破って、〝新しい〟六月十五日のところを出すはずがない。

彼はよろめく足で自分のデスクにたどりつくと、朝の郵便を空《うつ》ろな眼で見つめた。まだ封を切られてもいないが、〈工場配給〉の封筒には、新しい音響タイル六千メートルの注文書、ファインベック・アンド・サンズ会社からのものには苦情の手紙が入っていることは、もうわかっていた。

長いことたってから、彼は決意してそれらを開いた。そのとおりだった。

昼休みになるころには、とうとういたたまれなくなって、彼はミス・ミトキンを先に昼食に追い出した——その前日の六月十五日、先に昼食をとったのは彼だった。彼女はバークハートのわざとらしい示唆にびくびくして出ていったが、彼の気分はそんなことではいっこうに変わらなかった。

電話が鳴った。バークハートは放心したように、それをとった。

「ダウンタウンのコントロ化学です。こちらはバークハート」

声がいった。「ぼくはスワンスンだ」そして沈黙した。

バークハートは次の言葉を待ったが、それだけだった。「もしもし？」

ふたたび沈黙。やがて、スワンスンが、あきらめたような悲しげな調子できいた。「まだわからないか？」

「なにがなにだって？　スワンスン、用はなんだ？　きのうもぼくのところへ来て、同じことをいった。きみは——」

声がふいに大きくなった。「バークハート！　よかった、覚えていてくれたな？　そこにいてくれ——三十分で行く！」

「いったいなんだ？」

「あとで」小男は嬉しそうにいった。「着いたら説明する。電話でそれ以上はいうなよ──誰か盗聴しているかもしれない。そのまま待っててくれ。少しのあいだでいい。社にはきみだけか？」

「いや。そのうち、ミス・ミトキンが──」

「ちくしょう。おい、バークハート、昼食はどこでするんだ？　そこは騒がしくて話しやすいか？」

「まあ、そうだな。クリスタル・カフェだよ。一区画ばかり──」

「知ってる。三十分したら会おう！」そして、電話はきれた。

クリスタル・カフェの壁はもう赤くなかった。しかし、暑さはきのう以上で、おまけにコマーシャルをまぜた音楽が絶えまなく流れていた。中身は、フロスティ・フリップ、マーリン・シガレット──「不純物は除いてあります」とアナウンサーがいっていた──それから、今まで名前もきいたことのないチョコバイトという飴ん棒の宣伝だった。しかし、すこし聞いて、すぐうんざりしてしまった。

スワンスンが現われるのを待っていたとき、ナイトクラブのタバコ売りまがいのセロハン・スカートをはいた女が、赤い紙で包んだ小さなキャンディの盆をもって、テーブルの

あいだをやってきた。「チョコ
「ぐっとくる味、チョコバイト」彼のテーブルに近づきながら、彼女はいった。「よりおいしいチョコバイト！」
電話をしてきた奇妙な小男のことばかりに気をとられていたバークハートは、それにほとんど注意を払わなかった。しかし、彼女が隣りのテーブルへ来て、客に微笑しながら、キャンディをふりまきはじめたとき、彼はその横顔に気づいて、そちらをふり向いた。
「ミス・ホーン！」彼は叫んだ。
女はキャンディの盆を落とした。
レストランの支配人がいぶかしそうな視線を向けたので、バークハートはシートに体を
しずめて目だたないように努めた。侮辱したわけではないのに！　セロハン・スカートを
はいて、あんな露わに脚を出してはいるが、彼女は非常にしつけのきびしい家庭で育った
のだろう、と彼は思った。それで彼が呼んだとき、女たらしと勘ちがいしたわけだ。
ばかばかしい。バークハートは不快そうに顔をしかめると、メニューをとった。
「バークハート！」か細いささやき声がした。
バークハートは、メニューのむこうに目をやってびっくりした。向かい側のシートには、
小男のスワンスンがいつのまにか体をこわばらせてすわっていたのだ。
「バークハート！」小男はまたささやいた。「ここを出よう！　やつらが目をつけてる。

生命《いのち》がおしかったら、来るんだ！」

言い合いをしても仕方がない。バークハートは歩きまわっている支配人に、罰の悪そうな、青ざめた微笑をすると、スワンスンのあとを追った。小男は行き先があるようだった。

通りに出ると、彼はバークハートの腕をとって、区画を速足で歩きだした。

「彼女を見ただろう？」スワンスンはきいた。「あのホーンという女、電話ボックスに入ったな！　五分もしたら、やつらがやってくる。だから、急ぐんだ！」

通りは車や人びとでいっぱいだったが、バークハートとスワンスンに注意を払う者はなかった。空気は肌寒かった――天気予報ではあんなことをいっていたが、六月というより、これは十月の気候だ、とバークハートは思った。彼は同時に、こんなおかしな小男のあとについて、通りを走っている自分がバカみたいに見えてきた。誰ともわからない〝やつら〟を逃れて――いったいどこへ行こうというのだ？　小男が狂人だという可能性もあったが、それ以上に彼は真相が知りたかった。それに、男の恐怖が、彼にも伝染しはじめていた。

「入るんだ！」あえぎながら、小男がいった。

そこは別のレストラン――というより、バーという感じだった。バークハートなどは決して寄りつかない二流の店である。

「まっすぐつきぬけて」スワンスンがささやいた。バークハートは、おとなしい少年のように、テーブルの並びをぬって奥へむかった。

店はL字形で、直交する二つの通りに正面が向いている。二人は脇の道にとびだした。不審そうな顔でこちらを見ている勘定係に、スワンスンは冷ややかな視線を返すと、向かい側の歩道にわたった。

二人は今、映画館の庇《ひさし》の下にいた。スワンスンの表情がゆるんだ。

「やっとまいた！」彼は小声で嬉しそうにいった。「もうすぐだ」

そして窓口に寄ると、切符を二枚買った。バークハートは彼について、映画館に入った。

平日の昼間興行《マチネー》なので、客席はがらがらだった。スクリーンからは、銃声と馬の蹄の音が聞えてくる。案内係が一人、てらてら光る真鍮のレールによりかかっていたが、ちょっと二人を見ただけで、退屈そうにスクリーンに眼を戻した。スワンスンは、バークハートを従えて絨毯をしいた大理石の階段を下った。

たどりついたところは、人気《ひとけ》のない休憩室だった。MENと書いたドア、LADIESと書いたドア。そして、三つ目のドアには金文字で『支配人』とあった。スワンスンは中の物音にしばらく耳を傾けていたが、やがて音がしないようにそれをあけ、中をのぞいた。

「オーケイ」手招きをしながら、彼はいった。

バークハートは続いて誰もいない支配人室を通り抜け、もうひとつのドア――印がないところを見ると、物置かもしれない――へむかった。

その予想ははずれていた。スワンスンは注意ぶかくドアをあけ、中をのぞいて、バークハートにあとに続くようにと合図した。

そこは、煌々と照明の輝く、金属の壁を持ったトンネルだった。からっぽなことは同様で、二人の立っているところから、通路は両側に寒々とどこまでも延びている。

バークハートはあれこれ思いめぐらしながら、あたりを見まわした。ひとつだけ、彼のよく知っていることがあった――

タイラートンの町に、こんなトンネルがあるはずはないのだ。

トンネルのむかい側には、数脚の椅子とデスク、それにテレビジョン・スクリーンらしいものが置いてある部屋があった。スワンスンはあえぎながら、椅子に腰をおろした。

「ここにいれば、しばらく安全だ」彼は苦しそうにいった。「やつらは、ここにはもうあまり来ない。来たとしても、音が聞こえるから、隠れられる」

「誰が来るんだ？」バークハートはきいた。

小男はいった。「火星人さ！」その言葉を吐きだすと同時に、彼は一瞬失神しそうになった。やがて不機嫌な口調で、彼は続けた。

「火星人だと思うんだ。きみがどう考えようとな。やつらがきみを捕えてから、何週間も考えた。ロシア人という可能性もある。だが——」

「はじめから話してくれ。やつらがいつ、なにをしたんだ？」

スワンスンはため息をついた。「また、はじめから話さなければならないのか。よし、わかった。二カ月前のことだ。夜遅く、きみはぼくの家のドアを叩いた。きみはすごく疲れているようすで——おかしいくらい怯えていた。そして、ぼくに助けてくれというんだ——」

「ぼくが？」

「覚えてないのも無理はない。あとの話を聞けば、わかるさ。きみは早口で、誰かに捕まって脅かされたとか、死んだ妻が生きかえったとか、そういった支離滅裂なたわ言をしゃべりまくった。こっちは、きみの頭がおかしくなったんじゃないかと思ったよ。だが——その、ぼくはきみが立派な人物であることを知っている。だから、かくまってくれといわれたとき、家の暗室のことを思いついた。鍵は中からかかるだけだし、鍵はぼくしか持っていない。で、二人して暗室に入った——きみの機嫌をとるためにね——しかし、真夜中をまわるころ、といってもそれから十五分か二十分ぐらいあとだが、ぼくらは気を失ってしまった」

「気を失った？」

スワンスンはうなずいた。「二人ともだ。砂袋でなぐられたみたいな感じだったな。ゆうべ、それが起こらなかったか？」

「起こったらしい」バークハートは確信なさそうに首を振った。

「だろうとも。そして目を覚ましたときには、朝だった。きみは、おもしろいものを見せてやろうといいだした。そして、ぼくといっしょに外へ出ると、新聞を買ったんだ。日付は、六月十五日となっていた」

「六月十五日？　だが、それは今日じゃないか！　その、つまり――」

「そうだよ。いつも、今日なんだ！」

呑みこむには時間がかかった。

バークハートは首をかしげながらきいた。「いったい何週間、その暗室に隠れていたんだ？」

「わかるもんか。四、五週間だろうな。数えられないよ。毎日、同じ――六月十五日なんだ。家主のキーファー夫人はいつも、玄関の前の階段を掃除してるし、角の売店の新聞の見出しも毎度同じ。だんだん退屈してくる」

Ⅳ

スワンスンは、バークハートの案に難色を示したが、けっきょくついてきた。彼は尻馬にのるタイプの男なのだ。

「危険だぜ」心配そうに彼はつぶやいた。「誰かきたらどうする？　きっと見つかって――」

「だからって、なにを失うんだ？」

スワンスンは肩をすくめ、「危険だ」ともう一度いった。しかし、あとにはついてきた。

バークハートの案は単純だった。このトンネルはどこかに通じているにちがいない――その確信に従ったのだ。火星人にしろ、ロシア人にしろ、とてつもない陰謀にしろ、常軌を逸した幻覚にしろ、タイラートンになにか奇妙なことが起こったとすれば、その解答はどこかになくてはならない。トンネルの終点には、それがあるかもしれなかった。

二人はのろのろと進んだ。一キロ半以上も歩いたころ、やっと終点が見えてきた。幸運であったというべきだろう――途中、誰にも会わなかったのだ。しかし、スワンスンの話では、ある時間になると使用されているらしいということだった。

毎日が六月十五日。なぜだ？　バークハートは自問した。どのようには、あとでいい。今は、なぜが問題なのだ。

そして、なぜ町じゅうの人間が同じ時刻に――どうやらそうらしい――いやおうなく強烈な眠気に襲われるのか？　そして、目を覚ましたときには、なにも覚えていない――バークハートが不注意にも暗室への退却に五分間遅れ、ついに戻らなかった日の翌朝、ふたたび顔を合わすのがどれほど待ち遠しかったかしれない、とスワンスンは話した。しかし、意識を取り戻したときには、バークハートの姿はどこにも見えず、午後になってやっと見つけたが、すでになにも覚えていなかったという。

それから数週間、スワンスンは、夜は仕事場の暗室に隠れ、昼はこっそり抜けだして、頼みの綱であるバークハートを捜しながら、生命《いのち》の瀬戸際を、彼らの恐ろしい監視の眼をかいくぐって細々と暮してきたのだった。

彼ら。その一人は、エープリル・ホーンという女。彼女が不注意にも、電話ボックスに入ったまま出てこなかったことから、スワンスンはこのトンネルを見つけた。もう一人は、バークハートの会社のタバコ販売店にいる男。正体がわかっている者、または怪しい者の名を、スワンスンはほかに十人以上あげてみせた。

要領さえわかれば、彼らを見つけだすのは容易だった——なぜなら、このタイラートンで、その日その日の職業が変わるのは、彼らだけだからだ。バークハートが六月十五日の八時五十一分のバスに、来る日も来る日も一分一秒たがわず乗りこんでいたとき、エープリル・ホーンは、あるときはセロハン・スカートをはいて派手にキャンデイやタバコを売りあるき、あるときは普通の服に身をつつみ、あるときは一日完全にスワンスンの前から姿を消したりしていたのだ。

火星人だろうか？　それとも、ロシア人なのか？　彼らが何者であるにせよ、このとてつもない仮装舞踏会からいったいなにを得ようというのだ？

答えは、バークハートにも見当がつかなかった――しかし、それはトンネルのつきあたりのドアのむこう側にあるかもしれない。彼らは全神経を集中して物音に耳をすました。よくはわからないが、危険なものではなさそうだった。二人はドアの隙間からすべりこんだ。大きな部屋を抜け、階段をのぼると、そこはコントロ化学の工場と思われるところだった。

人影はなかった。それは奇妙なことではない――自動化した工場には、人間はほとんど必要ないのだ。しかし、以前たった一度バークハートが訪問したときの印象は、工場の果てしない、止むことのない活動だった。開いては閉じるバルブ。数知れぬ大釜は、泡だつ液体を流しては満たし、攪拌し、加熱し、化学的に味わっている。人がいないことはあっても、工場が活動を停止したことはなかった。

ところが――今そこには、なんの活動も見られなかった。遠くの物音をのぞいては、動くものの気配すらない。据えつけられた電子頭脳は、なんの命令も発しない。コイルも、継電器《リレイ》も、今は停止しているのだった。

バークハートがいった。「来たまえ」スワンスンはしぶしぶと彼のあとについて、こみいったステンレス・スチールの柱やタンクのあいだの通路を歩きだした。

二人は死人に囲まれているかのように歩いた。ある意味では、そのとおりなのかもしれない。それまで工場を動かしていた自動人形たちが活動を停止したら、それを死人以外にどう呼べばいいのだ？　機械を制御している計算機は、厳密な意味では計算機というより、生きている頭脳の電子的な複製である。それが接続を切られたとしても、死んだことにはならないのだろうか？　たとえ一時、人間の心が宿っていたとしても。

原油の分別・精製技術では天才的な腕を持っている石油化学の権威者を例にとってみよう。彼をベルトでとめて、その脳を電子針でさぐる。機械は彼の精神のパターンを走査し、グラフを正弦曲線に翻訳する。それらの曲線をロボット計算機に流しこめば、化学者はできあがり。お望みなら、同じ知識と技術を持ち、しかも肉体的制約のまったくない化学者を、千人でもこしらえることができる。

そのコピーを一ダースばかり工場に配置する。彼らは一日二十四時間、一週七日間働き続け、そのあいだ疲れも、よそ見も、度忘れもしない……

スワンスンが、バークハートににじりよってきた。「おれはこわい」

部屋のつきあたりまで来ると、音は大きくなった。機械の騒音ではない。人間の声だ。バークハートは注意ぶかくドアに寄ると、隙間を作って、中をのぞいた。

部屋はそれほど大きくなく、壁にテレビジョン・スクリーンがたくさんはめこまれていた。それぞれ――一ダースもあるだろうか――の前に男か女がすわり、スクリーンを見ながらレコーダーにメモしている。一人一人がダイアルをまわして、つぎつぎと映像を変えていく。同じ映像はなかった。

共通な点もほとんどないようだった。ひとつは商店の内部で、エープリル・ホーンのような衣装をつけた女が、家庭用冷蔵庫の実演をやっている。ひとつは、一連のキッチンのショット。バークハートは、彼の会社にあるタバコ販売店らしいものも認めた。

目的がなにかは、見当もつかない。ここに立って、真相をひねりだしたいところだったが、あいにくと部屋はこみすぎていた。誰かが横を向いたり、部屋を出ようとして彼らを見つけないともかぎらないのだ。

二人はもうひとつの部屋を見つけた。こちらは空《から》だった。広い、豪華なオフィスで、デスクには、書類がちらかっていた。バークハートは、はじめそれをちらっと見ただけだったが――やがて、その上に書かれたバカげた語句にひきつけられていた。

彼はいちばん上の書類をとると、それに眼を通した。スワンスンは熱心に、引き出しを探している。

バークハートは信じられぬ気持で呪いの言葉を吐くと、デスクに書類を落した。

スワンスンはそのようすに気づかず、歓声をあげた。「見ろよ！」彼はデスクから拳銃を引っぱりだした。「弾丸《たま》も入っている！」

バークハートは放心したように彼を見つめながら、いま読んだことをまとめようと努力した。ややあって、スワンスンのいった意味を呑みこんだ彼は、眼を輝かせた。「そいつはいいぞ！　いただこう。それを持って、ここを出るんだ、スワンスン。そして、警察へ行く！　タイラートンのじゃなく、ＦＢＩへだ。これを見ろ！」

彼がスワンスンに渡した書類の見出しはこうなっていた。〈実験場経過報告。マーリン・シガレット宣伝の件〉内容は、バークハートやスワンスンにはほとんど意味をなさない数字の羅列だったが、最後につぎのような要約がついていた――

テスト四七－Ｋ三は、これまで行なわれたテストの二倍近い販売成績をおさめたが、拡声器つきトラックの制限条例なるものがあり、実地にはおそらく応用不可能と思われる。

二番目に成績のよいものは、四七－Ｋ一二群である。よって再テストは、成績のよかった上位三位までの案を、サンプリング・テクニックを用いる場合と用いない場合に分けて試みられたい。

それに代わるものとして、もし顧客が追加テストの出費を望まない場合、Ｋ一二列の最優秀アピールを直接実施してもかまわない。

上記の予報の期待値は、最終予報の〇・五％以内で八〇％、五％以内で九九％の可能性である。

スワンスンは書類から顔をあげて、バークハートの眼を見つめた。「わからん」と彼は不機嫌にいった。

バークハートはいった。「無理もないさ。尋常じゃないからな。だが、これは事実にあてはまるんだ。スワンスン、ぴったりとあてはまるんだ。ロシア人でもなければ、火星人でもない。やつらは宣伝マンなんだ！　どうやってやったかは知らないが、やつらはタイラートンを支配したらしい。きみもぼくも、そしてこの町の二、三万人を、みんな手の中に握ってるんだ。催眠術をかけたのかもしれないし、そうでないかもしれない。しかし手段がどうであろうと、ぼくらが毎日おなじ日をすごさねばならないのは確かだぜ。丸一日、宣伝をまきちらしておいて、結果を調べ——それから、記憶を全部洗い流してしまう。そして翌日はまた、別の宣伝をはじめやがるんだ」

スワンスンはあけていた口をやっとのことで閉じると、ゴクンと唾を飲みこんだ。「ばかな！」彼は即座に打ち消した。

バークハートは首を振った。「そうさ、気ちがいじみてる——だが、なにからなにまで常軌を逸してるじゃないか。ほかにどういう説明がある？　タイラートンの大部分の住人が、同じ日を何回も繰りかえしているのは否定しないだろうな。げんに、この眼で見たんだ！　それからして、そもそもまともじゃない。だが、真実だと認めなければいけない――気が狂ってるのが、ぼくらじゃなければだが。そして、誰かが、なんらかの方法で、それをなしとげようとしていることを知った今は、すべてが意味を持ってくる。

考えてみろよ、スワンスン！　実際の宣伝に五セントも使うことなく、あらゆるディテイルをテストできるんだ！　どういう意味かわかるか？　どれくらい金がいるものか知らないが、ある会社では年に二千万も三千万も宣伝費を使うそうだ。それに、会社百個を掛け算してみろ。その宣伝費が十分の一で済むってことを、全部の会社が知ったらどうなる？　このとおりさ！

もしこれから起こることが前もってわかるとしたら、コストは半分――いや、半分以下にもさがるだろう。だが、それで二億も三億も節約ができる――代わりにその中から、タイラートンの使用料として、十パーセントや二十パーセント払ったって、たいした安あがりだし、タイラートンの所有者にはしこたま金がころがりこむしかけだ」

スワンスンは唇をなめた。「つまり」彼はおずおずといった。「おれたちは――その、〝囚われの聴衆《キャプティヴ・オージエンス》〟のようなものなのか？」

バークハートは顔をしかめた。「そうでもない」彼はしばらく考えていた。「医者がどうやってペニシリンをテストするか知ってるか？　たくさん並んだゼラチンの皿に菌を培養して、つぎつぎと少しずつ成分の違う薬品を与えるんだ。それがわれわれさ――黴菌《ばいきん》だよ、スワンスン。ただ、それよりももっと能率がいい。何回も何回も使えるから、皿はひとつだけで済む」

それはスワンスンにとって、大きすぎる打撃だった。「どうしたらいいんだ？」と彼はいっただけだった。

「警察へ行く。人間をモルモットにされてたまるものか！」

「警察にはどう行くんだ？」

バークハートはためらった。「それは――」彼はゆっくりといった。「できる。ここは誰か重要人物のオフィスだろう。こっちには拳銃がある。やつが来るまで、ここで待っていよう。そいつに連れてってもらえばいい」

単純明快。スワンスンはあとずさりすると、壁ぎわの、ドアから見えないところにすわる場所を見つけた。バークハートは、ドアのまうしろに場所をとった――

そして、待った。

思ったほど、長く待たなくてすんだ。三十分もたっただろうか。バークハートの耳に、近づいてくる話し声が聞えた。彼はすばやくスワンスンにささやくと、壁に体を押しつけた。

男の声。女もいる。男はいっていた。「――で、電話をかけられなかったというのかね？　きみのおかげで、今日一日のテストはおじゃんだよ！　きみともあろうものがどうしたんだ、ジャネット？」

「すいません、ドーキンさん」彼女はかわいい、きれいな声でいった。「重要だと思ったものですから」

男はぶつぶつといった。「重要？　二万一千の中のたったひとつがかね？」

「でも、バークハートなんです、ドーキンさん。またですわ。それに、あんなふうに姿を消したところを見ると、仲間がいるのかもしれません」

「わかった、わかった。たいした問題にはならんよ、ジャネット。チョコバイト計画はどっちみち早く進んでるんだ。ま、ここまで来たんだから、オフィスへ入って、きみの書類をかたづけてくれ。それから、バークハートのことは気にせんでいい。ただ歩きまわってるだけだろう。今夜見つけだして――」

彼らはドアをあけて入ってきた。バークハートはそれを足でしめると、拳銃を向けた。

「そういうたくらみなのか」彼は勝ち誇ったようにいった。

今までの恐ろしい出来事も、狂気の疑惑も、混乱と不安も、耐えてきた価値は充分あった。これほど満足感を味わったことは、今までにもない。男の表情は、本で読むことはあっても、見るのはこれがはじめてだった。ドーキンは口をポカンとあけ、眼を大きく見開いた。質問らしい音が口から漏れたが、言葉にはならなかった。

女も同じように驚いていた。バークハートは彼女の顔を見て、なぜ声に聞きおぼえがあったのか気づいた。彼女は、バークハートにエープリル・ホーンだと自己紹介した女だったのだ。

ドーキンはすぐわれに返った。「この男か？」厳《いかめ》しい声で、彼はきいた。

「そうです」女は答えた。

ドーキンはうなずいた。「前言は訂正だ。きみのいうとおりだった。それで、きみ――バークハート。目的はなんだ？」

スワンスンが声をはりあげた。「気をつけろ！　別の拳銃を持ってるかもしれないぞ」

「調べてくれ」バークハートはいった。「では、目的を話そう、ドーキン。いっしょにFBIへ行って、二万人の人間を誘拐した説明をしてくれないか」

「誘拐？」ドーキンは荒々しい声でいった。「ばかばかしい！　拳銃をしまいなさい――ここからは逃げられん！」

バークハートは凄《すご》んで拳銃をあげた。「できるさ」

「だが本当なんだ！　信じないのか？」

バークハートは首をふった。「FBIなら信じてくれるだろう。行ってみようじゃないか。さて、ここから出る道は？」

ドーキンは口を開きかけた。

バークハートはどなった。「邪魔をするな！　どうしてもとなったら撃つぞ。わからないか？　おれは二日間地獄の苦しみを味わった。その一秒一秒が、おまえのせいなんだ。殺すかって？　喜んでそうするね。こっちには失うものはなにもない！　ここから出すんだ！」

ドーキンの表情がふいにくもった。彼は行動を起こしかけた。しかし、ジャネットと呼ばれるブロンドの女が、男と拳銃のあいだにわりこんだ。

「おねがいですから！」彼女はバークハートに懇願した。「あなたはなにも知らないんです。撃ってはいけません！」

「ど、どくんだ！」

「でも、バークハートさん――」

彼女がいい終わらないうちに、ドーキンは無表情にドアへむかっていた。バークハートの押しが少し強すぎたのだ。彼は叫びながら、銃をそちらに向けた。女が鋭い悲鳴で制止した。彼は引金に指をかけた。哀れみと嘆願を眼にうかべて、彼女はバークハートに走り寄ると、ふたたび男と銃のあいだに立ちはだかった。

殺すつもりはない。傷つけるだけでいいのだ。バークハートは無意識に銃口を下に向けた。しかし狙いが狂った。

弾丸は、彼女のみぞおちに命中した。

そのときには、ドーキンは部屋を出ていた。ドアがしまり、遠くへ去る足音が聞えた。

バークハートは拳銃を部屋のむこう端へほうると、女に駈けよった。

スワンスンが哀れっぽい声を出した。「これでおしまいだ、バークハート。いったいなんでそんなことをしたんだ？　ここから出ることはできたんだ。警察を呼ぶことだってできたんだ。逃げだしたも同然だったんだ！　おれたちは――」

バークハートは聞いていなかった。彼は膝をついて、あお向けになって手をばたばたさせている女を見つめていた。血は出ていない。傷口のあともはっきりと見えない。だが生身の人間だったら、その姿勢ではとても耐えられないはずだ。

しかも、彼女は死んでいない。

死んでいない――彼女の脇で凍りついたようになって、バークハートは思った。しかし、生きてもいないのだ。

脈搏はなかった。しかし、その代わりに片手の伸びた指からリズミカルなカチカチという音が聞えてくる。

呼吸もない。しかし、空気のしゅうしゅうという音はどこかでしていた。

開いた眼がバークハートを見つめていた。そこには苦痛も恐怖もなかった。あるのはただ深い哀れみだけ。

唇をぎこちなく動かして、彼女はいった。「心配――しなくてもいいですわ、バークハートさん。わたしは――だいじょうぶです」

バークハートは彼女を凝視したまま、すわりこんだ。血が出るべきところには、肉に代るなにかがぽっかりと口をあけていた。そして、細い金色の銅線のカール。

バークハートは唇をなめた。

「きみはロボットだ」彼はいった。

女はうなずこうとした。けいれんする唇がいった。「そう。あなたも」

V

スワンスンはひと声不明瞭な叫びをあげると、デスクに近づき、壁に向いてすわった。バークハートは床のこわれた人形の脇で体を大きく震わせた。いうべき言葉もなかった。

女がいった。「すいません――こんなことになってしまって」愛らしい唇が歪んで、なめらかな血色のいい顔にぞっとするような冷笑がうかんだ。彼女は必死の努力で、それをこらえた。「すいません」彼女はまたいった。「神経――中枢に弾丸《たま》があたったものですから、体を――うまくコントロールできないんです」

バークハートは謝罪を受けて、無意識にうなずいた。ロボット。わかりきったことだったのだ。今こそ、彼はそれに気づいた。考えてみれば、そうでなければならなかったわけだ。催眠術とか、火星人とか、それ以上に奇妙なことばかり考えついて、——ばかなことだが、造られたロボットという単純な事実が、背景と要領よく合致することに今まで気づかなかったのだ。

証拠は全部、彼の前にそろっていた。思考を移植され、オートメ化した工場——ヒューマノイド・ロボットに思考を移植し、同時に元の持主の肉体や容貌を与えたとしてもおかしくない。

そうなれば、もう人間と見分けはつかない。

「みんな」大声を出していることも気づかず、彼はいった。「妻も秘書もきみも隣りの一家も。みんな同じだ」

「ちがいます」その声には力がこもっていた。「全部同じというわけではありません。わたしは、この道を選んだんです。わたしは——」今度の唇のけいれんは、神経のひきつりによるものではなかった——「わたしは醜い女でした。年も、六十に届きかけて、生きる望みを失っていました。そこへ、ドーキンさんが、美しい女として新しい人生を生きるチャンスをくれたんです。わたしはとびつきました。不利な点なんか眼をつぶって、わたしはとびつきました。本当の体はまだ生きていて——わたしがここにいるあいだ眠っています。そこへ帰ることができるんです。帰りたいとは思いませんけれど」

「それで、ぼくたちは？」

「それとは違います、バークハートさん。わたしはここで働いているだけ。ドーキンさんの命令を伝え、宣伝テストの結果を表にし、あなたやほかの人たちが彼の思いどおりに生活しているか見張っているんです。わたしには選択ができます。あなたたちには、それができません。その理由は、あなたが死んでいるからです」

「死んでいる？」とバークハートは叫んだ。それは悲鳴に近かった。

青い瞳がまたたきもせず、彼を見つめた。彼はそれが嘘でないことを知った。そして、生唾を呑みこんだ。生唾を呑みこんだり、汗を流したり、食事をしたりする複雑な機構には、彼も驚かずにはいられなかった。

彼はいった。「そうか、夢の中の、あの爆発なんだな」

「夢ではありませんわ。あなたの考えたとおり――あれは爆発なんです。本当の出来事で、原因はこの工場でした。貯蔵タンクが爆発し、それで死ななかった人びとも、その直後に襲ったガスでなくなりました。二万一千人の人びとが、その爆発でほとんど死んでしまったんです。あなたもその一人でした。ドーキンはそれに眼をつけたんです」

「あの食屍鬼《グール》め！」バークハートはいった。

彼女は不思議と優雅に、ねじまがった肩をすくめた。「あなたは死んでしまったんです。ドーキンが捜しているのは、あなたや、この町の人びと——つまりアメリカの一断面を見せる町全体でした。死人の脳からパターンを移すのは、生きている場合とたいして変わりません。むしろ、簡単なくらいです——死人はいやだといえないんですから。それはもちろん、たいへんな労働とお金が入用でした——町は見る影もないので——でも、再現することは可能です。こまかいディテイルまで気を配る必要はありません。

脳まで完全に駄目になっている家は、中もからっぽです。それに地下室だって、それほど手を入れる必要はありませんし、道路なんかだと、なお簡単です。どちらにしたって、一日続くだけですから、同じ日、六月十五日が何日も何日も。もし誰かが、どうかして、おかしいと気づいても、騒ぎが雪だるま式に大きくなって、テストの効力がなくなるようなことはありません。夜になると、記憶は全部破棄されるんです」

彼女は微笑しようとした。

「夢だと思えばいいじゃありませんか、バークハートさん、六月十五日を。その日、あなたは生きていないんですから。ドーキンさんの贈り物だと思って。もっとも、その日の終わりには取り返されてしまいますけど。あの人は、どのアピールのバリエーションに、あなたがたのどれくらいが反応したか数字を全部とってしまうと、工作隊を、この町の地下を通っているトンネルに送って、電子管で新しい夢を洗い流してしまうんです。そして、また夢がはじまります。六月十五日の。

いつも、六月十五日。なぜかって、六月十四日が、あなたたちの生きていた最後の夜だからです。ときどき工作隊は、一人ぐらい見逃すことがあります――あなたみたいに。あのとき、ボートの下に入っていたからです。でも、それはたいしたことではありません。消えた人間は見つかればおしまいですし――見つからなければ、テストに関係ないからです。でも、工作隊はわたしたちの記憶は消去しません。ドーキンの下で働いている人たちはね。スイッチが切れると、わたしたちもあなたがたと同じように眠りますが、目を覚ましたときも、ゆうべのことを覚えているんです」顔がそのとき激しく歪んだ。「ああ、忘れることさえできたら！」

バークハートは信じられないようにいった。「物を売るだけのためにこんなことを！何百万もかけて！」

エープリル・ホーンという名のロボットはいった。「ええ。でも、それでドーキンは何百万も儲けましたわ。けれど、それで終わりじゃないんです。人びとを意のままに動かす決定的な言葉を発見したとき、彼はそこで止まると思います？　あなたは――」

ドアがあいて、彼女の言葉をさえぎった。バークハートはふりむいた。ドーキンが逃げたことを遅まきながら思いだして、彼は拳銃をあげた。

「撃つな」声が静かに命令した。それはドーキンではなく、別のロボットだった。ただ、巧妙にプラスチックや化粧品で変装したものではなく、きらきらと輝く金属製のところがちがっていた。それは機械特有の調子でいった。「忘れるんだ、バークハート。そんなことをしても、なんにもならんぞ。これ以上損害を出すまえに、拳銃をよこせ。さあ、今すぐ」

バークハートは怒り狂ってののしった。ロボットの上半身は、その輝きで鋼鉄と知れた。弾丸がそれを貫通できるか、たとえそれができたとしても、打撃を与えることができるか、彼には自信がなかった。それをテストして――

しかしその前に、彼のうしろから、すすり泣き、とびまわる旋風が襲った。恐怖にヒステリーを起こしたスワンスンだった。彼はバークハートに体あたりすると、床に打ちのめした。拳銃が宙をとんだ。

「頼む」スワンスンは鋼鉄のロボットの前にひれふすと、支離滅裂に助けを請うた。「こいつはあんたを撃ったかもしれないんだ――おれを助けてくれ！　あの女みたいに、あんたのところで働かせてくれ。なんでもする。なんでもいうことを――」

ロボットの声がいった。

「そんなことをしてもらわなくてもいい」それは二歩正確に進むと、拳銃の上に立ちはだかった――そしてひろおうともせず、それを蹴とばした。

こわれたブロンドのロボットが、無感動にいった。「これ以上保《も》ちそうもありません、ドーキンさん」

「どうしてもという場合は、接続を切りなさい」鋼鉄のロボットは答えた。

バークハートは目をしばたたいた。「だが、おまえはドーキンじゃない！」

鋼鉄のロボットは深く澄んだ眼を彼に向けた。「わたしだよ。生身の体ではないが――いま使っている体は、これだ。これが拳銃でこわせるかな。ほかのロボットはもっともろい。さあ、ばかばかしい話はやめないか？　あんたを傷つけたくない。修理代がかかるからな。そこにすわって、工作隊に調整させないか？」

スワンスンは腹這いになっていた。「あ――あなたは、われわれを罰さないのか？」

鋼鉄のロボットに表情はない。しかし、その声には驚きがあった。「どうやってだね？」

スワンスンはその言葉が鞭ででもあったかのように身ぶるいした。だが、バークハートのほうは反抗的だった。「調整するなら、この男にしろ――だが、おれはいやだ！　ドーキン、あんたはいやでも大損害しなくてはならなくなるぞ。この体がいくらだって、それを組み立てなおすのにどんな手間がかかったからって、こっちの知ったことじゃない。必ず、ドアを出てやる！　とめるなら、殺すんだな。ほかに止める方法はない！」

鋼鉄のロボットは彼にむかって半歩踏みだした。バークハートは思わず足を止めた。そして、死に対して、攻撃に対して、起きる可能性のすべてに対して、震えながら身構えた。

しかし、次の瞬間、予想もしなかったことが起こった。ドーキンの鋼鉄の体が脇によると、拳銃と彼のあいだに立って、ドアを開放したのだ。

「行っていい」鋼鉄のロボットがうながした。「誰も止めはしない」

ドアを出て、バークハートは立ちどまった。みすみす逃がすなんて、ドーキンも大ばか野郎だ！　ロボットだろうと人間だろうと、敵だろうと味方だろうと、もう彼を止めるものはない。ＦＢＩ、それがだめなら、ドーキンの人工帝国の息のかかっていない警察へ駈けこんで、あらいざらいぶちまけるのだ。ドーキンにテストの金を支払っている大会社は、彼がどんな悪どいことをしているか知らないのだろう。ドーキンがいうわけがない。大衆がこれを知れば、必ず止めに出るからだ。外へ出ることは、死なのかもしれない――しかし満足に生きてもいない彼としては、死などすこしも怖くなかった。

通路に人影はなかった。窓を見つけて、彼は外をのぞいた。タイラートン――人造の町が見える。しかし、それがあまりにリアルで、馴染みぶかいため、バークハートはすべてが夢だったのではないかと危うく信じこむところだった。しかし夢ではないのだ。彼は心の底で、それが真実であること、またこのタイラートンに助けを求めるあてがまったくないことを確信していた。

別の方角を探すのだ。

十五分かかったが、けっきょく道は見つけた――通路を隠れるように進み、足音に身をかくしながらも、彼はそれが無駄なことに気づいていた。ドーキンが彼の動きを一部始終追っていることはまちがいない。しかし止めようとする者はなく、彼はもうひとつのドアを見つけた。

中から見れば、それは単純なドアだった。しかしその外には、彼が今まで見たこともないものがあった。

はじめに見たのは光だった――煌々と輝く、信じがたいほどの、目もくらむ光。彼は眼を疑りながら、心配そうに上を見あげた。

彼はなめらかな、磨きあげられた金属の出っぱりの上に立っているのだった。出っぱりは十メートルも行かないところで急角度にとぎれている。

縁《ふち》に近づく勇気はなかったが、いま立っているところからでも、前方が底なしの深淵であることは見当がついた。それは左右にどこまでも延び、はるかかなたで輝きの中に呑みこまれていた。

ドーキンが簡単に自由を渡したわけだ！　工場から先へ行く道はなかったのだ――それにしても、この深淵はなんという規模だろう！　そして頭上に、目もくらむばかりに白く輝く多くの太陽！

脇のほうから声がいった。「バークハート？」続いて雷鳴がそっと、深淵に谺《こだま》を往復させながら彼の名を呼んだ。

バークハートは唇を湿した。「な、なんだ？」彼はしわがれ声でいった。

「わたしはドーキンだ。ロボットではない。生身のドーキンだ。今、ハンドマイクできみに話しかけている。バークハート、見えるはずだ。考えなおして、工作隊に身をあずけないか？」

バークハートは麻痺したように立っていた。目もくらむ光の中にあった動く山が、彼に近づいてきた。

何百メートルもの高さにそびえる山。彼は頂上を見あげ、光の中で眼をしばたたかせた。

それはまるで――

不可能だ！

ドアについていたラウドスピーカーから声がした。「バークハート？」

しかし、彼は答える術《すべ》を失っていた。

深い、騒がしいため息。

「さて」と声がいった。「とうとうわかったな。行き場所はないんだ。いまならわかるだろう。前もって話すこともできた。だが、きみは信じまい。きみみたいな人間は、自分の眼で見たほうがいいのだ。それにな、バークハート、なぜ町をそっくり再建する必要がある？　わたしはビジネスマンだよ。経費を重く見る。実物大に作らねばならないのだったら作ったろう。だがこの場合は、必要なかったのだ」

前方の山から、小さな断崖が降下してくるのが見えた。長くて、色は黒い。その先に白いものがあった。五つに分れた白いもの……

「かわいそうなバークハート」ラウドスピーカーのつぶやきが、工場の内部の巨大な深淵に谺した。「テーブルの上の町に住んでいることを知るのは、きみにはたいへんなショックだろうな」

Ⅵ

六月十五日の朝、ガイ・バークハートは悲鳴をあげて夢から目覚めた。

それはとてつもない、不可解な夢だった。爆発と、人間とも思えぬものの影。筆舌につくしがたい恐怖。

彼は身ぶるいして、眼をあけた。

寝室の窓の外では、やたらにボリュームをあげた声がどなっていた。

バークハートはふらふらと窓に近づくと、外に眼をこらした。空気には六月というより十月に近い肌寒さが感じられた。しかし、おもての景色に変わったところはなかった——半ブロックほど行ったあたりにとまっている拡声機つきのトラックを除いては。そのスピーカーが叫んでいた——

「あなたは臆病なんですか？　バカなんですか？　よた者の政治家たちに、祖国を盗むままにさせておくつもりですか？　**ノー！**　もうあと四年も、汚職や犯罪をのさばらせておくつもりですか？　**ノー！**　上院も下院も、あなたは連邦党に投票するつもりですね？　**イエス！**　そうです、わかってますよ！」

ときには叫び、ときには脅かし、おだて、へつらい、憐れみを請う……しかし、その声はつぎつぎとめぐってくる六月十五日にも変わることなく鳴り響いていた。

ハッピー・エンド

ヘンリー・カットナー

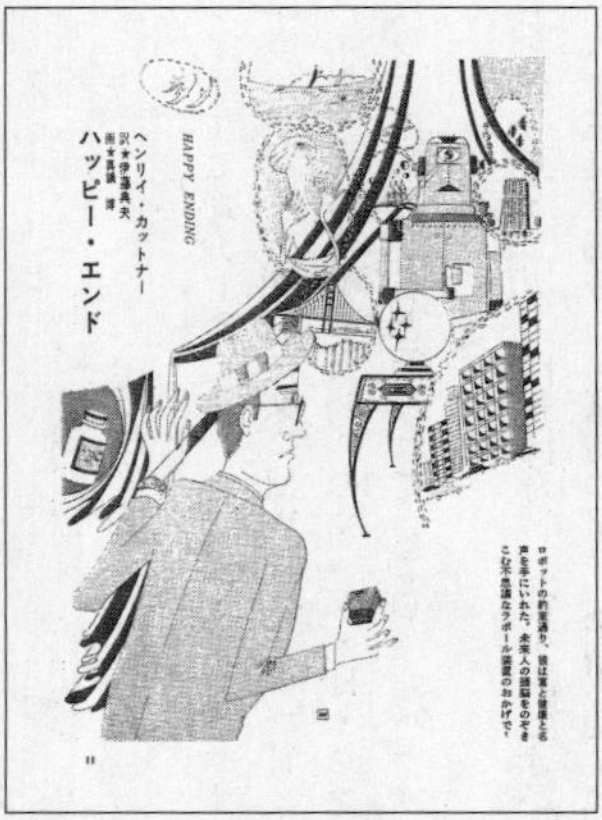

〈S-Fマガジン〉1969年1月号

Happy Ending
Henry Kuttner
初出〈スリリング・ワンダー・ストーリーズ〉1948年8月号

本書巻頭の「ボロゴーヴはミムジイ」でご紹介した〝カットナー・シンドローム〟は、ミステリ界にも伝染し、一九六〇年度のアメリカ探偵作家（MWA）クラブ賞（エドガー賞）の最優秀新人賞に輝いたスパイ小説『檻の中の人間』のジョン・H・ヴァンスことジャック・ヴァンスも、一時はカットナーの変名と疑われていました（ハヤカワ・ミステリの邦訳版解説参照のこと）。

一九一四年、ロスアンジェルス生まれのカットナーは、怪奇・恐怖小説好きがこうじて〈ウィアード・テイルズ〉一九三六年三月号掲載の「墓地の鼠」（別訳題「ねずみ狩り」）で作家デビューしました。四〇年には三つ年上の閨秀《けいしゅう》作家、〝ノースウエスト・スミス〟シリーズで知られるC・L・ムーアと結婚します（ムーア&カットナー合作名義の『たそがれの地球の砦』がハヤカワ文庫SFで出ています）。そして、このおしどり夫婦の共作ペンネームのひとつが、ルイス・パジェットでした。

第二次世界大戦前の第一次SF黄金期から五〇年代まで、SF界を代表する作家のひとりだったカットナーは、過労による心臓疾患で急逝するまでの二十二年間に、連作・シリーズものを含め、短篇だけでも二百余篇を残しています。

（高橋良平）

この物語は、こうして終わった――

ジェイムズ・ケルヴィンは、彼に百万ドルを約束した赤い口ひげの化学者に、力のかぎり思念を集中した。それは、たんに化学者の頭脳に思考波を同調させ、精神的結合《ラポール》を確立するだけの問題だった。前にも、やっていることである。だが、それが、今までになく重要なのは、これが最後の機会だからだった。彼はロボットにもらった装置のボタンを押し、精神を集中した。

はるかかなた、無限の距離を超えて、精神的結合《ラポール》の相手が見つかった。

彼は思念のタイト・ビームをしっかりと固定した。

そしてビームに乗った……

赤い口ひげの男は目をあげ、口をぽかんとあけると、嬉しそうに顔をほころばせた。

「おう、あんたか！」と男はいった。「来てたとは知らなかった。よかったよ、この二週間、捜し続けてたんだ」

「ひとつ教えてくれ」とケルヴィン。「あんたの名は？」

「ジョージ・ベイリーだ。ところで、あんたの名前は？」

だがケルヴィンは答えなかった。ボタンを押すとラポールが確立されるこの装置について、ロボットが教えてくれたもうひとつのことが頭にうかんだからだ。彼はボタンを押した——なにごとも起こらなかった。装置は使えなくなっていた。その仕事は終わったのだ。ということは、明らかに、彼がついに健康と名声と富を手に入れたことを意味する。むろん、ロボットがまえもっていったことだった。装置は、特殊なひとつのはたらきをするために組みたてられたものだった。欲するものを彼が得た今、それはもう動かなかった。

ケルヴィンは百万ドルを手に入れた。

そして一生を幸福に暮らした……

これは、物語の中間部分——

帆布のカーテンを押しあけたとたん、なにか——無雑作にそこらに引っかけられていたロープだった——が顔にぶつかり、角ぶちメガネがずりさがった。同時に、鮮やかな青みがかった光がひらめき、彼の無防備な目を射た。所在感がなくなり、すべてが移り変わっていくような奇妙な感覚が襲ったが、それもほとんど一瞬に消えた。目の前のものが、安定を取り戻した。彼はカーテンをおろし、その上にペンキで書かれた文字「星うらない――あなたの未来を知ろう」をふたたび見えるようにした――そして、その奇妙な占星術師を見つめたまま立ちつくした。

占星術師は――そんな、ばかな！

ロボットは、感情のない、正確な言葉でいった。「きみは、ジェイムズ・ケルヴィン。新聞記者だ。年齢は三十歳。独身。医師のすすめで、きょうシカゴからロサンジェルスに着いた。そうだね？」

びっくり仰天して、ケルヴィンは神の名を唱えた。そしてメガネをかけなおすと、以前書いたことのあるいかさま師の暴露記事を思いだそうとした。奇蹟みたいに見えるが、こういったものの裏には、なにかわかりきった仕掛けがあるはずなのだ。

ロボットは多面体でできたそのひとつ目で無表情に彼を見つめた。「きみの心を読んだところ」それは、ペダンティックな調子で続けた。「今年は、一九四九年であることがわかった。計画を修正せねばなるまい。一九七〇年に着くつもりだったのだ。きみの助けを借りたい」

ケルヴィンは両手をポケットに入れ、にやりと笑った。

「金《かね》だね、もちろん。一分間ばかり、だまされたぜ。いったい、どんな仕掛けなんだ？

鏡か？　それともメルツェルのチェス人形みたいなのか？」

「わたしは、こびとが操縦している機械でも、目の錯覚でもない」ロボットは説明した。

「きみの時代から遠い未来世界で、人工的に創りだされた生命組織だ」

「そんな話にうまうま乗るお人好しだと思ったら、とんだ見当違いだぜ」ケルヴィンは愉快そうにいった。「おれがここに来たのは——」

「手荷物チッキをなくしたからだ。どうしたらいいかと思案しながら、バーで二、三杯ひっかけ、ウィルシャーでちょうど——午後八時三十五分にバスに乗った」

「読心術はもうやめろ」とケルヴィン。「まさか、昔からここでこんな商売をやってたわけじゃないだろう。そうなら、今ごろは警察が調べに来てるはずだ。おまえさんが本物のロボットならばな、ハッハ」

「わたしがこの店を開いたのは今からおよそ五分前だ。前の主人は、隅の金庫のかげで意識を失っている。きみが来たのは、まったくの偶然だった」それは、ほんのつかのま言葉を切った。ケルヴィンはロボットが、ここまでの経過が順調かどうか観察しているような、奇妙な印象を受けた。

　奇妙に感じたのは、そのころにはもう、この連結部分だらけの巨大な物体のなかに人間が隠れているとは思えなくなっていたからだった。もしロボットといったものの存在が可能なら、彼としても、目の前にあるものがまぎれもない実物であることを暗黙のうちに認めていたはずである。そんなものが存在し得ない以上、仕掛けがどうなのか彼は見届けるつもりだった。

「わたしが来たのも、また偶然の事故だった。であるからして、装置をすこしばかり改良する必要がある。補充装置がほしいのだ。きみの心を読んでわかったのだが、そのためには、わたし自身この社会独特の交換経済システムにしたがわねばならない。ひと口でいってしまえば、貨幣とか金銀証券だ。そんなわけで——一時的にせよ——わたしは占星術師をしている」

「そうだろうとも」とケルヴィン。「なぜ簡単に強盗でもやってしまわないんだ。おまえさんがロボットなら、ちょいとギアをひねるだけで大仕事ができるだろうに」

「それは人の注意をひく。それ以上に、わたしは秘密に行動する必要があるのだ。じつのところ、わたしは——」ロボットは間をおき、ケルヴィンの頭のなかから正しい言いまわしを探しだして、いった。「——高飛びしている最中なのだ。わたしの時代では、時間旅行は、それが偶然の事故であっても法律で厳《きび》しく禁じられている。許されるのは、政府が後援する場合だけだ」

どこかそのあたりにごまかしがある、とケルヴィンは思った。だが正確な場所はわからなかった。彼は目をしばたたいて、まじまじとロボットを見つめた。相手の態度は、まったく説得力に乏しかった。

「どんな証拠が要《い》る？」とロボットはいった。「きみがはいってきたとたん、わたしはきみの考えを読んだ。ちがうか？　わたしが知識を引きだし、また元に戻すまで、一時的な記憶喪失を感じたはずだ」

「そうだったのか」とケルヴィンはいって、慎重にあとずさりした。「さて、そろそろ帰るかな」

「待て」ロボットは命じた。「きみはわたしに不信感を抱きはじめている。どうやら強盗のアイデアを吹きこんだのを後悔しているようだな。そそのかしにのって実行しはしないかと。それは安心してよい。きみから金《かね》を奪って殺し、犯行を隠すこともできる。しかし、わたしは人間を殺すことができないのだ。代わる手段として、交換経済の利用がある。少量の金《きん》をくれれば、お返しになにか高価なものをあげよう。そうだな」多面体の目は、天幕のなかを見わたすと、すこしのあいだケルヴィンに射るような視線を注いだ。「星うらないは」とロボットはいった。「健康と名声と富を人間が手に入れる助けとなる。しかしそれは、わたしの専門ではない。だが、ロジカルな科学的方法で、きみに同じものを贈ることはできよう」

「ほう」ケルヴィンは疑わしげにいった。「いくらかかるんだ？　どうしてきみはその方法を使わないんだ？」

「わたしには、ほかにしたいことがある」ロボットはあいまいにいった。「これをとれ」

カチャリと短い音がした。金属の胸のパネルが開いた。ロボットは小さな平たいケースをとりだすと、ケルヴィンにわたした。ケルヴィンは無意識に、冷たい金属のケースを両手で隠すように持った。

「気をつけて。ボタンはまだ押すな。指示を――」

だがケルヴィンはすでに押していた……

彼は、いわば制御のきかなくなった車の運転手だった。何者かが、頭のなかにいるのだった。精神が二つに分裂したみたいに、二本の道をつっ走る車であり、スロットルを握りしめている彼の手もそれを止めることはできなかった。精神的なハンドルは故障していた。だれか別の人間が、彼の頭のなかで考えているのだ！

人間ともいえない。ケルヴィンの標準からすれば、正気ともいえないだろう。だが彼自身と比べれば、おそろしく正気だった。非ユークリッド幾何学のもっとも複雑な原理を、子ども部屋にいるころマスターしてしまった人間の正気だった。

感覚は、頭脳のなかで一種の共通語、万国語に合成されていく。一部は聴覚的なもの、一部は視覚的なもので、ほかに嗅覚や味覚や触覚も感じられる。よく知っている感覚もあれば、まったく異質なものがつけ加えられている感覚もある。またそれは混沌としていた。

こんなふうに……

「――今季は、大トカゲが増えすぎている――飼いならされたスレヴァーはみんな同じ目つきだな、カリストではそうでもないが——もうじき休暇だ——銀河系がいい——太陽系は狭くるしすぎる——あしたはバイアンドするか、もしスクエア・ルートラとアップスライディング・スリーが——」

だが、これは言語で表記したものにすぎない。主観的には、それははるかに複雑なディテールを持つ、恐るべき代物だった。さいわい反射作用がはたらいて、ケルヴィンの指はほとんど瞬時にボタンから離れた。彼はかすかに震えながら、そこに立ちつくした。

今では怯えていた。

ロボットはいった。「わたしの指示を受けてからラポールをはじめるべきだったのだ。これで困ったことになる。待て」ロボットの目の色が変化した。「うん……サーンが行動を起こした……たしかだ。サーンに気をつけろ」

「おれはいやだよ、こんなものに関わりたくはない」ケルヴィンは急いでいった。「そら、これは返すぜ」

「それでは、きみはサーンに対して無防備になる。装置は持っていろ。いま約束したとおり、それは星うらないよりはるかに効果的に、きみに健康と名声と富をもたらすから」

「ごめんだね。おまえさんがどんな手品を使ったかしらないが——超音波だな、しかしおれは——」

「待て」とロボットはいった。「ボタンを押したことによって、きみは遠い未来に生きている人間の心のなかにはいったのだ。装置は、一時的にラポールをつくりだすようにはたらく。ボタンを押せば、いつでもその人間と接触することができるのだ」

「とんでもない話だ」まだ冷や汗をかきながら、ケルヴィンはいった。

「考えてみろ、またとない機会だぞ。原始人がきみの頭脳と接触したらどうだ？　自分の望むことがなんでもできるようになる」

ロボットの話に、なんとかして論理的な反証をあげなければ、彼は解放されないのだった。悪魔と議論する聖アントニウスのように――それとも、あれはルターだったか？――ケルヴィンは混乱する頭で考えた。頭痛はひどくなっていた。飲みすぎたらしいぞと、思った。だが、これだけいった。

「原始人に、おれの考えることがどうして理解できるんだ？　おれに与えられたのと同じ条件がなければ、知識は応用できっこない」

「とつぜん非常識なアイデアが頭にうかぶ、きみはそんな経験をしたことはないか？　衝動といってもいい。あることを考えついたり、計算の答えがわかったり、問題の解決法に思いあたったり、そういったことだ。とにかく、わたしの装置がいま焦点を合わせている未来人は、ケルヴィン、きみとラポールをとっているのに気づかない。だが、そういうこととはかかわりなく、その男は衝動にまったく無抵抗なのだ。きみはある問題に心を集中し、ボタンを押すだけでいい。ラポールは、その問題を解決する方向にはたらく――その男から見れば、非論理的な考えだ。きみは彼の心を読む。そして、なにがどうなっているのか知る。限界はある、それは、やっているうちにわかるだろう。そしてきみは健康と富と名声を得る」

「本当にそういくなら、なんでも手にはいるはずだ。なんでもできるようになる。だから、おれはごめんこうむるといってるんだ！」

「限界があるといったはずだ。きみが健康と富と名声を得たとたん、装置は使えなくなる。そうなるように、わたしがしておいた。しかしそれまでは、きみにふりかかるどんな問題も、未来人のずっと優秀な頭脳を探るだけで解決できる。重要なのは、ボタンを押す前に、問題に心を集中することだ。それをしないと、サーンよりもっとおそろしいものが、きみを追いかけてくることになるぞ」

「サーン？　いったい――」

「どうやら――アンドロイドらしい」ロボットは宙を見つめていった。「合成人間だ……それはいいとして、わたしの問題を考えよう。すこしばかり金《きん》が必要なのだ」

「そこだな、困るのは」奇妙な安堵を感じながら、ケルヴィンはいった。「そんなものは持ってないぜ」

「腕時計がある」

ケルヴィンは腕をつきだして時計を見せた。「よしてくれ、これは高いんだ」

「わたしがほしいのは、おもて側の金《きん》だけだ」ロボットはそういいながら、その目から赤みがかった光線を照射した。

「ありがとう」時計は、くすんだ灰色に変わっていた。

「おい！」とケルヴィンは叫んだ。

「そのラポール装置を使えば、健康と名声と富は保証されるのだ」ロボットは口早にいった。「この時代の人間のだれよりも幸福に暮らせるだろう。問題はすべて解決できる――サーンも含めて。待っていろ」ロボットはあとずさりすると、ピオリア（イリノイ州中央部の都市）より東にはまったく縁のなさそうな、カーテン代わりの東洋絨毯のかげに消えた。

沈黙がおりた。

ケルヴィンは変貌した腕時計から、手のなかにある平たい謎めいた物体に目を移した。それは、たてよこ約五センチ、女性の化粧道具入れくらいの厚さしかなく、側面の凹みには押しボタンがついていた。

それをポケットに入れると、二、三歩前進した。インチキの東洋絨毯のうしろを見たが、小屋の帆布の壁に、風にはためく切り裂き口ができているほかは、からっぽだった。ロボットは、ずらかってしまったようだった。ケルヴィンは裂け目から外をのぞいた。オーシャン・パーク埠頭娯楽センターの明かりが見え、喧騒が聞こえるだけ。あとは、太平洋の、銀色をちりばめた、ゆれ動く黒い海面。海岸の崖が目に見えぬカーブを描いていて、遠くにマリブのかすかな灯が見える。

小屋に戻ると、あたりを見まわした。インドの賢者《スワーミ》の衣装を着た肥った男が、ロボットの指さした彫刻のある金庫のかげで意識を失っていた。彼の吐く息と、状況の推理から、ケルヴィンは男が酔っぱらっていたことを知った。

途方にくれて、ケルヴィンはまた神の名を唱えた。とつぜん彼は、アンドロイドのサーンとかいうだれか、あるいはなにかのことを考えている自分に気づいた。

星うらない……時間……ラポール……やめてくれ！　不信の防御壁が、板金よろいのように彼の心をつつんだ。実用的なロボットをつくることはできない。それは知っていた。聞いたことがあるのだ――彼は新聞記者ではなかったか？

そうだとも。

喧騒《けんそう》と人ごみが恋しくなり、射的場に行くと、アヒルを二、三個撃ちおとした。平たいケースが、ポケットのなかで燃えていた。腕時計のにぶくひかる金属面のイメージが、記憶のなかで燃えていた。知識の漏出と、すぐそのあとの充塡の思い出が、心のなかで燃えていた。ほどなくバーのウィスキーが彼の胃のなかで燃えていた。

彼がシカゴを出たのは、たびたびぶりかえす、わずらわしい副鼻腔炎のためだった。ごく変わりばえのしない副鼻腔炎である。精神分裂病でも、幻覚でも、壁のなかから聞こえる叱責の声でもない。コウモリやロボットを見るようになったからでもない。あれは本当

はロボットではなかったのだ。あたりまえの解釈があるはずなのだ。そうに、きまってい
る。

健康と名声と富。もしも――

サーン！

その考えが、稲妻のように衝撃とともに、頭のなかにとびこんできた。

そして別の思考。おれは頭がおかしくなりはじめてる！

無言の声が何回も執拗にささやきはじめた。「サーン――サーン――サーン――サーン
――」

そして別の声、正気と安全の声が、それに応え、それを呑みこんだ。なかば声をだして、ケルヴィンはつぶやいた。「おれは、ジェイムズ・ノエル・ケルヴィン。新聞記者だ――特集記事、取材活動、書きかえ《リライト》。三十歳。独身。きょうロサンジェルスに着いて、手荷物チッキをなくした――もう一杯飲んでから、おれはホテルを探すんだ。いずれにしても、この気候で、副鼻腔炎はよくなってきてるらしい」

サーン、くぐもったドラムの音が識閾《しきいき》のすぐ下でささやいた。サーン、サーン。

サーン。

彼はもう一杯注文し、コインを出すためにポケットに手を入れた。手が金属のケースに触れた。と同時に、彼は肩に軽い圧力を感じた。

本能的にふりむいていた。肩をつかんでいるのは、七本の指がある、クモのような手だった。毛はなく爪もない——そしてなめらかな象牙のような白さだった。

ケルヴィンの心にわきあがった、ただひとつの、なにものをも圧倒する欲求は、彼自身とその吐き気をもよおす手の持主とのあいだの距離をできるだけ離したいという単純な思いだった。決定的な欲求だったが、満たされそうもないものだった。だがこれは、ケルヴィンの思考から、それを除いたすべてのものを押しだした。ぼんやりとではあるが、彼は自分がポケットのなかの平たいケースを、まるでそれが救いの手であるかのように握りしめているのに気づいていた。だが考えていることといえば、ここから逃げだしたい、それだけだった。

未来にいる誰かの怪物的な異質の思考が、彼を荒々しくその流れのなかに呑みこんだ。変な衝動をおぼえると同時に、その未来人の心にとつぜんうかんだとりとめもない問題だった。だがその熟練した、有能な、高度の訓練をつんだ、想像を絶する未来の知識をふんだんに知っている頭脳には、たちどころに解けるたぐいの問題だった。

移動の三つの方法が、いっぺんにはっきりした。そのうち二つは、捨てた。モータープレートは明らかに未来の発明であり、クァーリングは——実際問題として、感覚コイル・ヘルメットが必要なので——できはしない。だが第三の方法は——

記憶はもうすれかけていた。そして例の手は、まだ肩をつかんでいるのだった。彼は消えかけている概念にしがみつくと、自分の頭脳と筋肉を、未来人が心に描いた信じられぬ方向に無我夢中ではたらかせた。

すると彼は、戸外にいた。冷たい夜風が体に吹きつけていた。すわったままの姿勢をとっていたが、尻と歩道のあいだには空気しかなかった。

彼は尻もちをついた。

ハリウッド大通りとカフェンガの交叉点にいた通行人たちは、ぶち石のそばにすわりこんでいる薄よごれた、ひょろひょろした男を見ても、それほど驚かなかった。ケルヴィンの到着の現場を目撃したのは、一人の女だけだった。彼女は正気にかえると、まっすぐ家に帰った。

ヒステリックな、低い笑い声をあげながら、ケルヴィンは立ちあがった。「テレポーテーションだ。どんなふうにやったんだ。わからん。やったあとは思いだせんのか、え？これからはノートを持ち歩かなきゃあ」

すこしして――「ところでサーンはどうしたんだ？」

怯えた目であたりを見まわした。それ以上の奇蹟もなく三十分もすぎて、ようやく安心感がこみあげてきた。ケルヴィンは、鋭い視線をあたりに向けながら大通りを歩いた。だがサーンはいなかった。

ときどきポケットのなかに手をすべりこませては、ケースの冷たい金属面をなでた。健康と名声と富。そう、今だって――

だが彼はボタンを押さなかった。他人の意識に呑みこまれた、あのときのショッキングで異様な経験の記憶は、あまりにも鮮やかすぎた。未来人の精神、経験、行動パターンは、不快なほど強烈だった。

そのうちには、また小さな装置を使う羽目になるだろう――それは、たしかだ。だが急ぐ必要はない。まずその使いみちを検討しなければ。

不信の念はすっかり消えていた。

サーンは翌晩また現われて、ケルヴィンの度胆を抜いた。それに先だって、ケルヴィンは手荷物チッキを捜したが、とうとう見つからず、紙入れにはいっていた二百ドルでようやく自分をなぐさめた。彼は中級のホテルに――先払いで――部屋をとると、未来へのパイプラインをいかにして利用するか、方法を考えはじめた。そして賢明にも、なにかが起こるまで平常の生活を破らないことにきめた。それに今後のためにも、新聞社とコネをつけておく必要があった。タイムズ、エグザミナー、ニューズ、その他いくつかを訪れたが、映画とは違い、ことはすんなりと運ばなかった。ケルヴィンがホテルに泊ったその夜、迷惑な客が現われた。

もちろんサーンだった。

彼は、自分の頭の二倍もありそうな、ばかでかいターバンを巻いていた。鼻の下には、支那人形かナマズを思わせる、下にたれさがった、つややかな黒い口ひげをたくわえていた。彼はバスルームの鏡のなかから、さしせまったようすでケルヴィンを見つめた。

夕食をとりに外出するのに、ひげを剃ったほうがいいかどうか、ケルヴィンは考えていた。サーンが姿を現わしたのは、彼が考えぶかげに鏡の前であごをなでていたときだった。出現と認識とのあいだにわずかな思考のギャップがあったので、ケルヴィンははじめ自分の顔にいつのまにか長い口ひげが生えたと勘違いした。彼は上唇に手をあげた。肌はなめらかだった。だが鏡のなかでは、サーンがいきなり表面に顔を近づけたので、黒いつややかな口ひげがゆらゆらと揺れた。

おそろしく常軌を逸した光景だった。ケルヴィンはまったく思考力を失ってしまい、あわててあとずさりした。浴槽のへりが膝のうしろにぶつかり、彼の注意をつかのまそちらにひきつけた。それが、彼の正気に幸いした。ふたたび目をあげたときには、あっけにとられたような彼自身の顔が、洗面器の上にうつっているばかりだった。だが一、二秒もすると、その顔に白いターバンの雲がかぶさり、支那人形みたいな口ひげがスケッチふうに見えてきた。

ケルヴィンは両眼を片手でおおい、背をむけた。十五秒ほどして、指の隙間をすこし広げ、鏡をのぞきこんだ。その手のひらは、必死の思いで上唇のあたりをおさえていた。口ひげがいきなり生えてくるのではないかと恐れたのだ。鏡のなかからのぞき見ている男は、どうやら彼自身らしかった。少なくともターバンは巻いていず、角ぶちメガネをかけていた。意を決して手をどかし、ちらっと眺め、サーンがまた現われないうちに急いで手を元に戻した。

顔をおおったまま、危い足どりで寝室にはいると、上衣のポケットから平たい装置をとりだした。しかし彼は、二つの不釣合いな時代の精神的な連接部《シナプス》となるボタンを押さなかった。二度とそんなことはしたくないのに気づいたのだ。今ここで起こっていることより、どういうものかもっとおそろしいのが、あの異質な頭脳のなかにはいることだった。

彼は化粧台の前に立っていた。鏡のなかでは、指のあいだにある片眼が彼を見つめていた。メガネのきらめくレンズをすかして見ている目には、おどろおどろしい光があった。だが、どうやら自分の目のようだった。彼はおそるおそる手をどけた……

この鏡は、サーンのほとんど全身をうつしだした。見なければよかった、とケルヴィンは思った。サーンはなにかつやつやしたプラスチックでできた、膝までの白いブーツをはいていた。ターバンとブーツのあいだには、同じつやつやしたプラスチックの、申しわけ程度の腰巻きのほか、なにも着けていなかった。非常にほっそりした体格だが、活動家らしい。ホテルの部屋にひょっこり現われてもおかしくないほど、活動的な印象を与えた。その肌はターバンよりも白かった。両手の指は、やっぱり七本ずつだった。

ケルヴィンはふいに背を向けた。しかしサーンは狡知にたけていた。暗い窓ガラスの光を照りかえす表面に、腰巻きをつけた痩せた姿が現われた。はだしの足は、手よりもさらに異様だった。ランプの台の磨かれた真鍮の表面にうつった小さな歪んだ顔も、ケルヴィンのではなかった。

ケルヴィンは光を反射する物体がない片隅を見つけると、そこにはいりこみ、両手で顔をおおった。手にはまだ平たい装置を握っていた。

なるほど、そうか、彼は苦々しく思った。なんにでも、付帯条件があるんだ。サーンがこう毎日現われるなら、こんなラポール装置があったってなんの役にたつ？　おれの頭がおかしくなってるだけかもしれんぞ。そのほうがいい。

両手で顔をおおったまま一生をおくるつもりがなければ、なにかをしなければならない。いちばんいやなのは、サーンにどこか見覚えがあり、それが心からどうしても去らないことだった。生まれ変わりから既視現象《デジャヴュ》まで、ケルヴィンは十あまりの可能性を検討し、捨て去った。しかし――

両手の隙間からのぞくと、サーンが、手にした得体の知れない円筒形の装置を彼にむかって拳銃のようにつきつけるのが目にはいった。その動作が、ケルヴィンの心を決めた。なにかしなければならない、それも急いで。そこで問題――おれは出たいんだ！――に精神を集中すると、平たいケースの表面にあるボタンを押した。

たちまち、それまで忘れていたテレポーテーションの方法が明らかになった。ほかの事柄は、しかし、わからないままだった。さまざまなにおいが——とだれかが考えていた——まざりあって……説明する言葉はなかった。ショッキングな視聴覚的観念構成だけ。ケルヴィンは目をまわしそうになった。そして、スリー・ミリオン・アンド・ナインティ・ピンクという名のだれかが、フラッチの新作を書きあげた話。続いて、二十四ドル切手を舌でなめ、葉書に貼りつける肉体的な感覚。しかしなによりもまず重要なのは、その未来人がテレポーテーションの方法について考える衝動に襲われた——いや、襲われるようになった——ことであり、自分の心、自分の時代に戻ったケルヴィンは、すぐさまその方法を実地に用いた……

彼は落下していた。

冷えきった水に、体がたたきつけられた。奇蹟的に、平たいケースはまだ手のなかにあった。夜空では、星ぼしが回転し、暗い海面では、銀色の冷光がちらちらと燃えていた。

つぎの瞬間、海水のにおいが鼻孔をついた。

ケルヴィンは泳ぎを知らなかった。

ぶくぶくと悲鳴をあげながら、顔がとうとう海面下に沈んだとき、彼は文字どおり、ことわざでいうワラに最後の望みをかけてしがみついていた。指がふたたびボタンを押した。問題に心を集中する必要はなかった。ほかのことは、もう考えられなかった。

混乱する思考、気違いじみたイメージ——そして解答。

心の集中が必要なのに、時間は残り少なかった。泡が顔のおもてをなでて浮きあがっていく。肌には感じるが、見ることはできなかった。まわりから、海水のおそろしい冷たさが、貪欲に体にくいこんでくる……

しかし、今や方法はわかった。それがどうはたらくか知った。彼は未来人の心が示した方向にそって考えた。なにかが起こった。放射線――それが、もっとも近い用語だった――が頭脳から流れだし、肺の組織に奇妙なことをした。血球はみずから適応した……

彼は水を呼吸していた。それは、もはや彼の敵ではなかった。

しかし同時にケルヴィンは、この緊急の適応がそれほど長時間続かないことを知った。それに対する解答は、テレポーテーションだった。方法ははっきりと思いだせるはずだった。サーンから逃げだしたのは、ほんの数分前なのだ。

ところが思いだせないのだった。記憶は、彼の心からきれいに消去されていた。そうなればボタンを押す以外にすることはない。ケルヴィンは、しぶしぶそうした。

水をしたたらせながら、彼は見なれぬ通りに立っていた。知らない通りだった。だがどうやら、自分の時代、自分の惑星にいるようだった。嬉しいことに、テレポーテーションにも限界はあるらしい。風は冷たかった。ケルヴィンは、足元のまわりでみるみる大きくなる水たまりに立っていた。あたりを見まわした。通りの先に公衆浴場の看板を見つけると、ぐしょぐしょの体をその方向に向けた。頭のなかは、罰あたりな考えでいっぱいだった……

ことあろうに、彼はニューオーリンズにいるのだった。ほどなく彼はニューオーリンズで酔っぱらっていた。考えは頭のなかを堂々めぐりしていた。スコッチはその上等の緩和剤であり、優秀なブレーキだった。自制力を取り戻す必要があった。ほとんど奇蹟的な能力を得た今、思いがけない事態が起きないうちに、効果的にそれを利用できるようになりたかった。サーンか……

彼はホテルの一室にすわりこんで、スコッチをがぶ飲みした。理詰めでいくんだ！

くしゃみをした。

問題は、もちろん、彼自身の心と未来人との心の接触の機会が少なすぎることだ。しかもラポールがとれるのは、危急の場合だけ。アレキサンドリア図書館にはいるみたいなもので、一日に五秒だ。五秒では、翻訳にとりかかるヒマさえありゃしない……

健康と名声と富か。彼はまたくしゃみした。あのロボットは、大嘘つきだったのだ。健康状態はますます悪くなっていくようだ。いったいあいつはなんだ？　どうしてまた、あんなところへしゃしゃりでてきたんだろう？　未来からこの時代にとびこんだ、といっていた。だがロボットはみんな嘘つきだ。理詰めでいかなくちゃあ。

どうやら未来は、フランケンシュタイン映画のキャストみたいな連中でいっぱいらしい。アンドロイド、ロボット、いわゆる人間にしてからが、考えることはショッキングなほど違っている……はっくしょん！　もう一杯。

ロボットの話では、装置は、ケルヴィンが健康と名声と富を得たとたんに効力を失うという。気の滅入る考えだった。かりに待望のゴールに達したとして、小さな押しボタンが役に立たなくなったとき、サーンが現われたとしたら？　いやだ、いやだ。それがまた酒をあおぐ呼び水となった。

アルコール性譫妄《せんもう》症の幻覚みたいな常識はずれの問題にアプローチするのに、節酒は禁物である。とはいえ、たまたま知ることになったその科学が、理論的にまったく可能なことをケルヴィンは知っていた。ただし、今の時代においてではない。はっくしょん！

要領は、正しい問題を提起し、それを、溺れているときや、あのひげのアンドロイド――七本指の手に不気味な棒状の武器を握っているやつ――の脅威にさらされているとき以外の場合に用いることだ。問題を見つけよう。

だが、未来人の頭のなかのいやらしいこと。

と、とつぜん、酔った加減で頭がすっきりしたのだろう。ケルヴィンは、そのもうろうとした未来世界に内心ひきつけられている自分に気づいた。

未来世界の全体的なパターンを見ることはできない。だが、なぜか感覚的にわかるのだった。そちらの正しいことが、ここよりもはるかに優れた世界であることが、わかるのだった。そこに住む、その未知の男になることができれば、すべてがうまくいくだろう。

男たるもの、最高のものを願わねばならない。彼は苦々しい気持で考えた。おっと、それにしても、彼はビンを振った。いったい、どれくらい飲んだんだ？　気分はよくなっていた。

理詰めでいくんだ。

窓の外では、街の灯がついたり消えたりしている。夜の闇に妖精の文字を書き続けるネオン・サイン。彼はそれにもまた、なにか馴染めないものを感じた。だが、それをいえば、ケルヴィン自身の体だってそうだった。彼は笑いだしたが、くしゃみがそれを中途でさえぎった。

おれがほしいのは、と彼は思った。健康と名声と富だ。それが手にはいったら身を固め、気苦労も心配も忘れて、一生を幸福に暮らすんだ。ハッピー・エンドさ。

衝動的に、彼は箱を出すと、それを調べた。こじあけようとしたが、失敗した。指がボタンの上で迷った。

どうしてこんなことが――と考えたとたん、指が一センチ動いた……

酔っぱらっているので、それほどの異質さは感じられなかった。未来人の名前は、クアラ・ヴィーだった。それに今まで気がつかなかったのは不思議だが、自分の名前をしょっちゅう考えている人間がどこにいるだろう？　クアラ・ヴィーは、チェスに似たゲームをしていた。だが彼の対手は、太陽系をかなり離れた、シリウスのとある惑星上にいるのだった。駒は見たこともないものだった。クアラ・ヴィーの心をよぎる、複雑な、目くるめく四次元的な差し手に、ケルヴィンは聞きいった。そこへケルヴィンの問題が挿入され、衝動がクアラ・ヴィーを襲った。そして――

内容は混乱していた。じっさい、問題は二つあったのだ。風邪――鼻カタルは、どうしたらなおるか。もうひとつ、有史前――クアラ・ヴィーにとっては――の時代で、どうしたら健康と富と名声を得ることができるか。

クアラ・ヴィーには、しかし、些細な問題だった。彼は問題を解くと、ふたたびシリウス人とのゲームに戻った。

ケルヴィンは、ニューオーリンズのホテルの一室に戻った。

ひどく酔っていた、でなければそんな危険なまねはしなかっただろう。目的を達成するには、まず彼の頭脳をこの二十世紀の現在にある別の頭脳に同調させることであり、それには彼の要求に合った波長が必要であった。経験、投機気質、地位、知識、想像力、正直さ――そういった因子の総計が、その波長となるのである。だが、三つのほとんど正解に近い総計を手に入れ、しばらくためらった末、やっと見つけた。それが小数点以下三桁まで正解に近かったからだ。泥酔したまま、ケルヴィンは思考のタイト・ビームを固定すると、テレポート装置をつけ、ビームに乗ってアメリカを飛んだ。着いたところは、設備の行き届いた実験室で、ひとりの男が本を読みながらすわっていた。

男ははげ頭で、逆立つ赤い口ひげをたくわえていた。ケルヴィンのたてた物音に気づいて、男はふいに顔をあげた。

「おーい!」と男はいった。「どんなことをして入ったんだ?」

「クアラ・ヴィーにきいてくれ」とケルヴィンはいった。

「だれ? なんだって?」男は本をおいた。

ケルヴィンは記憶を呼びおこした。忘れかけているようだった。彼はラポール装置を一瞬つかうと、記憶をあらたにした。今度も、それほど不快ではなかった。いくらかクアラ・ヴィーの世界がわかるようになっていた。好ましい世界だった。しかし、それもそのうち忘れてしまうだろう。

「ウッドワードの蛋白質相似体の改良だ」と彼は赤い口ひげの男にいった。「簡単な合成でできる」

「いったいだれだ、あんたは?」

「ジムと呼んでくれ」ケルヴィンは、それだけいった。「さあ、黙って聞いてくれ」彼は、愚かな小さな子どもに話す調子で、説明をはじめた。(目の前にいるのは、アメリカの最高の化学者のひとりなのである)「蛋白質は、アミノ酸でできている。アミノ酸には、約三十三の種類があって——」

「ないよ」

「あるんだ。黙って。その分子は、さまざまなかたちに配列することができる。だから、ほとんど無限のヴァラエティを持ったアミノ酸があるわけだ。そして生きものは、みんな蛋白質がなんらかのかたちで結合したものだ。完全な合成をするには、蛋白質の分子とはっきり認められるだけの長さを持ったアミノ酸の鎖をつくらなければならない。それが問題だった」

赤い口ひげの男は、興味を持ったようだった。「フィッシャーは、十八個からなる鎖をつくった」男は目をしばたたきながらいった。「アブデルハルデンは、十九までいった。そしてウッドワードは、もちろん、一万個の長さのものをつくりあげた。だがテストでは――」

「完全な蛋白質の分子は、アミノ酸の完全な連続からなっている。だが相似体のセクションの一つか二つをテストしただけでは、ほかの全部がそうだとはいいきれない。ちょっと待て」ケルヴィンはラポール装置をふたたび使った。「よし、わかった。とにかく、蛋白合成でほとんどなんでもつくれるんだ。絹、毛糸、髪――だが、いちばん肝心なのは、もちろん」彼はくしゃみをしていった。「鼻カタルの治療法だ」

「それはいいが――」と赤い口ひげの男はいった。

「ウイルスは、アミノ酸の鎖だろう？　その構造を変化させればいいんだ。無害なものにしてしまうんだ。バクテリアも。それから抗生物質も合成するんだ」

「できればいいさ。しかし、ミスター――」

「ジムでいい」

「ああ。しかし、昔からみんながやってきてできたためしがない」

「鉛筆を持って」とケルヴィン。「今からは、それができるんだ。合成とテストの方法をこれからいう――」

彼は細大もらさず明確に説明した。ラポール装置が必要になったのは、二度だけだった。説明が終わると、赤い口ひげの男は鉛筆をおき、ぽかんと見つめた。

「信じられん」と男はいった。「もしこれがうまくいけば――」

「おれは健康と名声と富がほしいんだ」ケルヴィンは執拗にいった。「うまくいくさ」

「うん、しかし――あなた――」

だがケルヴィンは強情にいった。さいわいなことに、赤い口ひげの男の選抜テストのなかには、正直さと投機気質の審査も含まれていたので、事態は、化学者がケルヴィンとの提携書類にサインすることで終わった。このプロセスの商品的な可能性は、無限だった。デュポンかGMが喜んでとびつくだろう。

「おれは金がほしいんだ。巨万の富というのがな」

「百万ドルは手にはいるぞ」赤い口ひげの男は辛抱強くいった。

「じゃ、領収書をくれ。ちゃんとした小切手で。いま百万をキャッシュでくれるというならば話は別だが」

化学者は眉をひそめて首をふった。「そんなことはできん。テストをしなけりゃならんし、交渉もはじめなきゃならん――そんな心配はいらんよ。あんたの発見は、立派に百万ドルの値打ちはある。有名にもなるだろう」

「健康のほうは？」

「これからは病気はなくなるよ、当分のあいだ」化学者は静かにいった。「これこそ本当の奇蹟だ」

「書類にしてくれ」ケルヴィンはわめきたてた。

「わかった。提携書類は、あしたあげる。今のところは、これでいいだろう。おわかりだろうが、正当な権利所有者はあんたなんだ」

「インクで書いてくれ、鉛筆はだめだ」

「じゃ、ちょっと待ってくれ」と赤い口ひげの男はいい、インクを探しにいった。ケルヴィンは満面に幸福な笑いをうかべて、実験室を見まわした。

サーンが一メートルほど離れたところに実体化した。サーンは棒状の武器を握っていた。彼はそれを持ちあげた。

ケルヴィンは瞬間的にラポール装置を使った。そしてサーンにあかんべえをしながら、はるかかなたへテレポートした。

たちまち彼はどこかのトウモロコシ畑へ現われていた。しかし蒸溜酒になっていないトウモロコシは、ケルヴィンの好みには合わない。もう一度試みた。今度は、シアトルに着いた。

それが、二週間にわたる、ケルヴィンの記念すべき大騒ぎと逃避行の発端だった。

彼の心は、おだやかではなかった。

彼にあるのは、おそろしい宿酔《ふつかよ》いとポケットの十セントと、たまったホテル代だけ。えんえん二週間、テレポーテーションでサーンより一歩先を越すのは、神経をすりへらすような負担であり、なんとかそれが続いたのはアルコールのおかげだった。しかし今や、その刺激さえ効果がなくなりはじめていた。酔いはさめ、あとには死体みたいに感じられる自分が残った。

ケルヴィンはうめき声をあげると、みじめに目をしばたたいた。グラスをとり中身を飲みほした。だが、それも役にたたなかった。

なんて、馬鹿だ。あの化学者の名前さえ、知らないじゃないか！

曲がり角のすぐむこうには、健康と富と名声が待っている。だが、どの曲がり角だ？いつかは、新しい蛋白合成法のニュースが公表され、男の名前を知ることになるだろう。だが、いつだ？　そのあいだ、サーンをどうする？

そのうえ化学者のほうも、彼を見つけだすことはできない。ケルヴィンのことは、ジムという名で知っているにすぎないのだから。あのときには、どうしたわけか名案のように思えたが、今は違う。

ケルヴィンはラポール装置をとりだすと、充血した目で見つめた。クアラ・ヴィーか、え？　どちらかといえば、いま彼はクアラ・ヴィーが好きになっていた。問題は、ラポールして半時間もすると、記憶がはっきりしなくなることだった。

今度は、サーンが数十センチ離れたところに実体化した、そのほとんど同じ瞬間にボタンを押していた。

またもテレポーテーション。彼は砂漠のまん中にすわりこんでいた。サボテンとジョシュア樹しか、あたりにはなかった。遠くに、むらさき色の山脈が見えていた。

ただ、サーンはいなかった。

ケルヴィンは喉のかわきをおぼえた。装置が、今ここではたらかなくなったとしたら？

そうさ、こんなことが長続きするはずがない。一週間にわたって頭のなかでもやもやとしていた決断が、とうとう結晶化した。結論はあまりにもわかりきったことなので、自分をけとばしたくなったほどだった。あたりまえのことじゃないか！

そもそも、最初になぜ思いつかなかったんだろう？

彼は問題に心を集中した。いかにしたらサーンを退治できるか？　ボタンを押した……

一瞬のちには、解答をつかんでいた。じっさい簡単な話だ。

ひしひしと感じられた危機が、とつぜん消え去った。それが新しい思考の流れをときはなったようだった。すべてが、完全にすみわたった。

彼はサーンを待った。長く待つ必要はなかった。ゆらめく大気が大きく揺れ、ターバンを巻いた青白い姿が実体を持った。

棒状の武器が、彼に向けられていた。

時をおかず、ケルヴィンはふたたび問題に心を集中するとボタンを押した。方法は、たちまち納得がいくものとなった。ある非常に特殊な、しかも独特な方法で思考するだけでよかった――クアラ・ヴィーが教えたとおりに。

サーンは何十センチかうしろに放りだされた。ロひげのある口がぽかんとあき、叫び声がほとばしった。

「よせ！」とアンドロイドは叫んだ。「わたしはただ――」

ケルヴィンは根のかぎりに考えた。思考エネルギーが、アンドロイドにむかって放射されるのが感じられた。

サーンがしわがれ声でいった。「わたしは――ただ――すこし――時間を――くれれば――」

つぎの瞬間には、サーンは熱い砂の上で、空《うつ》ろな目を見開いたまま身じろぎせず横たわっていた。七本指の手が一度ピクリと動いたが、それだけだった。アンドロイドを動かしていた人工生命の火が消えたのだ。生きかえることはないだろう。ケルヴィンは背をむけると、身ぶるいして長いため息をついた。もう安全だ。彼は心を閉じると、たったひとつの考えに、たったひとつの問題に思念を集中した。

いかにして赤い口ひげの男を見つけだすか？

ボタンを押した。

物語は、こうして始まる——

クアラ・ヴィーは時間歪曲装置の内部に、アンドロイドのサーンといっしょにすわり、すべてに異常がないか確かめた。

「どうだい、見かけは？」と彼はきいた。

「通るよ」とサーンはいった。「きみが行く時代の連中は怪しみもしないだろう。装備一式を合成するのも、そんなに時間はかからなかった」

「そうかい。服なんかも、本物のウールや木綿にそっくりだ。腕時計、金《かね》——みんなよくできている。腕時計か——おかしな話じゃないか。時間を知るのに機械を使うなんて！」

「メガネを忘れるな」とサーン。

クアラ・ヴィーはメガネをかけた。「ああ。しかし——」

「そのほうが安全だよ。レンズの光学的な特性が、思考波を防御する。はずしちゃだめだ。

あのロボットが、なにか小細工をやるかもしれないからな」

「しないほうが、あっちの身のためだ」とクアラ・ヴィー。

「あの逃亡ロボットめ！　いったいなにをやらかそうというんだろう？　あいつに前から不満があったことはわかっていた。しかし自分の居場所をわきまえてるとは思ってたよ。あいつをつくったのは間違いだったな。つかまえて連れ戻さないことには、あの半原始的な時代でなにをやらかすかわかりゃしない」

「今あいつは、占星術師の小屋にいる」時間歪曲装置から出て、サーンはいった。「着いたばかりだ。不意打ちで捕まえるんだ。うまくやるには、相当に知恵をしぼらなきゃいけないだろう。今までみたいに深層衝動には、これからたよらないことだ。危険だ。機会があれば、きっとあのロボットは小細工をはじめる。自分でどれくらいまで能力を発達させたのか見当はつかないが、催眠術と記憶消去の名人であることは確かだよ。気をつけていないと、きみの記憶経路をたちきって、にせの頭脳パターンと入れかえるかもしれない。メガネはかけたままでいるんだ。きみがしくじったら、回復光線を使うからな」そして彼は小さな棒状の放射器を持ちあげた。

クアラ・ヴィーはうなずいた。「心配するな。あっというまに戻るから。今晩、あのシリウス人とゲームのかたをつけてしまう約束があるんだ」

その約束はとうとう守られなかった。

　クアラ・ヴィーは時間歪曲装置から出ると、板張りの歩道を占星術師の小屋にむかった。着ている服は、体にきつすぎ、肌ざわりは粗く、着心地が悪かった。彼は服のなかですこしのあいだもがいた。小屋は、目の前にあった。ペンキの文字が出ていた。帆布のカーテンを押しあけたとたん、なにか——無雑作にそこらにひっかけられていたロープだった——が顔にぶつかり、角ぶちメガネがずりさがった。同時に、鮮やかな青みがかった光がひらめき、彼の無防備な目を射た。所在感がなくなり、すべてが移り変わっていくような奇妙な感覚が襲ったが、それもほとんど一瞬に消えた。

「きみは、ジェイムズ・ケルヴィン」ロボットがいった。

若くならない男

フリッツ・ライバー

THE MAN WHO NEVER GREW YOUNG

若くならない男

フリッツ・ライバー

訳＝伊藤典夫　フォト／佐治嘉隆

165

〈S-Fマガジン〉1977年1月号

The Man Who Never Grew Young
Fritz Leiber
初出 *Night's Black Agents*,1947

フィリッツ・ラーバーは現在六十七歳。サンフランシスコのまん中、日本人観光客がぞろぞろ通るギアリー・ストリートのとあるアパートの一室に住んでいる。シェイクスピア俳優だった父親の血をうけついで、六フィート豊かな白髪の偉丈夫。今やハインライン、シマックと並ぶSF界のベテランで、すでにヒューゴー賞を六回、ネビュラ賞を二回受賞している。そんな大御所が住むにしては、アパートはあまりにも質素で狭く、はじめて訪ねたとき、ぼくはびっくりしたものである。名声のわりに暮しが地味なのは、彼の作品が、生粋のSFファンにしか楽しめぬ独特のディレッタンティズムと高い密度を常に持っているからだろう。奥さんは数年前に亡くなり、息子は東部の大学で哲学を教えているが、サンフランシスコが好きなので東部へ行く気はないという。ぼくは、カート・ヴォネガットの創造になるSF作家キルゴア・トラウトを連想した。

この「若くならない男」は、ライバーのはじめてのハードカヴァー短篇集 *Night's Black Agents* (1947) のために書下され、後に *The Best of Fritz Leiber* (1974) に再録された。時間の逆流をテーマにした作品は、デーモン・ナイトやロジャー・ゼラズニイにも優れたものがあるが、本篇はその嚆矢といっていいかもしれない。レイ・ブラッドベリがこれを読み、「ぼくが書きたかった」と悔やんだという話もある。

「わたしが常に心懸けているのは、奇妙な味をたっぷり含んだよい小説を書くことだ。宇宙を統べる至上の女神の名は〈神秘〉であり、すばらしいエンターテインメントの時間を持つことこそ最高の喜びだ」(*The Best of Fritz Leiber* あとがきより)

(伊藤典夫)

――〈S-Fマガジン〉一九七七年一月号「特集:時間SF」解説より

マオットはこのごろ落ち着かない。日暮れ近くになると、よく黒い土が黄色い砂と出会うところまで歩いてゆき、風が出るまで砂漠のかなたを見ながら立ちつくしている。

だが、わたしは葦の仕切りにもたれてすわり、ナイルを見つめる。

彼女が若くなったせいばかりでもない。畑仕事にあきたのだ。耕作をわたしにまかせ、もっぱら羊と山羊の番にかかりきっている。群れを連れだす草地は、日ましに遠のいてゆく。

こうなるのは、前からわかっていたことだ。何世代ものあいだに耕地はめっきり減り、灌漑《かんがい》水路も粗末になった。雨も以前より多いようだ。住まいも簡素になった——仕切りのある天幕の寄り集まり。そして毎年、どれかの家族が家畜を集め、西へ去ってゆく。

なぜわたしは、みすぼらしい文明の名残りに未練がましくしがみついているのか？——

ケオプス王の臣民が大ピラミッドから巨石をひとつひとつ取りのぞき、山々へもどすのを見てきたこのわたしが？

なぜわたしだけが若くならないのか？　よくそんな疑問にとらわれる。それは、通りすぎるわたしの前におそれいってひざまずく褐色の農民と同様、わたしにとっても謎のままだ。

若くなるものがうらやましい。わたしも分別と責任の殻を脱ぎ捨てられたら、恋愛と息もつかせぬ興奮の時代にとびこめたら、訪れる無に先立つ気楽な歳月をすごせたら、と思う。

しかしわたしは、ひげをたくわえた三十なにがしの男のまま、昔ダブレットやトーガを着たのと同じように山羊の毛皮をまとい、青春の縁《ふち》に立ちながらその中にとびこめずにいる。

わたしは昔からこのとおりだったようだ。そういえば、地中から掘りだされたときのことも思いだせない。だれもが覚えているというのに。

マオットは巧妙だ。口にだしてせがむことはしない。だが夕方帰ってくると、なるべく火から離れてすわり、おだやかならぬ唄をときおり口ずさみ、わたしの気をそそるように緑の顔料をまぶたにすりこんで、自分のいらだちをあらゆる方法でわたしに感染《うつ》そうとする。彼女は真昼の汗みずくの仕事からわたしの気をそらせ、羊や山羊がどんなにひきしまってきたか教える。

村にもう若い男はいない。青年期に近づくにつれ、またはその前に、みな砂漠へ旅立ってゆく。歯なしのひからびた族長たちすら、墓穴からのびあがり、いっしょに掘りだされた食物や飲物に口をつける間も惜しんで、家畜や妻たちを集め、よたよたと西へ去ってゆく。

わたしは、はじめて発掘を見たときのことを覚えている。それは、煙と機械と絶えまないニュースに満ちあふれた国でのできごとだった。しかし、わたしがこれから語るのは、小さな農家や狭い道や質素な生活がまだ残っていた田舎でおこったことだ。

フローラとヘレンという二人の老女がいた。彼女ら自身の発掘からまだ何年もたっていないころのはずだが、それらは記憶にない。わたしは甥かなにかだったようだが、そのあたりもたしかではない。

二人は、町から一キロほど離れた墓地の、とある古い墓に通いはじめた。行くたびに、小さな花束を持ち帰ったのを覚えている。やがて二人のとりすました穏やかな顔に険しさがのぞくようになった。二人の暮しに悲しみが忍びこんでくるのが見えた。

月日は過ぎた。墓参は頻繁になった。あるとき二人に同行したわたしは、墓石のすりへった銘文が、彼らの顔かたちの変化に歩調をあわせるように、深くくっきりしてきたのに気づいた。「ジョン、フローラの最愛の夫……」

フローラはしばしば夜半まで泣き通し、ヘレンはこわばった表情で家事をきりまわした。親戚の人びとが訪れ、なぐさめの言葉をかけたが、それも二人の悲しみを大きくしただけのようだった。

墓石はとうとう真新しくなり、芝生はやわらかな緑の芽に変わり、あらわな褐色の土中に消えた。鈍い本能がこれを予兆と受けとめたのか、フローラとヘレンは悲しみをふりきると、牧師と葬儀社と医師を訪れ、手続きをとった。

とある寒い秋の日、ひからびた茶色の葉が木々へ舞いあがる中を、葬列は出発した——空《から》の霊柩車、静かな黒い車の列。墓地では、シャベルを持った二人の男が、ひらいたばかりの墓穴からそろそろと引きさがるところだった。そして泣きじゃくるフローラとヘレンの前で、牧師はおごそかな言葉を唱え、細長い箱が墓から引きあげられて霊柩車に運ばれた。

家に帰ると、箱を封じるねじが抜かれ、蓋《ふた》がはずされた。そこにはジョンがいた。長い人生の始まりを目前にした、蠟《ろう》のように青ざめた老人が。

あくる日、古いしきたりらしいものに従って、ジョンが棺《ひつぎ》から出された。葬儀社の男は彼の服を脱がせ、刺激臭のある液体を彼の静脈から吸いだすと、赤い血を注入した。そしてジョンは抱えられ、ベッドに寝かされた。数時間うつろな目で待つうち、血液が流れはじめた。ジョンは身じろぎし、最初の息が喉でごろごろと鳴った。フローラはベッドにすわり、恐怖におののきながら夫を胸に抱きしめた。

だが彼の病気は重く、休息が必要なため、医師は彼女を部屋から送りだした。ドアをしめるときの彼女の顔は、まだ覚えている。

わたしもまた幸福な思いを味わっていいはずだった。だが思いなおしてみると、わたしはこのできごと全体になにか不健康なものを感じていたようだ。人生の大きな危機をはじめて体験するときには、だれもがそんな気持になるのだろうか。


わたしはマオットを愛している。この世界をさまよいながら、何百人の女を愛してきたことか。だがそれらも、彼女への誠意をすこしもかげらせはしない。わたしがマオットやほかの女たちの人生にはいった経緯は、一般の男とはすこしちがう――恋人たちは、墓場やいさかいの激情の中から生まれる。わたしは常に放浪者だった。

マオットは、わたしがどこか人とはちがうのに気づいている。だが自分の計画をわたしに実行させるためには、そのようなことはすこしも気にしない。

わたしはマオットを愛しているので、やがては彼女の思いどおりになると思う。だが、しばらくはナイルのほとりにとどまり、流れが作りだす華麗な景観を見守るつもりだ。

わたしのもっとも初期の記憶は不可解きわまるもので、その解釈にはいつも苦しんでいる。それよりもうすこし先に進めば、おそるべき全貌が目の前にひらけるような気もする。

だが、そのために必要な精神力が、わたしには欠けているようだ。

記憶はなんの前触れもなく、雲と混乱、闇と恐怖から始まる。わたしは遠い大きな国の国民で、みにくい窮屈な服を着、ひげこそないが、年齢や外見は今とまったく変わりない。その国はエジプトの百倍も大きいが、それでいてたくさんある国のひとつにすぎない。世界じゅうの国民がたがいの存在を知っており、世界は平らではなくて丸く、それは星を焼きつけた天蓋に閉ざされているのではなく、たくさんの太陽が島々のようにちらばる無窮《むきゅう》の虚無の中にうかんでいる。

機械はいたるところにあり、ニュースは叫びのように世界をめぐり、さまざまな欲望が渦巻いている。品物は夢想もされなかったほど豊富で、チャンスは数かぎりない。しかし人びとは幸福ではない。人びとはおびえながら生きている。恐怖は、もしわたしの記憶に誤りがなければ、人類すべてをのみこみ、おそらく滅ぼすであろう戦争に関するものだ。それは、わたしたちの上にどす黒くたれこめている。

この戦争にそなえて敵が開発した兵器はおそろしいものだ。操縦者もないまま、水面ではなく空中を飛ぶ巨大なエンジンは、世界の裏側にある都市を破壊する。大気を突きぬけ、星の海から襲いかかる兵器もある。有毒の雲。ほのかに光る死の塵。

しかし、もっともおそるべきは、噂にしかのぼらない数々の兵器だ。

永劫のように思える数カ月、わたしたちは戦争のせとぎわで待ちつづける。人類が誤りをおかし、取り返しのつかない道へ踏みだし、最後の望みを断たれたことがやがてわかる。あとは戦争の勃発を待つのみ。

わたしたちの極端な絶望と恐怖には、なにか特別な理由があったようにも思える。まるで世界戦争はそれがはじめてではなく、そのたびに今度こそ平和が来ると必死に自分にいいきかせながら立ちあがってきた、そんな感じもする。だが以前の戦争については、記憶はまったくない。どちらにしても、わたしを含むこの世界が、破局の暗雲の中で、ひとつの宇宙的な起死回生現象として創りだされた可能性は大いにありうることだ。

月日は過ぎてゆく。やがて奇蹟的に、信じられぬことに、戦火は後退しはじめる。緊張がゆるむ。暗雲が晴れる。会議、計画立案など、活発な動きがおこる。永続的な平和の希望が人びとをうきたたせる。

それも永続きしない。とつぜんヒトラーなる圧制者が現われ、世界は燃える。ふしぎなものだ、何千年もたって急にこの名前を思いだすとは。彼の率いる軍は、地上にひろがる。しかし彼らの勝利はつかのまに終わる。彼らは押し戻され、ヒトラーは忘却への道をたどる。最後には彼も無名の扇動家になりさがり、人びとに忘れられる。

ふたたび平和、これも永続きしない。前のよりやや小規模な戦争がおこり、平穏な時代へとのみこまれてゆく。

以下同様。

ときおり、わたしは思うことがある（これだけは忘れてはなるまい）。かつて時は、今とは逆の方向に流れていたのではないか。究極的な戦争に反発するあまり、時はおのれみずから逆転し、かつての道をふたたびたどりだしたのではないか。わたしたちのこの人生は、原初への回帰なのかも知れぬ。大いなる退却なのかもしれぬ。

それならば、時の流れがまた変わることもあろう。わたしたちが障害を乗りきるチャンスもできるかもしれない。

しかし、無駄なことだ……

思いはナイルのさざ波に消えた。

今日もまた家族がひとつ、谷を出てゆく。午前中ずっと彼らは砂だらけの峡谷を苦労して登っていた。そして今、最後にひと目見ておこうというのか、黄色い断崖の縁にもどり、朝空を背に黒い輪郭を見せている——縦に長い影は人、平たい影は家畜。

マオットはわたしのとなりで見守る。だが言葉ははさまない。わたしを信頼しているのだ。

断崖はふたたびむきだしの姿にかえる。まもなく彼らは、ナイルとそのおだやかならぬ思い出の亡霊を忘れ去るだろう。

わたしたちの人生はすべて忘却と収束から成っている。子どもが母親に吸いこまれるように、偉大な思想も天才の心にのみこまれてゆく。はじめ、それはいたるところにある。

空気のようにわたしたちを包んでいる。つぎに、それは狭まりはじめる。知る人の数が減る。やがて、ひとりの大人物が現われ、それを自分の中にとりこみ、秘密にしてしまう。あとには、なにか価値あるものが失われたという、いらだたしい確信が残るだけ。

わたしは、シェイクスピアが偉大な戯曲を書き消すのを見た。ソクラテスが偉大な思想を思い消すのを見た。キリストが偉大な言葉を言い消すのを見た。

石に銘文が刻まれている。それは不滅に見える。何世紀かして戻ったときも、そのままあり、多少くっきりしているが、歳月に耐えそうな気がする。ところがある日、石彫りが現われ、汗水たらして溝を埋め、ただの石にしてしまう。

なにが書かれていたか知るのは、その男ひとり。だが男も若くなり、知識は永遠に失われる。

わたしたちのすることも、みなこれと同じだ。住まいは新しくなり、わたしたちはそれを解体し、材料を石切り場や鉱山に、森や畑にこっそりしまいこむ。衣服は新しくなり、わたしたちはそれを脱ぎ捨てる。わたしたち自身も若くなり、忘れ、盲《めし》いた目で母をさがし求める。

村人はみんな去った。残ったのは、わたしとマオットだけ。

こんなに早いとは思わなかった。終末が近づいた今、自然は急いでいるようだ。

ナイルのあちこちには、まだ残っている人びともあるだろう。だが消えゆく草原を見るのは、わたしたちが最後だと思いたい。川のほとりに立ち、かつてそれが象徴していたものをかすかに記憶しながら、忘却の訪れを迎える最後の人間でありたい。

わたしたちの世界は、見えない原因に支配される世界だ。先に話した第二の戦争ののち、海のむこうのわたしの祖国では、長い平和な時代が続いた。当時その国には、インディアンと呼ばれる素朴な民族がいた。彼らは軽視され、圧迫され、住みたくもない土地に別れわかれに住むように強いられていた。社会はこの人びとになんの関心も払わなかった。彼らは危険な存在だなどというものがいても、みんな笑いとばした。

しかし、どこからともなく反乱の火の手があがった。彼らは徒党を組み、弓矢と粗末な銃で武装し、戦いを挑んできた。

あまり意味のない戦いが各地でくりかえされ、いずれも不満足なかたちで終わった。彼らは執念深く、必ず反撃をしかけ、人や幌馬車を待伏せし、人びとを絶えず苦しめ、ついには大挙して攻め寄せるまでになった。

それでも人びとは、彼らをさして重要にも考えず、自国民同士の内乱にうつつをぬかすことさえした。

この内乱の結末は悲惨なものだった。黒い肌を持つ一部の国民は奴隷化され、家や畑で労働を強いられるようになった。

インディアンは強大な勢力に成長していた。彼らは人びとを徐々に、広大な中西部の川や平原から、森におおわれた山々から東へ追いたてていった。

東海岸で、人びとはしばらく持ちこたえた。それは主に、大洋のかなたの島国と同盟を結んだことによるものだったが、結果はその島国に隷属する羽目になった。

心あたたまるできごとがひとつあった。奴隷の身にあまんじていた黒人が集められ、船に詰めこまれ、わたしのいるこの大陸の南岸に運ばれたのだ。彼らはそこで解放されたり、好戦的な民族に譲りわたされたりし、最後には全員が釈放された。

しかしインディアンの圧力は、ときおり異邦の勢力に助けられながら増大する一方だった。人びとは町をひとつひとつ、居住地をひとつひとつ放棄し、海へと逃れた。終わりが近づくころには、インディアンは奇妙におとなしくなっていた。だから最後の船が帆をあげたのは、実質的な恐怖よりも、人びとの故郷をのみこんだ深閑とした緑の森への超自然的な恐怖のほうが大きかった。

一方、南ではアズテック人がガラスの短刀や火打ち石の剣をとり……たしかスペイン人と呼ばれていたと思う民族を追いだしていた。

さらに一世紀がたつうちには、西の大陸は、心にまといつくおぼろげな影を残して、すっかり忘れられていた。

ひろがる圧制と無知、絶えまなく狭まる辺境、虐げられた民族の反抗、彼らの圧制者への転換——それらが歴史のつぎの一時代を画した。

一度、流れが変わったかに見える時代があった。たくましい秩序だった民族、ローマ人が現われ、縮小した世界の大半をその翼下におさめた。

しかし、この安定は一時的なものとわかった。ふたたび被支配者が支配者に抗して立ちあがった。ローマ人は駆逐された——イングランドから、エジプトから、ガリアから、アジアから、ギリシャから……。荒野からカルタゴが興《おこ》り、ローマの栄光を引き継いだ。ローマ人はローマに逃れ、目立たぬ存在となり、数を減らし、移住民の渦にのみこまれた。彼らの精力あふれる思想は、アテネに一世紀輝かしく燃えたが、その勢いもやがて衰えた。

その後、崩壊は着実に進んだ。潮流が変わったと錯覚することはもはやなかった。

ただ最後のひとつを除いて。

日にさらされ、乾ききった石ばかりの文明であったため、寺院と墓地の文明であったため、慣習と静謐《せいひつ》の文明であったため、エジプトは残るのではないかと思ったのだ。変化らしい変化のない数世紀の時の流れが、確信をさらに強めた。時間の転回点には来ていないにしろ、逆行はやんだと思った。

だが雨が到来し、断崖に刻まれた寺院や墓のひび割れは埋まっていった。慣習と静謐は、遊牧民の落ち着きのない動きに席を譲った。

かりに転回点があるとしても、それは人が獣と同化するまで訪れないだろう。

そしてエジプトも、これまでの文明と同様に消えてゆくのだ。

マオットとわたしは明日出発する。家畜は集まった。天幕はたたんだ。

マオットは若さに輝いている。彼女はかわいらしい。

砂漠の旅はふしぎなものになるにちがいない。まもなくわたしたちは最後の甘美なキスの瞬間を迎えるだろう。彼女は子どもっぽいかた言で話しかけるようになり、母親が見つかるまで手のかかるやんちゃ娘になる。

それとも、いつの日かわたしは彼女を砂漠に捨て、母親が彼女を見つけることになるのか。

そして、わたしは放浪を続けるのだ。

旅人の憩い

デイヴィッド・I・マッスン

〈S-Fマガジン〉1977年1月号

Traveller's Rest
David Irvine Masson
初出〈ニュー・ワールズ〉1965年9月号

マーク・トウェインがタイム・スリップ現象に目をとめ(『アーサー王宮廷のヤンキー』(一八八九年)、H・G・ウエルズが『タイム・マシン』(一八九五年)を〝発明〟して以来、SFは(まじめな話)人知の限りを尽して時間と取り組んできた。一九三〇年代なかばにはパラレル・ワールドが、そのしばらく後にはタイム・パラドックスが〝発見〟され、時間テーマは、SFに欠かすことのできない魅力的な分野となった。しかし現代SFの作家および読者は、並たいていの時間小説では満足しなくなっている。今月は、時間と人間の関わりあいを新しい角度から扱った小説を特集してみた。

*

一番手は、時間が北にむかって〝集速《コンセレレイト》〟している世界の物語である。作者ディヴィッド・I・マッスンは、第一次世界大戦中スコットランドに生まれ、稀覯本図書館の司書をするかたわら、SFを書きはじめた。処女作は、ニュー・ワールズ誌一九六五年九月号に発表した本篇で、掲載後テリイ・カー、ドナルド・ウォルハイムの年刊SFベスト一九六六年版、その他三種のアンソロジイに収録されるほどの好評を得た。作品は専攻の言語学を生かした傾向のものが多いが、ジェイムズ・ブリッシュ作品を好み、科学情報に興味を持つというだけあって、この時期に抬頭したニュー・ウェーブ作家の中ではハード派といえる。短篇集に *The Caltraps of Time* (1968) がある。(伊藤典夫)

――〈S-Fマガジン〉一九七七年一月号「特集:時間SF」解説より

そこは黙示的戦区であった。〈境界〉に近いこのあたりでは北にたちふさがる前方視覚バリアまでわずか二十メートル、その暗赤色のカーテンのかなたから、あらゆる恐怖の流星がおそってくる——核分裂・融合爆発、化学兵器の炸裂、大小、基本速度さまざまな発射体のすさまじい雨あられ、神経麻痺剤・視床下部破壊剤のしぶき。山々の不毛の岩肌や前進基地のコンクリート壁では、衝撃兵器がひっきりなしに爆発し、基地のいくつかは刻々と崩壊し、臓腑《ぞうふ》をさらけだしつつある。残存する施設は、ミサイルや砲弾の弾幕をほとんど垂直に上空に射ちあげながら、これに抗している。斜面のあちこちでは、火炎放射機炎にあおられて塚を逃げまどう蟻さながら、防護服《プロットスーツ》姿の人影が「歩行機」の助けを借りて岩場を「とびはねて」いる。肉眼に見える〈敵〉の飛行体のなかには、蛇行しながら上空を通過し、後方視覚バリアの藍色の薄闇に突入してゆくものもある。およそ五十メートル南におりたそのバリアは、観察者の眼下四十メートルあまりのところで急傾斜の岩肌に消えている。東西方向は、山岳地帯のこの澄みきった大気のなかでは舞いあがる破片もほとんど障害とならず、約六十キロ先まで見通しがきき（ただし西側は山脈のでっぱりにさえぎられているのだが）、可視回廊の全域で熾烈な攻防戦が展開しているのを見ることができる。一方、可聴回廊は可視回廊よりずっと幅が広いので、左耳に押しよせる種々雑多なノイズは、ヘルメットを通してでも相当なものだった。

「コンピュータ発射だな、きっと」Hの右耳に、トランシーバーの声がひびいた。認証の前置きはなかったが、Hには声の調子で一級上《ネクストアップ》のBとわかった。なんにしても、この巨大なコンクリート半球の内部、ものの一メートルと離れていないところにいるのは、その男だけ。二人はそこからプラスペックス窓と透過距離数百メートルの北部赤外観測器を通して、監視の任務にあたっているのだ。Hの一級上がこの掩蔽壕《えんぺいごう》に着いてから、すでに三分が過ぎていた。現在VV基地にいるらしい二級上《トゥー・アップ》に正確な戦況を伝えるためであろう、観測に余念がない。

「でなければ、こんなに正確にここを攻撃できない、ということですか？」Hはいった。

「うん、もちろん長距離低周波の可能性もある――〈あちら〉では〈時間〉がどのように働いているか、わからないんだからな」

「しかし〈敵〉の〈時間〉が鏡像のようにちょうどこちらの反転で、しかも集速《コンセレレーション》が

〈境界〉まで漸近的に進んでいるとしたら、どうしてここまで届くんですかね？」

「そうとはいいきれんさ——急激に集速はしてるだろうが、あるところまで行って同じ勾配で〈あちら〉にひろがっているのかもしれん」と、Ｂの声。「それはそうと、ここへは科学の話をしに来たんじゃない。いい知らせがある。あと二、三秒もちこたえられれば、きみは〈解任〉だ」

Ｈは内なる黒い視覚バリアが自分をのみこみ、耳鳴りが爆撃のノイズをかき消すのを感じた。膝から力がぬけ、体が二つに折れたところで、意識をとりもどした。交替する男の姿が目にはいった。防護服を着て（ここではみんなそうだが）、掩蔽壕の奥に不安げに立っている。

「ＸＮ３、それで命令は？」Ｈはきびきびといった。脈搏が速くなっていた。

「ＸＮ２、すぐ医《エム》療キットをとれ、これは復誦せよ、ロケット３３３でＶＶへ、カードを提示せよ」——不格好な黒い活字の印刷された、オレンジ色に輝くカードをさしだして——「あとは命令にしたがえ」

Ｈは右のこぶしを肩先にあげ、親指をのばして敬礼した。感情をおもてに出したり、よけいな言葉をさしはさむときではない。「ＸＮ３、了解、医療キット、３３３ロケット、カード」（彼はカードを左手のグラブにうけとった）「ＶＶで命令待ち。出発します！」

Ｂがうなずいたときには、彼はすでに出口へ歩きだし、四番目のフックにかかった小嚢《しょうのう》

（十五個のうちのひとつ）をとっていた。油よごれした通路を十メートルすべりおりると、そこは燃料電池で照明された洞窟だった。壁の光るボタンを押し、光点がマークの上を移動するのを見守ったのち、カーブをまがってやってきた「車」にとび乗り、胎児のように体を丸めた。体重でドア・メカニズムが作動し、内部が密閉されると同時に、車はすべりだし（Hの体は締め具に固定され）轟音《ごうおん》をあげてシュートを落下した。

「出発」を告げてから二十五秒後、Hはおよそ八百メートル下にあるVV基地の前部ステーションで体をのばした。ロケットは、はいだした彼を残してふたたびシュートに消えた。十歩進み、さっきよりひとまわり大きい掩蔽壕にはいると、二級上に（それはヘルメットの色と記号でわかった）親指をあげて敬礼し、カードをさしだすなりいった、「XN3、報告、〈解任〉されました」

「XN1よりXN3へ、これを持って」（と、ポケットからよく似たオレンジ色のカードをとりだし）「ジェット列車に乗れ——七十秒以内。ところで原始動物《プレビス》を見たことがあるか？」

「いえ」

「それなら、ここからのぞいてみろ。翼竜《プテロ》に似ているが、もっと原始的だ」

北西にむいた赤外望遠観測器は、前方視覚バリアの奥深くをうつしだしていた。ここではバリアは、真北約四十メートルのところにある。斜面のかなり上、しかし赤外線遮断効果はまださほどでない地点に、鱗《うろこ》におおわれた動物が二ひき、声もなく啼《な》きわめいている。大型犬ほどの大きさだが、二足で、岩盤のでっぱりとも落下した巨石とも見えるものの近くで、重そうな翼をばたつかせていた。途中うちおとされもせず、こんな不毛の地帯に用もないのによくたどりついたものだ、とHは思った。

「どうも。おかしな生き物ですね」七十秒のうち、十一秒が過ぎていた。壁からカップを取ると注水器にあてがい、ヘルメット越しに飲んだ。十七秒経過、あと五十三秒。

「XN1よりXN3へ。どうだ、上のようすは？」

報告が要求されるのは、しごく当然である。XN2は戻らないかもしれず、こんな高緯度では上下時間のあいだの通信は、ほんの二、三メートルの距離でも不可能に近いのだ。

「XN3、戦闘は激化する一方です。一時間かそこらあとには突破作戦が敢行されるかもしれません——もちろん、これはわたしの憶測でありますが。しかし今のところ、それらしい試みはまったく行なわれていない模様です。VVからの観測でも、そう見えませんか？」

「XN1、報告ごくろう」返事はそれだけだった。しかしこのレベルでも、爆撃がかつてないほど激化していることは周囲の音を聞くだけでわかった。

残るは、わずか二十七秒。敬礼し、医療キットと新しいカードをたずさえて掩蔽壕を横切る。カードをうけとった歩哨は、スタンプを押し、無言で通路を指さした。Hは通路を数十メートルかけおり、小さな洞窟に出た。つり下げ式の乗物が音もなくすべってきた。内部は個室にわかれ、それぞれにスライド・ドアがついている。うち三つが開き、インジケーターの明かりが消えた。洞窟の歩哨が、ドアの前で待つHとほか二人に合図をよこした。ドアがしまると、リクライニング・シートがそっとHの体を固定し、同時にジェット列車はしだいに加速しながら斜面を下りはじめた。十秒後、それは隣りの検問所でとまった。個室の天井のパネルに明かりがつき、「迂回、左」と文字が現われた。直通ルートが破壊されたのだろう。加速が始まったが、さっきと比べるとゆるやかで、まもなく左にカーブし（Hはそう感じた）、さらに二つの検問所でとまったのち、右に折れてとうとう減速にかかった。ドアが開いたのは、ハド自身のクロノグラフによれば、予想した二百秒を大きくうわまわり、出発してから四百八十秒後であった。

ここでは、また日ざしを見ることができた。XN2の命令をうけた山頂掩蔽壕から、まわり道を計算に入れなくても、すでに南へ十六キロ、下へ三キロ近く移動したことになる。前方視覚バリアは、巨大な地衣類の生い茂る山の肩に隠れていたが、南のバリアは一キロほどむこうに、暗紫色の霧の壁のようにたれこめていた。風景は見わたすかぎり窪《くぼ》地《ち》と峡谷の連続で、地衣類と草に似た植物が地表の大半をおおっている。戦闘のノイズは、嵐の咆哮《ほうこう》にまじって、まだここまで聞えてくる。しかし近くに落ちる砲弾は少なく、破壊のあとも比較的目立たない。頭上の空は荒れていた。トカゲとテンの雑種とでもいおうか、異様なかたちの動物が群れをなして、近くの木生シダをのぼりおりしている。ジェット列車からおりる客は、ハドのほかに六人いた。うち二人と三人がグループに分かれて、東の道に消えた。ひとりだけ（VVから乗った客ではなかったが）ハドといっしょに残った。

「わたしは〈大渓谷〉へ行くんですがね、二十日も見ていないから、すっかり変わっているでしょうな。あなたも遠くへお出かけですか？」右耳のトランシーバーから、男の声が聞えてきた。

「い――いや――〈解任〉されたのです」ハドは自信のない口調でいった。

「ほう、わたしなんか……解体されましたよ！」男はやっとそれだけいった。間をおいて、

「どちらまで？」

「ずっと南へ行って仕事を始めようかと思ってます。わたしには暑いところが性にあってるので、熱気と熱帯植物がね。経営管理に役立ちそうな技術も、二、三心得がありますし。これは失礼――お聞きづらい話をしてしまったかな――つい口がすべって」

「いや、かまいませんよ。あなたはしかし〈運〉のいいかただ。〈解任〉された人に今まで会ったことがない。有効に使ってください。それでこそ、この〈ゲーム〉にも張りがでるというものです――つまり、われわれが守っているといわれる民衆に、これから仲間入りされるわけでしょう――彼らの存在に実感がわいてきます」

「そう考えていただけると、わたしもほっとします」ハドはいった。

「いや、本心ですよ。こんなことでもなければ、信じられなくなりますからね。こうして〈前線〉を守っているが、南に人間がいるんだろうかと」

「でも、いるからこそ、ここを守りきれるだけの技術が開発されているんじゃないですか？」

「〈大渓谷〉にいたころ知っていた〈技術コロニー《テッコル》〉のなかには、それくらいしてるのがいますよ」

「ええ。しかし考えてごらんなさい、ひとつの技術を練りあげるのに、どれくらい広範囲な純粋科学が必要か。それだけの研究が、あの〈コロニー〉でできるはずがないでしょう」

「かもしれません――そういったことはよくわからないが」男は少しむっとしたようにいい、そのまま無言で立ちつくすうちに、つぎのケーブルカーがやってきて駅にとまった。男を先に乗せ――それくらいの負い目はあるような気がしたのだ――さらに一分ほど待つと（最初にいた掩蔽壕では、たったの五秒だ、そんな皮肉な思いが挿入句的に閃《ひらめ》いた）つぎのゴンドラが現われた。ハドが乗りこんだちょうどそのとき、テンとトカゲの雑種が群がる木生シダに、むきだしの細長い首を持つ、ひょうきんな紫の鳥がまいおりた。ケーブルカーは峡谷や窪地の上空をひた走り、それとともに南の菫色のカーテンもいやます速さで遠のいていった。時間勾配がゆるやかになるにつれ、頭脳は順調な活動をはじめ、ハドは幸福と充実感が内にひろがってゆくのを感じた。ゴンドラは速度をゆるめた。

　防護服をぬがずにいたのは幸いだった。おそらく偶然だろうが、化学兵器が二発、ケーブル線のすぐ下わずか五十メートルのところで爆発したのである。しかし防護服がそれ以上にたのもしく思えたのは、三度目の爆発がおこったときだった。はじけとんだ破片が下方のケーブルを切断し、非常ケーブルのおかげでゴンドラはつぎの鉄塔でとまった。彼はエレベーターでおりると、鉄塔の根元にある電話にトランシーバーを近づけ、報告した。三キロ西にある隣りのロープウェイにむかえ、と指示がかえってきた。南北方向の通信はこのあたりでも、せいぜい数メートルが限度だから、電話口に出た男のいる交換局はこの鉄塔とほぼ同緯度にあるのだろう。だが、それにしては相手の声はキンキンと耳ざわりで、ぎくしゃくした早口だった。むこうには、自分の声は重苦しくものうげに聞えているのだろう、と彼は思った。

　ハドは「歩行機」を作動すると、コンパスで方向をたしかめ、視覚バリアと前方のドップラー色光平分線《ティント・イクエーター》を交互に見ながら、峡谷のあいだを進んだ。「あの男が〈技術コロニー〉を自慢するのも無理はない」と、彼は心にいった。「だが〈大渓谷〉のような北の涯てに、文明が発達するはずのないことはわかってもよさそうなものじゃないか。〈人間〉すら生みだしていないほどの原始世界なのだ――少なくとも、こちらの端では……。東端部がどこまで南へのびているかは知らないが」

危険は終始ついてまわった。かなり近くで何回か爆発がおこったし、あやうく見すごすところだったが、人工の毒ガスらしいものが二カ所の窪地によどんでいた。それらは避けて通ることにした。さらに藤色の灌木の茂みから、怒り狂った巨大なオオナマケモノが襲いかかってきたこともあった。それは速射銃で抹消しなければならなかった。しかし山頂の地獄からおりてきたばかりの彼には、これくらいはまだ気楽な散歩といってよかった。

やがてロープウェイにたどりつくと、緯度が出発点とほぼ同一なのを確かめたのち、最寄りの鉄塔に行き、その根本にある電話ボタンを押した。同じ声が、さっきよりやや人間的なゆっくりした調子で答えた。四十五秒後にゴンドラが通るはずだから、その鉄塔でとまるよう調節しておく。とまらないときは、そばの非常ボタンを押すように。「歩行機」で来たにもかかわらず、歩きだしたときから、すでに小一時間たっていた。頂上掩蔽壕を出て、九十分にはなるだろう――むこうの時間に換算すれば、一分三十秒あまりだ。

ゴンドラがやってきてとまり、彼はなかにもぐりこんだ。そこから終点までの旅は、ときたまのスコールと、怯えたカラスの群れにつっこんだことを除けば平穏無事で、やがてヒースの生い茂る斜面にたつずんぐりした塔に近づいた。入れかわりにあがってきたゴンドラから、男が通りすぎざまトランシーバーを通じて、「後続部隊の第一号！」と叫んだ。なるほど終着駅の内部は完全装備した男たちでいっぱいだった。総勢二十人ほど――ケーブルカーを長いあいだ待つよりも、大型ヘリで一挙に運ぶほうがよほど経済的だろうに、とハドルは思った。みんな興奮しているらしく、ふさぎこんでいるようすはない。しかしハドルには自分の未来を捨てる気はもうなかった。彼はラチェット車の駅にむかい、車内にはいった。同乗者たちは、相手の顔よりも景色を見るのに熱心だった。厚い深紅色のバリアが、およそ四百メートル以北にある山々の肩を隠し、一方、南側八百メートルほどのところにたれこめた青い霧のカーテンが、谷のながめをとざしている。その中間の緯度帯では視度はかなり良好で、どこにも戦火は見あたらなかった。パインの森林は、斜面を下るにつれてオークとアッシュの森林に変わり、その先は〈大渓谷〉の急勾配のへりにおちこんでいる。しかし断崖のむこうに、谷底の草原の一部が垣間見えていた。地表では渦巻く雲の影がたわむれ、雨や雹《ひょう》がその上をわたっていく。ときおりひらめく稲妻、とどろく雷鳴。林のなかで鹿が見え隠れし、木々の梢には黒い蚊柱がいくつも立っていた。

ラチェット車の旅は五十分ほど続いた。無人駅を二つ過ぎ、ループ式トンネルを二つ抜け、数知れぬ滝をわたり、露出した根から根へリスがとびまわっている断崖を横目に見ながら、しだいに暖かくなる大気のなかを下るうち、〈大渓谷〉の牧草地と穀物畑が周囲にひらけた。線路と平行に真東にのびる広い道路があり、蛇行する川の上に小高い丘が見える。その頂きにコンクリートや木造の家がひっそりと寄り集まって、小さな村エメルをかたちづくっていた。もちろん、川はまだ大きくない――浅い、岩だらけの、しかし美しい渓流。そして〈大渓谷〉そのものも（今では左右はすっかり見わたせる）、この西の端ではさしわたし半キロに満たない。〈北西の台地〉が終わる南側の斜面は、ここでは視界のなかにあり、一面が豊かな灌木林だった。

山頂時間ではあれから四分ほどすぎたにちがいない、今なお山岳地帯に展開しているであろう光景との圧倒的な対比に、ハドラルは目もくらむような歓喜をおぼえた。しかし軍事ターミナルでは身を引き締めると、光るカードをさしだし、カード（と終身照合カード）の放射能チェックをうけ、警備隊長の副署名とスタンプをもらった。カードの下端にある切りとり部分は、手もとに戻った。それは認識ディスクにはさみ、自分の肋骨のスロットのなかに常時いれておかねばならない。切りとり線から上はファイルされた。ハドラルは防護服と「歩行機」を脱ぐと、銃、弾薬、医療キットを返し、かわりに一千クレジットのトークン入りの財布二つと当座の民間服を支給された。看護兵が、彼に認識ディスク手術を施した。すべての儀式は、到着した瞬間からかっきり二百五十秒後――山頂時間で二秒後に終わった。彼は大地をわがものにしたような気分で戸外に出た。

空気には、干し草、イチゴ、花、こやしなどのにおいが満ちていた。彼は何回も思いきり肺に吸いこみ、酔い痴れた。フレッシュハウスにはいると、注文し、料金を払い、弱いエールを四デシリットル飲みほし、つぎにサンドイッチとリンゴを注文し、支払い、食べた。東部行きのつぎの列車はあと十五分で出るということだった。そこにすわってから、そろそろ三十分になる。渓流をながめる余裕もなく、兵站駅へ直行した。海辺の都市ヴェルアムは、東へ六百キロ、待合室のくわしい地図を見たところでは、南へ五十キロ行ったところにあった。そこまでの切符を買いもとめ、機関庫から列車がすべりこんでくると、適当な客室を選んで乗った。

いなか娘と、眠そうな顔の民間人――おそらく軍と取り引きでもあるのだろう――が、ハドラルのあとからあいついで乗り、列車が動きだしたときには客室の乗客は三人になっていた。百日ぶりで出会った女性だけに、彼はいなか娘を興味ぶかくながめた――金髪、色白で、すましこんでいる。三十数年ばかりでは、ファッションもさほど大きな変化はしないらしい。少なくともエメルの娘たちのあいだでは、そういえるようだった。しばらくして彼は視線を窓外の風景に移した。今では谷は、南北とも黄色がかった断崖に変わっていた。この距離からでも、色調の相違は見分けられた――谷の幅がわずかに広がったのだ。それとも、これは彼の空想で、違いはごくノーマルな光線のぐあいによるものだろうか。

川は右へ左へ、断崖から断崖へと優雅に蛇行し、ところどころにハシバミの冠をいただいた小島が見られた。岸や流れのあちこちで、釣人が糸をたれている。ときおり農家がうしろに走りすぎる。北側の谷の上は広大な斜面で、ケーブルカーの駅や、いくつかヘリポートが見えるほか、人間の住んでいる形跡はない。だが、そのかなたは深紅色の無のカーテンで、天頂部からおりてきたそれは、なかば雲におおわれた緑の空を非情に断ちきっていた。雲の各所で荒れ狂っている旋風が、時間勾配の気象への影響を物語っている。戦闘のまっただなかにある北部では気づかなかったが、奇妙なかたちの稲妻が雲間でピルエットを踊っていた。南の台地は、断崖が高いのでまだ見えない。しかし断崖の上の空には、暗青色の霧がすでにその一部をのぞかせていた。列車はとある駅にとまり、さびしげに見守るハドラルを残して娘はおりた。入れかわりに軽装の兵士が二人乗りこみ、些細な思い出話のやりとりをはじめた。短い休暇がおりて、となりの小さな町グラネフに行くらしい。ハドラルのお仕着せの民間服に眼をとめたが、なにもいわなかった。

グラネフはほとんどスチールとガラスでできた、温かみのない町だった。道路に面してむかいあった、二十階建て、長さ八キロの二つのビルからなり、アーケード・ブリッジがあいだにかけられている（恵まれているというのはこのことだろう、とハドラルは思った、こんな下流でも言語や交通は上流と同じだし、しかも〈大渓谷〉の全長七百二十キロにわたって緯度間のトラブルはないといっていいのだから）。工場地帯や、〈技術コロニー〉のいくつかが見えてきた。谷の幅はますます広がり、ついには南の断崖が、一キロ足らずの距離にある青い霧のなかに隠れはじめた。ほどなく北の斜面も、けぶったような赤褐色に染まり、それもまたのみこまれた。支流を集めてふくれあがった川は、幅三百メートルほどに成長し、鉄橋をわたるとき見おろすと流れもかなり深そうだった。しかし列車はまだエメルから八十キロしか走っていないのだ。空気はさらに暖まり、植物は瑞々《みずみず》しさを増していった。今では乗客のほとんどが民間人で、ハドラルのお仕着せの服に皮肉な視線を投げるものもいた。ヴェルアムに着いたら最初に服を新調しよう、彼はそう心に決めた。しかし今は、できるだけ早く、あの掩蔽壕から遠ざかりたい気持だった。

数時間後、列車は〈北東の海〉にのぞむヴェルアムに到着した。長さ五十キロ、高さ四十階、南北の幅五百メートル、目を見はる都市だった。郊外は坦々とした平野で、赤みがかった霧が六キロ以北の景観をとざし、青みがかった霧が十二キロ以南にあるすべてをおおい隠している。満腹したハドラリスは、市の〈復職アドバイザー〉を訪れた。彼が前線に出発したころと比べると、民間技術や生活用品はとほうもなく進歩し、慣用語や話音は理解もおぼつかないほど変わり、社会生活様式のコードまでがおそろしいほど変質していたからである。数冊の便覧、一台のポケットレコーダー、それと標準言語形態と習俗の学習テープ数本をたよりに、手早く薄地の服、レインコート、筆記用具、レコーダー付属品、旅行バッグ、その他の身のまわり品を買い集めた。もうしぶんない宿泊施設で一夜をすごしたのち、亜熱帯開発エージェンシー七社の人事課に立ちより、試験をうけたハドラリスは、紹介状七通をたずさえて、〈北東の海〉沿岸を南にむかう夜行ジェット列車に乗った。目的地は、五百八十キロ南のオルルエタング。彼の服を作った仕立て屋の話によると、静かな夜には低い雷鳴のような音が、北の山岳地帯から聞えてくるということだった。ハドラリスは、生活環境の許すかぎりできるだけ〈北〉から遠いところにいたかった。

彼は椰子とサバンナ葦の風景のなかで目覚めた。両側の視覚バリアは、もはや影もかたちもない。都市は、高層ビルがきちんと集まったいくつもの区画に分散していた。それぞれの区画は、うっそうとした森林帯に隔てられ、緑のなかをドライブウェイやモノレールが走っている。〈大渓谷〉で見た町とは異なり、それは東西にだけ延びた帯ではなく、距離こそ短いが、南北の軸に基づく配列も現われていた。ハドラリソンダモは小さな下宿におちつき、市街や工場地帯の地理をまずおぼえ、この地方のガイドブックを買って探検と調査に数日費したのち、七つのエージェンシーに出頭した。しばらくのあいだ、夕方は成人講座を聴講し、深夜は睡眠教育テープで言語形態を学習する生活が続いた。十九日後(ヴェルアムの緯度では約四時間、エメルでは四分、山頂掩蔽壕なら二秒足らずだ、と彼は思った)、ハドラリソンダモはある会社に就職し、青果物販売部長というあまりぱっとしない役についた。

ここでは南北方向の通信は、ルールさえのみこめば、数キロの距離でも音声で通じることがわかった。そのため地帯制による束縛は少なく、交通や社会組織は広大な地域をカバーしていた。軍隊を目にすることも、ここでは稀だった。ハドラリソンダモはオートモブを一台買い、会社での地位があがると、レジャー用にもう一台買った。彼の性格は人に好感を持たれるらしく、まもなくたくさんの友人ができ、趣味も増えた。何回かの恋愛経験をへたのち、彼は上役の娘と結婚し、そこでの生活が五年目をむかえるころ、ひとりの息子の父となった。

「アリソン！」妻がボートから呼んだ。五歳になる息子は舟べりから両手をだし、こぶしで温かな湖面をたたいている。ハドラリソンダモは小島で絵を描いていた。画架の上のカンヴァスに踊る線、小さな入江の沼沢樹のあいだに燃えあがった光と影のパターン。「アリソン！　これがどうしても動かないわ。泳いできて、ちょっと見てくださらない？」

「あと五分だ、ミハンヨ。きりをつけるところだから」

カラミハンヨラスヴィはため息をつき、水平ヨーヨー機をへさきから出すと、あきらめ顔で釣りの続きはじめた。こんなに静かでは、当たりもない。右手の枝のあいだでインコの翼が閃いた。水をたたくのに飽きた息子のデレストは、水中窓をとって湖におろし、ミハンヨに明かりのスイッチをつけさせた。そして水面下のあちこちをのぞきながら、通りすぎるさまざまな色や形の小魚に、いちいちかすかな驚きの声をあげた。やがてボートに声をかけたアリソンは画架をたたむと、ズボンをぬぎ、絵具とカンヴァスをまとめた荷物のいちばん上に載せ、水にはいった。この湖にワニ《クロック》はいない。カバ《ヒッポ》は遠くに見えるだけ。フィラリアと住血吸虫は根絶されている。二十分ほどむきになっていじりまわすと、燃料電池を動力とするスクリューは音もなくまわりはじめた。いったん島に戻り、湖に流れこむ小川の口をめざした。まだ四時前。西日をあびて桟橋に着くと、荷物をまとめ、オートモブで家路についた。

デレストが八歳になり、ラフォンデレストナミという正式な名を持つころには、その下に三歳の妹と生後一年になる弟ができていた。デレストは水泳とボート漕ぎの名手で、幼いながらも、自宅や学校で組織者の才能を発揮しはじめていた。アリソンは会社で三番目の地位に昇格したが、周囲との調和をとることに努めた。休日はそれまで深熱帯（相対時間からいえば得になる）か〈北西の海〉南岸の岬地方（そこでは損になる）ですごす習慣だったが、近ごろでは灌漑用水が縦横に流れる西部高地へ出かけることが多くなっていた。壮大な見晴らしのきく場所があちこちにあり、雲の景観をながめるだけでも充分に埋め合わせがついたからである。そこからでさえ視覚バリアは、暗い空を背に、南北の地平線近くにぼんやりとたれこめる霧にすぎなかった。

眠れない夜など、ときおりアリソンは「過去」について思いめぐらした。結論はたいてい同じだった。出発したときから、かりに三十分後に突破が始まるとしても、南の時間収縮を考えれば、自分や妻、それどころか子どもたちの一生のあいだにも、影響はまずほとんど現われないはずだ。そしてまた、こうも考えた。エメルの少し北よりこちらになにひとつ落下するものがないところを見ると、ミサイル攻撃基地はおそらく〈境界〉のすぐそばに位置しているのだろう。そうでないとすれば、〈敵〉は南側の時間勾配も地理もまったく知らないことになる。だから〈境界〉越しにはるか南を狙ってミサイルを射つようなことをしないのだ。時間集速にさからって飛べる最高速度のへりでも、こちら側に達することはあるまい。

アリソンは適応力の強いほうなので、〈前線〉から帰還後の無能状態に長期間わずらわされたことは、これまで一度もなかった。ジェット列車その他の通信手段のおかげで、人びとの話し言葉や気風は統一化の方向にむかっていた。そのなかで〈大渓谷〉の上流区域や〈北〉の山脈の戦闘地帯が、言語的にも社会的にもやや孤立しているのは、その性質上やむをえないことといえた。意外なのは西部高地に同様の現象が見られたことで、休日にその方面を旅行した一家は、遠い昔の言語形態や旧式な考えかたをいまだに踏襲している閉鎖的小社会に何回か出くわした。しかし緯度差による名辞分解《オノマトシントミー》、俗にいう「欠け言葉《ショートマウス》」の不可避的な表われを別にすれば、おおむね全域で亜熱帯低地の「現代語」が通用していた。「現代」の社会的道徳通念の普及も同様だった。南の現在が、北の過去――それだけでなく地質学的過去――の植民地化に成功した、といっていいかもしれない。鳥やその他の移動性動物がすでにある程度行なっていることだが、人間はおのれの機略と適応性と伝統と技術によって、それ以上のことをなしとげたのだ。

一般住民の戦争への関心は薄かった。時間集速は彼らの味方であり、彼らはありあまる精神エネルギーを多種多様な遊戯や娯楽にふりむけ、造形し、描写し、創造し、鑑賞し、批評し、理論化し、整理し、組織し、協力していたが、自分の属する地方社会のそとにとびだすことは稀だった。いつのまにそうなったのか、気がつくとアリソンはメンバーのたがいに重複する十あまりのサークルに加入していた。ミハンヨの場合は、それ以上だった。といって、二人だけの時間がなかったわけではない。五日働き、二日休み、七日働き、六日休みという「複週制《ダブルウイーク》」ののんびりした生活テンポが、組織ばかりでなく全住民にしみついているので、二人だけですごす余暇はたっぷり残った。アリソンは質感彫刻を始め、二年ほど続けたのち、また絵画に戻った——ただし今度はスプレイペンから磁力ブラッシュにとりかえて……。質感彫刻時代に磨きあげられた力強いエリア・コントロールは、その分野で彼にひとかどの名声を与えた。一方、ミハンヨは音楽家になった。デレストが人や社会を動かす人間になることはもはや疑いなく、また彼はわずか十三歳で競技年齢に達した。八歳になる妹は、なかなかの演説家だった。六歳の末っ子は、両親の目には、未来の作家に映った。少なくとも、余暇にはなにか書くようになるだろう。彼の観察眼は鋭く、それを人びとに話すことにも熱心だった。アリソンはやがて会社で二番目に昇格し、その地位に満足した。代表取締役は、彼には荷がかちすぎるような気がしたからである。ときたま地方行政の相談にのることもあったが、中心に立つことは避けた。

ミハンヨとアリソンは、南の岬の沖合いにうかぶランチから花火祭を見物していた。北側の視覚バリアが長大な弧を描いて星空を隠し、ビロードのような暗黒で、祭の格好の背景を提供している。さいわい天気は上々だった。花火船のシルエットがくっきりと見分けられる。月が存在しないこの世界では、こういった催《もよお》しでもないかぎり「白夜」の情緒を味わうことはできない。娘とデレストは、ランチのまわりをぐるぐる泳ぎまわっている。末っ子も引っぱりだされて、眠そうに北を見守っていた。やがて緑の三つ星が射ちあげられ、〈北東の海〉の祭は終わった。花火船のあたりにも、とうとう真夜中の闇がおりた。デレストとヴェノイエを呼びもどす声、照明弾の輝き、きつい言葉がとび、二人はしぶしぶ水からあがると、少し震えながら温風噴射機にはいり、二ひきの小鬼のようにとびはねた。アリソンがランチを岸にむけたときには、シラーレはすやすや眠っていた。桟橋についたときには、ヴェノイエも寝息をたてていた。両親は子どもをひとりずつ抱きかかえ、ビーチハウスに戻った。

翌朝、一家は荷物をまとめ、オートモブで帰途についた。彼らの二十日間の休暇のあいだに、オルルエタング時間では百六十日が経過していた。降りしきる雨のなかを市中に帰りついた。子どもたちの世話がすむと、ミハンヨはオルルエタングの反対側の端に住む友人にテレビ電話をかけ、長話に興じた。彼女（友人）は、夫と西部高地にアナグマ観察に出かけ、帰ってきたところだった。ようやくアリソンが電話口に割りこみ、とりとめのない挨拶ののち、彼女の夫と地方政治の新しい問題点について意見を交換しあった。

「ここでは年をとるのが早くて悲しいわ」その夜、ミハンョが愚痴をこぼした。「永遠に生きられたら、どんなにすてきかしら！」

「永遠というのは、たいへんな言葉だよ。それに、ここだってどう違うというわけでもない――〈海〉にいたときより、時間の進みかたがのろくなったような気がするかい、しないだろう？」

「それはそうだわ。わたしは、ただ……」

彼女の機嫌をなおそうと、アリソンはデレストの将来のことを話しだした。ほどなく二人は世間の親の例にもれず、子どもたちの人生を彼らなりに設計しはじめていた。今のこの給与と財産なら、息子を大物の経営者に育てあげ、下の二人にも望みどおりの機会を与えてやる余裕は充分にあった。

翌朝、ほのぼのとした気分をまだ内に残したまま、アリソンは妻に見送られてオフィスにむかった。目のまわるように忙しい一日が終わり、あたりが暗くなるころ門を出ると、駐車場にとめたオートモブのそばに、軍人が三人立っているのに気づいた。パルス・キーを持って近づきながら、彼はいぶかしげに軍人たちを見た。

「きみはＶＳＱ３８９ＭＬＤ１９４ＲＶ２７ＸＮ３か、氏名はハドラリソンダモ、現住所は」（と、所番地を続け）「そして現在、この社の副社長の職にある」リーダー格の軍人の冷たい口調は、質問ではなく、たんなる発言に聞えた。

「はい」口がきけるようになると、アリソンはささやき声でいった。

「ここに令状がある。きみはわが軍に再編入され、以前〈解任〉の命令が下った地点へただちに出発することになった。われわれに同行してくれ」リーダーは、黒い活字の印刷された、オレンジ色に光るカードをとりだした。

「しかし、わたしには妻子が！」

「家族には連絡がいっているはずだ。時間がない」

「仕事は？」

「社長にも連絡がいく、来たまえ」

「し――しかし――わたしにも、いろいろ整理しなければならないことがありますから」

「だめだ。そんな時間はない。緊急の事態なのだ。そういったことは家族と会社にまかせたまえ。われわれの命令は、すべてに優先する」

「い――いったい――なんの権限をもって？　証拠を見せていただけませんか？」

「このカードで充分のはずだ。まだ持っていると思うが、きみの認識ディスクのなかにある切れはしと一致する――そういうチェックは途中で行なう。さあ、行こう」

「しかし、いちおう証拠を見せていただかなくては。あなたがたが、たとえば強盗とかそういったものでないと、どうしてわかりますか？」

「コードさえ知っていれば、この記号がひとつの意味しか持たないことはわかると思うがね。しかたがない、大目に見よう。これが令状だ。しかし手は触れるな」

部下たちがにじり寄った。アリソンは、二人の速射銃が自分を狙っているのに気づいた。リーダーは長い文面をひろげた。彼がかざすフラッシュライトの光をたよりに、踊る文字を判読したかぎりでは、内容はまさしくそのとおりで、当該人物アリソンを、地方時の本日何時何分、勤務先(住所が明記されている)から退出した時点において召喚せよとあり、さらに続けて、妻ミハンヨと組織の代表取締役には、テレビ電話を通じて同時に通告される旨が記されていた。〈再編入者〉とエスコートは、ヴェルアム行き軍用ジェット列車に乗車(出発は十五分後)。〈再編入者〉は、そこにあるもっとも速い輸送手段により基地(VV)へ急行、ついで山頂掩蔽壕へ(彼がそこから帰還したのは二十年前だが、掩蔽壕の時間では、わずか十分ほどでしかない、もちろん南への旅に要した六、七分を別にすればの話だ——そんな考えがアリソンの頭に閃いた)。

「わたしに適性があるかどうか、こんなに年月がたっているのに、どうしてわかります?」

「定期的にチェックを続けていたんだろうね」

ひとりの足をすくい、もうひとりを殴り倒して逃走しようかと考えたが、二人の速射銃は微動だもせず彼を狙っていた。それに、なんの得がある? ほんの数時間の気やすめ、その代償は、ミハンヨと子どもたちと彼自身にふりかかる不必要な苦痛、不名誉、破滅。

つかまるのは目に見えているからだ。

「オートモブが」彼は愚にもつかぬことをいった。

「ちっぽけな問題だ。会社がやってくれるさ」

「子どもたちの将来はどうなる？」

「行くんだ、議論しても始まらん。生死にかかわらず、適性の有無を問わず、きみは行くことになっている」

アリソンは言葉もなく、軍用軽オートモブへと連行された。

五分後には、強化ガラスをはめこんだ装甲ジェット列車に乗っていた。十分後、走る列車のなかで民間服をぬぎ、所持品（それはやがて妻のもとに返送される）を提出し、認識ディスクの摘出とチェックをうけた。そのさい〈解任〉証明がとりあげられた。ついで健康診断。結果は軍を満足させたらしい。軍服が支給された。

車中で眠れぬ夜をすごしながら、彼は妻子の将来をあれこれ思いめぐらした。困ったときミハンヨはだれに相談をもちかけるべきか、力になってくれそうなのはだれか、彼女は子どもたちをどう育てていくだろうか、会社から支払われるであろう年金でどの程度（彼の想像の及ぶかぎりで）の暮しができるだろうか、将来の目標をどこまで達成するだろうか。

灰色の薄明のなかで、列車がヴェルアムに近づいたことを知った。空腹（軍用食は喉を通らなかった〉と不眠にさいなまれながら、彼はぼんやりと操車場をながめた。列車でいっしょにやってきた兵士たち（〈再編入者〉は、見たところ、ほんのわずかしかいないようだった）とともに、箱型のトラックに分乗した。軍用車隊の長い列は、エメルへと走りだした。

その瞬間、ハドラリスの頭脳はふたたび時間集速の換算を始めた。山頂掩蔽壕の〈時間〉になおせば、オルルエタングを発って、すでに一分半にはなるにちがいない。エメル到着まで、およそ二分。エメルから目的地まで、計算にまちがいさえなければ、さらに二分半。それに、二十年間（と南への旅）の十六、七分を加えると、あの掩蔽壕に自分がいなかった時間は二十二分そこそこということになる（ミハン、デレス、そして下の二人にとっては、もうあれから十年がすぎ、子どもたちは父親のことを忘れはじめているだろう）。彼が発ったとき、すでに電撃戦は前例を見ないほど熾烈をきわめていた。一時間後には〈敵〉の突破作戦が敢行されるかもしれない、彼はXN1にいった予言を今でもはっきりと憶えていた（実際、あれから何回か悪夢のなかに現われたほどだから）。かりに電撃戦を生きのびたとしても、突破作戦で同様の幸運を期待するのは無理だろう。しかし、いったいなにが突破してくるというのだ？〈敵〉を見たものは、だれひとりいない。その〈敵〉は〈悠久の昔〉から〈境界〉を越えようと、あらゆる努力を傾けているのだ。もしそれが実現すれば、人類の黄昏《たそがれ》はすぐ目の前である。その瞬間の恐怖には、いかなる恐怖も遠く及ばないだろう、そんな信念が〈前線〉には広まっていた。百六十キロほど走るうち、彼は疲労のあまり、うずくまった姿勢のまま隣りの男の肩にもたれて眠りにおちた。停止、発車、カーブなどで、何回かおこされた。軍用車隊は全速で走り続けた。

エメルでトラックからころがりおりると、嵐が横なぐりに襲いかかった。川は増水していた。ハドラルは隊からはずされ、ターミナル・ビルへ案内された。予防注射をうけ、「歩行機」、速射銃、医療キット、防護服、その他の荷物を支給され、十五分後には〈山頂掩蔽壕なら七、八秒だろう〉三十人の仲間とともに大型ヘリに乗りこんでいた。最初の頂きを越え、日ざしのなかに出たとたん、爆発と閃光の風景が見わたすかぎりにひらけた。ヘリの飛行につれて、後方の視覚カーテンはますます近づき、前方のそれは不承不承しりぞいた。懐かしい〈北部〉特有のめまいと夢遊症状が、ふたたびハドをおしつつんだ。カルや子どもたちの記憶は、いま彼とその頭脳や肉体をわかちあっている幽霊の苦悶にすぎなかった。二十五分後、ヘリはジェット列車線の末端に着陸した。山頂掩蔽壕での「二十二分」の不在は、それより短いものになりそうだった。ハドは三番目にジェット列車の個室に押しこまれ、百九十秒後、終点に姿を見せるとＶＶ基地にむかった。彼の敬礼に対して、ＸＮ１は、ただちにロケットで山頂掩蔽壕へ出発するよう、そっけなく命令しただけだった。数秒後、彼はＸＮ２とむかいあっていた。

「ああ、来たな。〈補充員〉が戦死したので、きみを呼びもどした。出ていったすぐあとだ」壁の無残な穴が、そのできごとを裏付けていた。補充員の死体は全裸にされて、処理装置へ運ばれていくところだった。

「XN2、攻撃はますます活発になってきたぞ。とにかく、たいへんな代物だ。こちらで使っている新兵器が、何分かすると、同じようなかたちで撃ち返されてくる。そこの新しい大砲など使いだしたばかりなのに、すぐにそっくりの砲弾がもどってきた――〈敵〉が持ってるとは知らなかった。まあ、勝負はおあいこだが」

空腹と疲労と激しい運動のあまり、かえって澄んだらしいHの頭脳に、口にすることさえ恐ろしい疑惑――知識と経験に乏しすぎ、総合的展望にも欠ける彼には、論証も論破もできないひとつの疑惑が閃いた。〈敵〉を見たものはいない。〈戦争〉が、いつ、どのように始まったか知るものもない。情報や通信は、意味をなさないほど困難なのだ。〈境界〉附近とそのかなたで、〈時間〉がどうなっているのか、だれひとり知るものはない。〈境界〉では時間集速は無限大となり、そのかなたはもはや無なのだろうか？〈敵〉のミサイルと称されているものは、実際にはすべて味方のミサイルではなかろうか？なんらかの理由で、それがはねかえっているのではないか？戦争の発端とはもしかしたら、探検好きの農民がなにげなく北に投げた石が、はねかえってきて彼にあたった――そんなことではなかろうか？もしかしたら〈敵〉など本当は存在しないのではないか？

「XN3、とすると、その大砲の弾が〈境界〉から直接はねかえってきたとは考えられませんか？」

「XN2、ばかな。さて、やってもらわねばならんことがある。あの前方ミサイル基地に行ってくれ、地表づたいに――トンネルは破壊された――位置は、東十五度四十分――赤外観測器の透過限界のあたりに、こぶのように見えている――それから、メッセージを頼む。口頭でこう伝えてくれ、出力を三倍にせよ、と」

穴は小さすぎた。Hは前部ポートから出た。「歩行機」の助けを借り、荒涼とした風景のなかへとびだすと、夢で見たおぼえのある火焰の茂みや針山をかわしながら走った。もはやかたちすらわからない斜面を、音、光、熱、圧力、衝撃の信じがたい高まりの中へ……

…………。

思考の谺《こだま》

ジョン・ブラナー

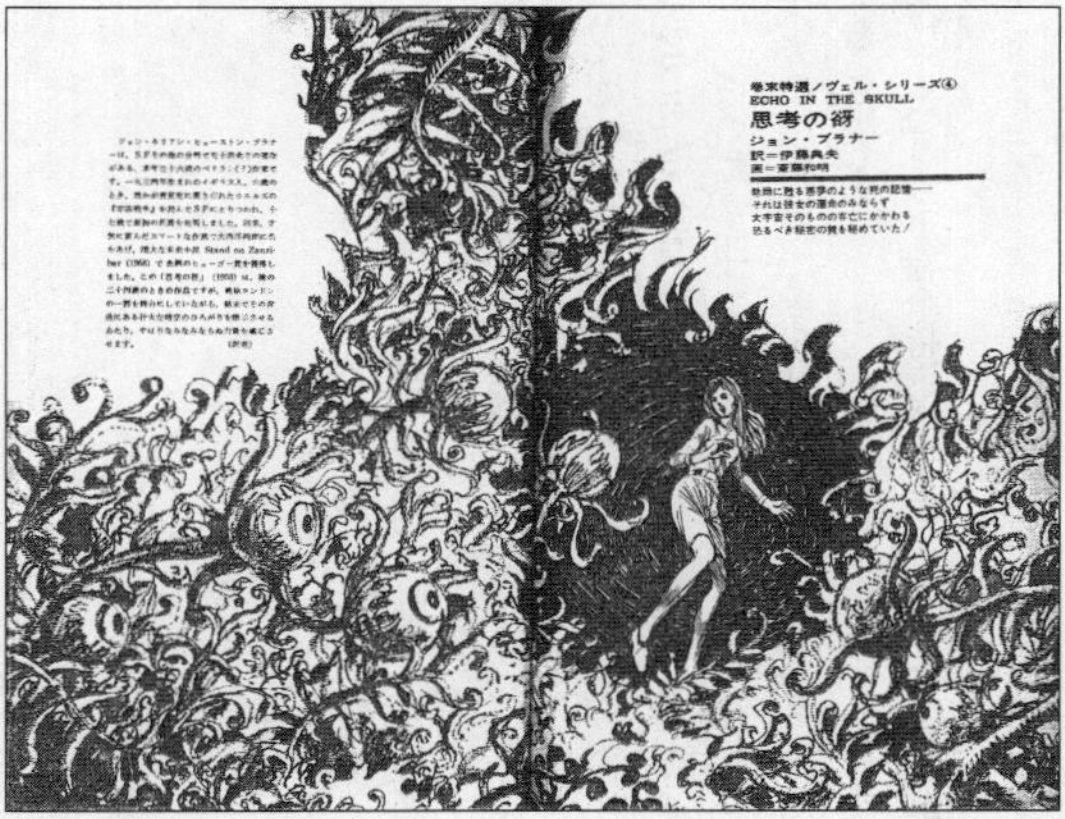

〈S‐Fマガジン〉1970年6月号

Echo In The Skull
John Brunner
初出〈サイエンス・ファンタジイ〉1959年8月号

ジョン・キリアン・ヒューストン・ブラナーは、SFその他の分野で五十冊あまりの著作がある。本年三十六歳のベテラン（?）作家です。一九三四年生まれのイギリス人。六歳のとき、誰かが育児室に置き忘れたウエルズの『宇宙戦争』を読んでSFにとりつかれ、十七歳で最初の長篇を出版しました。以来、才気に富んだスマートな作風で大西洋両岸に名をあげ、厖大な未来小説 ***Stand on Zanzibar*** (1968) で念願のヒューゴー賞を獲得しました。この「思考の谺」は、彼の二十四歳のときの作品ですが、終始ロンドンの一郭を舞台にしていながら、結末でその背後にある壮大な時空のひろがりを暗示させるあたり、やはりなみなみならぬ力量を感じさせます。（伊藤典夫）

——〈S-Fマガジン〉一九七〇年六月号／巻末特選ノヴェル・シリーズ④解説より

1

太陽の不死鳥反応《フェニックス》（太陽の内部でほとんど永久的に続けられる熱原子核反応）の副産物が、高空のオゾン層にその紫外成分の大半を奪われて、カーテンの縁の隙間から黄色い模様を点々と投げかけている。そのいちばん高い部分は、はげかけた壁に残る大きなしみあとから十五センチほど下がったところだ。頭の上でガタコトと音がしているのは、ミセス・ラムゼイが足をひきずりながら塵芥《ごみ》バケツを台所から運びだそうと骨折っているのだろう。

最後に残った一着のコート、その薄っぺらなカバーの下で体を丸めて、サリイ・アーカットは目をさました。

最初の反射的な動作は、腕時計に目をやることだった。むろん、それは彼女の手首にはない。六週間前に、質草になっているのだ。

壁のまだらな陽光の模様を見たとたん、不死鳥反応《フェニックス》の知識が頭にひらめいた。それは、続いてうかんだ状況の認識に追いたてられ、消えていった。あの陽の傾きかたでは、もうお昼にちがいない。ああ、どうしよう……

目がさめるときは、いつもこうなのだ。暖かな——とまではいかなくとも、なんとか我慢できる——眠りの安らぎから、昼間のきびしい現実への転落。それは、じっさいに断崖から転落するのと同じくらい恐ろしい苦行なのだ。

一分ばかり、彼女は無意識の闇のなかに引きかえそうと努力した。やがてミセス・ラムゼイがバケツを引きずって階段をおりはじめた。ドスッ、ドスッ、その音から耳をふさぐのは不可能だった。自分を呪いながら、腹だたしげにサリイは起きあがった。

目眩《めまい》に襲われてすこしよろめき、マントルピースに手をかけて体を支えた。肩までのびたブロンドの髪が乱れ、眼にはいった。それをのけようと、片手で無器用に顔をはらう。その手は垢《あか》でよごれていた。

今では、両手でマントルピースをつかんでいた。彼女は、逆らう自分の体をむりやりに奮いたたせて、その上に立てかけてある鏡をのぞこうとした。長いあいだ、彼女のブルーの瞳は、事実に直面するのを拒んで閉じたままだった。キップリングの詩の一行が、三カ月も昔の記憶のなかからよみがえった。彼女は目をあけた。

はじめは嫌悪をこめて、わざと自分の顔を見つめた。髪はネズミの尻尾のように結ばれ、よじれている。眼は、眠りからさめたばかりではれぼったく、赤く充血している。寒さのため、ひびのはいった唇には、昨夜のスープが口ひげのようにこびりついている。それ以上見る必要はなかった。三週間前から、同じドレスを着たままなのだ。ストッキングはぼろぼろだし、ハイヒールのかかとは両方ともない。今では彼女は裸足《はだし》だった。唇のスープのあとをこすりとったが、茶色にかわって今度は灰色がかったよごれが同じところについているのに気づいた。昨夜、床を叩いて手をよごしてしまったにちがいない。

やがて彼女は、鏡にうつる自分の背後をながめた。ところどころカギ裂きができ、湿った綿くずのはみだしているクッションが、四つ。そしてコート。雑誌。かかとのとれたハイヒール。そのほかにあるのは、つもった埃だけ。

そう、それから――昨夜の乱行のあと。

彼女はふりかえり、コートをとりあげた。ドアの表面に半欠けの掛けくぎがあり、それにコートをつるす。眠りにおちるまえ、人形を抱くようにして飲んでいたからっぽのジンの壜が、クッションのあいだにころがっている。

それを買わなければ、たまった部屋代の一部を支払うこともできたのだ。一週間分の食事代にかえることも、夜のあいだ体をあたためる毛布を買うこともできたのだ。もし――

「しようがないじゃない！」サリイはつぶやいた。「飲まなきゃいられないんだもの！」

クッションのそばの床に、半分吸ってもみ消したタバコが落ちている。それをひろいあげ、注意深くのばすと、コートのポケットをまさぐってマッチ箱をとりだした。体の下敷きにして寝たのだろう、箱はつぶれ、中身がとびだしていた。ポケットのなかのマッチをみんなひろいだすと、ようやくその一本をすって吸いがらに火をつけた。マッチを持つ手は、おそろしいほど震えていた。このタバコがあるあいだは、頭をからっぽにしていられる。指先を焦がすほどになったとき、彼女はようやくタバコを捨て、踏み消すために靴をはいた。そしてコートをはおると――それも着くたびれてはいるが、ドレスほどではない――ドアの隙間から、階段のあたりの人の気配をうかがった。階下から、ミセス・ラムゼイがバケツを引きずって最後の二、三段をおりる音が聞えてくる。

バスルームは、階段を半分上がったところにある。そこまでたどりついたときには、エヴェレスト山に登ったみたいに疲れきっていた。ぶりかえした宿酔《ふつかよ》いに体をふるわせながら、ドアをしめると、脂よごれした洗面器に近づいた。湯を使おうにも、ガス・メーターに入れる小銭がない。今の状態では冷たい水のほうが体にいいかもしれない、そう自分にいいきかせた。

誰が捨てていったのか、浴槽の縁にうすっぺらな石ケンのかけらがのっている。うやうやしくとりあげると、両手や顔にそれをこすりつけた。

つかのま、着ているものをすっかり脱いで、汗くさい体をすこしでも拭こうかと考えた。だが、下着そのものが垢だらけだし、今ではドレスも同じようなものだろう。そんなことをしてもたいした変わりはない。彼女はため息をつき、ドレスを脱いで、首と腕を洗うだけにとどめた。そして片足を洗いおえたとき、ちびた石ケンのかけらは手からすべりおち、排水管にのみこまれた。

ドアのむこうでは、ミセス・ラムゼイがあえぎながら階段をのぼっている。数段あがるたびに塵芥《ごみ》バケツをおろすのだろう、からっぽのバケツがやかましい音をたてる。

サリイは、バケツが流しの下の元の位置におさまるまで待った。そこに置かれるときの音が、なかでもいちばん大きいのだ。そしてドレスとコートを着ると、階段に人気がないか、隙間から外をのぞいた。いったん街に出てしまったら、人びとの目から逃れることはできない。だが相手は見ず知らずの他人であり、彼らの驚きと憐れみの眼差しは耐えられないこともない。だが、ここで出会うのは、同じ人間の同じ眼差し。だからこそ、こうしてネズミのように物陰から物陰へと逃げまわらねばならないのだ。

誰もいない。足音も聞えない。チャンスを見はからって、彼女は階段をかけおりた。

部屋に戻ると、彼女は床に体を投げだして泣きだした。喉をやすりでこすりあげるような乾いた嗚咽《おえつ》で、涙はすこしも出てこなかった。

どうして、こんなことになったのだろう？

バスルームのことを思いだし、最後にたっぷりした熱い湯で体を流したのは、どれくらい前のことか計算しようとした。何週間前だろう？　何カ月かもしれない。昔と今のあいだには明らかな隔りがある。昔は、ほどよい給料と、きれいな服と、ボーイ・フレンドと、劇場と本と音楽からなっている。そして、今をかたちづくるのは、よごれたパディントンの裏町のむさくるしい殺風景な一室だけ。その部屋代すら払えない状態なのだ。

だけど、どうして？

サリイはふいに体をおこすと、あぐらをかいてすわった。そう、どうして？　考えはじめて、昨日の悪夢すら憶えていないことに気づいた。自分をあのからっぽのジンの壜へと追いやった恐怖を、まったく思い出せないのだった。どうして？　なぜ？

つかのま、今のこの状態こそ悪夢であるような気がした。体をつねって目をさましさえすれば、やわらかなベッドや、よりどりみどりの服をそろえた衣装戸棚や、彼女をコンサートに誘いにきたハンサムな青年が見つかりそうだ。

幻想は去り、彼女は断固とした決意を一文字に結んだ口元にあらわして立ちあがった。さあ、今この瞬間から過去へ旅立つのだ。

そのときふと、昨日も同じような決心をしたことを思いだした。その前の日もそうだった。その前の前の日も、おそらくそうだろう。そして、そのたびに恐ろしい事実にぶつかったのだ。ガス・メーターに入れる小銭――自殺するための金すら、彼女は持っていない。それを稼ぐ手段すらない。ただ――

彼女は、寛大な家主、ロウエル氏のことを考えた。今週も部屋代を払えないと告白したとき、彼は優しく見すごしてくれた。だが、その眼にうかぶ光、その穏やかな声にある含み。いや、それはいや。それだけは！

だが、そんな反発とはうらはらに、彼女の頭のなかでは小さな声がシニカルにささやいているのだった。それはいいいいいや。少なくとも、まだ当分は……

しばらく前まで、彼女はロウエルのサイド・ビジネスを信じきれないでいた。みすぼらしい借家人たちから得るわずかな収入を、なんらかの方法で補っているらしい。はじめてここに来たときには（どれくらい前のことなのか、どうしてこんなスラムにころがりこんだのか、それすら今ではは っきりとは思いだせない）、彼女は恥ずかしくない身なりをしていた。地声の大きな、ブロンドの、ミセス・ロウエルは、上機嫌で人なつっこくサリイを迎えた――親切すぎる、とそのとき思ったものだ。明白な事実から目をくらまされていたことに気づいたのは、ある夕方のことだった。ふと好奇心にかられて窓から外をながめていた彼女は、ミセス・ロウエルが通りすがりの男をくわえこんでは、このアパートにはいるのを見てしまったのだ。

ロウエルが、彼女を仲間にひっぱりこむチャンスを喜々として待ちうけているのは疑いない。たまった部屋代をしばらく見逃していてやればいいのだ。そうすれば遅かれ早かれ

……

そう、遅かれ早かれ機会は訪れる。サリイは胸がむかつくのをおぼえた。食事を終えた

ばかりであったなら、その場で吐いていただろう。

いやだ、それだけは。この牢獄から脱出できる鍵が、今日明日にも見つかるかもしれないのに。

壁をのろのろと這っていた陽光の模様は、いつのまにか消えていた。曇り空が日ざしをさえぎったのだ。雨になると困るので、サリイは急いで身なりを整えた。そして、なすすべもなく部屋を見まわした。

ここに来たときには、いくつか残っていた持物も、ひもじさと悪夢から逃れるためにひとつひとつ消えていった。昨夜手に入れた一ポンドは、腕時計の質札と交換したものだ。どれだけ捜そうと、からっぽのジンの壜以外にそのあかしとなるものはなかった。タバコを十本ほどすったかもしれない。スープも飲んだ。目をさましたとき、口にこびりついていたかすがその証拠だ。だが、それだけ。

ジンの壜はどうしようもない。それを、いちおうクッションのあいだに隠す。コートはある。だが、それを手離してしまったらたいへんだ！　生地は上等なので、古着屋でもっと安いものと取換えてもらい、二、三シリングせしめる案をすこしのあいだ検討した。だが、それはせっぱつまったときだ。つい今しがた絶望してはならないと自分にいいきかせていたばかりではないか。

ほかに雑誌が一冊。首をかしげながら、彼女はそれをとりあげ、眉根を寄せてそのけばけばしい表紙を見つめた。SF雑誌だ。だから、目をさましたとき、不死鳥《フェニックス》反応のことを思いだしたのだ——その現象の解説がなかにのっている。

いったい、どうしてこんなものに金をつかったのだろう？　二シリングもの大金を！　ほとんど一食分に近い。スナックならお釣がくる。ばかな浪費に憤って、胃が抗議の声をあげた。憶えている、昨夜ここにすわり、窓からさしこむ街灯の光をたよりに、ジンをすすりながら、それを読んでいたのだ——酔いで意味もなにもわからなくなるまで。なぜ？

ほとんどよごれていないから、いま出まわっている号だろう。四月号、となっている——もう四月なのか。空気は冷たく、日ざしに暖かみがないところをみると、まだ三月かもしれない。雑誌を売る店がすぐ隣りにある。ひきとってもらえば、九ペンスぐらいにはなるだろう。一杯のお茶とすこしばかりのバターつきパンにありつくには、それで充分だ。

雑誌をコートのポケットにねじこむと、かろうじて手元に残しておいた小さな櫛《くし》を捜した。それは見つからなかった。昨夜、手離してしまったにちがいない。

誰にも見られないよう念じながら、サリイ・アーカットはおそるおそる部屋をぬけだすと、ぬき足さし足で階段を下った。

2

最初の階段を半分もおりないうちに、鐘の音が始まった。その一瞬前に、サリイはすでに例の発作がおこりかけているのに気づいていた。理由はわからない。だが始まった瞬間には、それがあの恐怖の先ぶれであることを確信していた。彼女があれほど逃《のが》れようとしていたものが、とうとうやってきたのだ。

「鐘の音」彼女はそう名づけていた。心臓の鼓動で、その間隔をはかることができる。四回打つごとに、音はくりかえされる。鐘の音というより、むしろ底なしの井戸の奥から空《うつ》ろに不気味に響きわたる低音の悲鳴に近い。音のあとには谺《こだま》が続き、それが完全に衰えないうちに次の音が始まる。だから、すこしあとには重なりあったそれが、彼女の頭蓋そのものをビリビリと狂おしく共振させるまでになるのだ。

サリイは手すりにしがみつき、荒く息をしながら目を見開いていた。閉じてしまえば、現実との最後の絆《きずな》は失われてしまう。がんばるのよ！　彼女は自分に命令した。戦わなくちゃだめ！

注意深く、むりやりに、もう一段おりた。両足が交互に一段一段おりていることを告げる筋肉の感覚に、全神経を集中した。視界がかすみ、煤《すす》けた階段がゆらぎ、ねじれた。頭のなかで轟然と鳴りひびく鐘の音に耐えながら、ようやく廊下を踏んだ。すさまじい音のインパクトに、壁が震え、崩れだすかとさえ思われる。暗い色をした、しみだらけの壁が、洞窟みたいに両側からアーチをなしてかぶさっているようだ。変色した真鍮でできたドアの握りが、彼女を待っている。それをつかみ、ひねりさえすれば、おもての通りに出られるのだ。

洞窟のなかにいるので、鐘の音の強烈な響きは倍加していた。かたい岩の壁面が、音をわんわんと反響させる。重なりあった谺は、今やとてつもない不協和音となっていた。まるで、これは——

そこで抑制が崩れた。記憶がよみがえった。ひとつの情景——いま経験していることとそっくりなので、二つを区別することはできない。彼女は昔を思いだしていた。イウィスという男を捜し求めて、洞窟のでこぼこした道のりを、山の内部めざしておりていったあのときのことを。

目的地ヘアト数歩ノトコロデ、彼女ハ不決断ニ立チドマッタ。コレホド深クデハ光モ弱ク、洞窟ノ壁モホトンド識別デキナイ。

最後ノ瞬間ガ目前ニ迫ッタ今ニナッテ、彼女ハアキラメテ引返シタイ衝動ニカラレタ。友人タチハ思イヤリヲコメテ、コウ忠告シタノダ——

「いうぃすノコトハ、モウアキラメナサイ。サラワレテシマッタノハ彼ダケジャナイノヨ——一度ニ何千人ガ同ジヨウナ空《ウツ》ロナ目ツキニナッタコトカ。ミンナ山ノナカヘハイッテイッテ、誰ヒトリ帰ッテコナカッタ。ソリャ、タシカニいうぃすハアナタニトッテ大事ナ人カモシレナイ。デモ、山ノナカニイルノハ、人間ノ感情ナンカ通ジナイ生キ物ナノヨ」「デモ」ト、悲嘆ニクレル彼女ハ聞キワケナクイッタ。「人間ノ感情ガ通ジナイノナラ、相手ハ誰ダッテイイハズダワ。いうぃすノカワリニ、アタシヲトッテ！」

友人タチハ引キトメヨウトシタ。ダガ彼女ハソノ手ヲフリホドイテ逃ゲ、山ニノボルト、山ノ内部ニ棲ム生キ物ガ呼吸用ニ使ウ穴ヲサガシタ。ソノヒトツガ見ツカリ、彼女ハ奥ヘト進ンダ。イツノマニカ怪物ノ呼吸スル物音ガ彼女ヲ包ミコンデイタ。周囲ニ谺スルソノ恐ロシイ音ハ、全身ヲ総毛ダテタ。今デハ彼女ト生キ物ノアイダニアルノハ、きちん質ノ閉ジタ蓋《フタ》ガヒトツト、数歩ノ岩ダラケノ道ノリダケダッタ。

ダメダ。帰ルコトハデキナイ。ココマデ来サセタノガ、いうぃすヘノ愛ナノカ、ソレトモ彼女ノ自尊心ナノカ、モウ彼女ニハワカラナカッタ。コノ恐怖ノ場所ニオイテハ、生キ物ニ食ワレルコトト、引キ返シテ仲間ノ憐ミヲ受ケルコトトノアイダノ選択ハ、マッタク無意味ナノダ。

現実の世界では、サリイ・アーカットはドアの握りにしがみついて、それをひねり、無我夢中でおもてにとびだしていた。

行手ヲフサグきちん質ノ蓋ニタドリツクト、彼女ハ手ヲノバシ、ソレニサワロウトシタ。

ダガ、触レルマモナク、ソレハ壁面ニピッタリト張リツイテイタ周辺部ヲヒラツカセ、ミルマニ皺クチャニ縮ンデ、ワキニシリゾイタ。ソノ先ハ、ホノカナ緑色ニ光ル場所ダッタ。カタワラニハ、一個ノ袋状ノモノガコロガッテイル。緑ノ光ノナカデ、しだヲ思ワセル生キ物ノ触手ガ無数ニユラギ、ナビイテイル。空気ハナマアタタカク、悪臭ガコモッテイタ。

恐怖ニオソワレテ、彼女ハ思ワズノケゾルト、シャニムニ両手ヲノバシテとんねるノ壁ニシガミツイタ。

トツゼン周囲ノイタルトコロカラ、ササヤクヨウナ声ガ聞エハジメタ。ヒッソリトシタ声デアルニモカカワラズ、ソレハイマダニとんねるニ徊シテイルアノ音ニカキ消サレルコトモナク、ハッキリト聞エル。声ハイッタ。「前ニ進メ」

ナゼカ、彼女ハソノ声ニ従ウ決心ヲシタ。入口ヲ通リヌケルト、足ガナニカ柔カナモノノ上ニノリ、カスカニ沈ンダ。マルデ表皮ヲハギトラレタ獣ノ死骸ノ上ヲ歩イテイルヨウダッタ。岩ダラケノ道ダッタノデさんだるニ穴ガアイタラシク、足ノ裏ニ表面ノ感触ガ伝ワッテクル。ソレハ温カク、生キテイタ。

「行――行クワ――」言葉ニツマリナガラ、彼女ハイッタ。

生キ物ノ声ガフタタビ聞エテキタ。「オマエハ来タ」声ハ断定スルヨウニイッタ。「オマエハ呼バレテイナイ」

「アタシハ、昨日ノ男ノカワリニサラッテモラウタメニ来タノ。いうぃすヨ」彼女ハ肩ヲイカラセルト、周囲デザワメク触手ニ挑戦的ナ視線ヲ向ケタ。アア、ナントイウ恐ロシイ場所ダロウ！　マルデ巨人ノ内臓ノナカニ立ッテイルヨウダ。目ノ前ニ展開シテイル光景ハ、繊毛《センモウ》ガ黙々ト消化活動ニイソシンデイル腸ノ内壁ヲ思ワセル。

「ワタシハ、オマエタチヲ分ケヘダテシナイ」ト生キ物ハイッタ。

「オマエタチガ強ク、健康デアルカギリハ。ダガ、オマエハ来ルノガ遅スギタ。昨日トッタモノノドレガいうぃすカ、ワタシハ知ラナイ。コレカラ見セルノガソウカモシレナイ」

彼女ハ両手デロヲオオッタ。目マデ隠シテシマイタイト思ッタガ、ナニカガソウサセナカッタ。袋ノ一端ノ括約筋ガスルスルトヒライテ、緑色ノ光ガ明ルサヲマシタ。ソノ丸イ入口ノムコウニハ――

人間ノカタチガ見エル。トイッテモ、人間デハナイ。男ノヨウデモ、女ノヨウデモアル。手足ハソレゾレ二本ズツ。ダガ、上体ト頭部ハスッポリト異様ナ肉ガオオイカブサリ、ソレガ生長シテイル。目ニアタル部分ダケハ、マダソレトワカル特徴ヲ残シテイタ。タシカニ、ソレハ目ダ。ダガ、人間ノ目デハナイ。平タイ、大キナ、マブタノナイ目デ、巨大ナ瞳孔ハソコニ夜空ガポッカリトロヲアケテイルヨウダ。

意識ノナイ、空ロナ目。

「ホトンドデキアガッテイル」ト生キ物ハイッタ。「明日、陽ガノボッタラ、彼ラヲ送リダス」

「ナ――ナンノタメニ、人間ヲサラッタノ？」恐怖ノタメコワバリ、乾キキッタ喉カラシボリダスヨウナ声デ、彼女ハキイタ。

「ワタシノ同類ヲフヤスタメダ」生キ物ハ無感情ニイッタ。「毎年、何人カコウイウモノヲ送リダス。オマエタチ人間ノ強イ手足ガ必要ナノダ。ワタシノ子供タチヲ、ナルベク早ク遠クヘ運ビ、自活デキルヨウニナルマデ生キル穴ヲ掘ラセルタメニ」

括約筋ハ吸イコムヨウナ音ヲタテテ閉ジタ。「オマエニ用ハナイ」生キ物ハイッタ。「望ムナラ殺シテヤル。ソウデナケレバ行ケ。来年ハ、子供ヲ運ブノニ、オマエヲ使ウカモシレナイ。シカシ、ワカラナイ――ナゼ今マデ、オマエノホカニ、ススンデココニ来ルモノガイナカッタノダ？」

サリイは悲鳴をあげた。二つの世界が周囲で渦巻いていた。彼女は倒れた。鐘の音が止み、かわりに車の急ブレーキの音と、人びとのかん高い騒ぎ声。

ベラ・ロウエルは、まくりあげていた薄織りのカーテンをおろすと、満足げな顔で夫に向いた。

「どう？」と彼女は挑むようにいった。「あたしがいったとおりのようね。あのバカ娘、スポーツカーにひかれそうになった。このつぎはバスかもしれないわ。だけどバスは、そう簡単には停まってくれない」

アーサー・ロウエルは、だらしない身なりをした、漂白されたようなブロンドの髪の妻をにらみつけ、荒っぽい口調でいった。「おまえはそんな言いわけを作っちゃあ、ぐずぐずしてるんだ。わかってるだろう、おまえだって。あの女があんな体で町なかをふらふら歩いてりゃ、そのうち頭のきれるやつにぶつかる。そいつが話をきいて、本当のところを知ったらどうする？」

ベラはあざけるように鼻をならして笑った。「誰がさ？　病院に入れて、力ずくで妄想を〝なおす〟くらいがいいとこだよ。はじめにいったとおりにしようじゃないか——そのほうがいいよ、危《やば》くないし。さんざっぱら飲んで、心配して、本物の神経衰弱になってくれりゃ、面倒は全然おきないんだよ」

「そのあいだじゅう、あの女が家を出るごとに、おれたちもおんなじように心配しなきゃならんていうのか」ロウエルはいい返した。「最初に来た晩に、ガス・メーターをちょっと細工させてくれていりゃ」

「バレたらどうするんだい？　あんたほどの間抜けはいないよ、アーサー。たとえ、あの女があんたのいったとおりになってたとしても、体力は残ってるんだし、ガス自殺したんじゃないと自分でちゃんとわかってるんだから——」

「事故としか見えんさ！」

「どうだかね」ベラはカーテンをまたつまみあげると、表通りの光景に目をやった。「きっと失敗してたよ。ほら――いったとおりじゃない。誰かに助けおこされたけど、ひとりですたすた行っちまった。あんたにゃわからないのかねえ、あの女が自分におこってることをどれだけ恥じてるか。恥ずかしくて、いえやしないいったら。そいで隠して隠して、最後にゃ頭が変になっちゃうのさ」

「かもな。おまえのいうとおりかもしれん。あとをつけて、たしかめるか」

「いいかげんにおしよ！」ベラがどなった。「人にわざわざ教えるようなもんじゃないの。そんなとてつもない話を、ろくに説明も聞かずに信じるやつが、あんた、どこにいると思う？　いやしないったら。そんな人間がこのあたりにいるもんか」

「並みの頭のやつばかりなら心配しやしないさ。おれがいっているのは、常識はずれの話ならなんにでも首をつっこんでくる詮索好きな唐変木《とうへんぼく》のことだ」

「サリイ・アーカットがそんな変わり者を信用すると思う？　ばかばかしい！　そのうち帰ってくるさ、前よりもっとおどおどして、疲れはてて」

ベラは冷たい笑いをうかべると、最後にこういった。「でも、あの女にアレをやらせるようにじわじわ持ってくという、その案だけはほめてあげるわ。普通の女なら、それだけでおかしくなってるわ」

3

誰かが助けおこしてくれ、心配げな声で、だいじょうぶかと訊いていた。視界がぼやけている。すこしふらつき、体を支えようと手をのばすと、手のひらが古ぼけたスポーツカーのフードに触れた。車道に倒れた彼女のほんの数センチ手前でかろうじて停止したのが、その車だった。立ちどまり、なりゆきを見守っているやじ馬が五、六人いたが、彼女が無事だと知って、みんな立ち去りかけていた。停まっているスポーツカーのわきを、車が一台、警笛を鳴らしながらのろのろと通りすぎ、その窓からドライバーがじろっとこちらを見た。

頭のなかで荒れ狂っていた嵐がようやく静まり、サリイは誰かの心配げな問いかけを思いだした。「ええ——ええ、だいじょうぶです、ありがとう」彼女はむりやり微笑をつくった。「どうしたんですか、あたし？」

「目眩《めまい》をおこしたんだろうね。はじめは歩道の縁のところに立っていたんだけれど、急によろめいて車道にころがりおちた」彼女を助けおこした若い男はいった。彼は若かった。髪はブラウン、面長の顔に角ぶちメガネをかけ、レインコートを着ている。「ヒヤッとしたぜ——あやうくひくところだった」

そのころには、もうすこしはっきりと物が見えるようになっていた。大事故をおこしかけた興奮で、こんな身なりをしていることに気がつかなかったのだろう、とサリイは思った。彼の考えていることが目に見えるようだった。着くたびれた、垢だらけのみすぼらしい服、ひびのはいった唇、はだかの足、かかとのとれた靴――それらを、心地よいハスキーな声、教養あるアクセントとどう結びつけようかと苦労しているのだ。

「医――医者に行ったほうがいいよ」考えた末、若い男はいった。

「ええ。いま――いま行く途中なんです」サリイは思いつくままにいった。ああ、この人の不審そうな目！　そのつきさすような視線に、彼女は自分の体をおおう忌《いま》わしい病気のかさぶたを見つけられたような恥ずかしさをおぼえた。「もうだいじょうぶです。すみません、驚かして」

　サリイはきっぱりとした態度で彼から離れると、つまずかぬよう細心の注意をこめて歩道にあがり、急ぎ足で歩きだした。ふりかえらなかったけれど、男のいぶかしげな視線が首筋に感じられた。

　いい、いい、幸運なんか期待するほうが無理なんだわ。

　安アパートの廊下で始まった幻覚は、まるで彼女自身の記憶のようだった。状況などが偶然に一致すると、過去の似たような経験を思いだすことがある。それが、異邦の暗い洞窟でおこる荒唐無稽なできごとのかたちをとって、頭にうかんだだけなのだ。思いだす過程がきわめて自然なので、それが正常で自然な反応だという確信はあった。暗い廊下を歩いていて、別の暗い場所をごくあたりまえのドアにむかって歩いたことを思いだしただけなら、それほど深く考えもしなかっただろう。

だが、得体の知れない怪物から恋人を取り戻すために、山の内部にはいっていった思い出なんて！　しかも心の奥底で、彼女は、ほかの人間が子ども時代を思いだすのと同じように、自分も思いだしているのだと気づいているのだ！

「お願い」とサリイは祈るように小さな声でいった。「狂人にだけはしないで」

自分でも気づかぬうちに、彼女は歩道で立ちどまっていた。彼女をつつむ憂いの霧のなかから、声が呼んでいる。さっきの若い男の声だ。

「おうい、きみ！」

ふりむくと、おんぼろスポーツカーがそばにすべり寄ってきた。彼は手をのばして助手席のドアをあけた。

「ぼくなんかが口を出すようなことじゃないというならそれでいいけど、きれいな女の子を食事に誘うくらいの権利は認めてくれるだろう？」

からかっているんだ、と彼女は思った。今朝、鏡のなかに見た自分の姿が目にうかんだ。そしてとつぜん、今（安アパート、寒さ、垢）と昔（ボーイ・フレンド、暖かさ、美しい服）が、心のなかではっきりしたかたちをとった。以前はよく男に声をかけられたものだ。

そんなとき寄ってくる車は、たいていジャガーやダイムラーの新車で、こんな洗車もろくにしていない二十年前のMGではなかった……

絶望的な状況が、彼女を圧倒していた。目に涙がこみあげ、街路がゆがんだ。これが堕落のきっかけであることを承知で、自分を軽蔑しながら彼女は車に乗りこんだ。

男は手をのばしてドアをしめた。彼女は風防ガラスのむこうの景色を見つめているだけで、彼が車を通りの混雑のなかに乗りいれるまで、そんな状態が続いた。

「ニック・ジェンキンズっていうんだ」彼はうちとけた口調でいった。「名前をいいたくなければいわなくたっていい。きみが困っているのがわかったから、なにかしてあげたいと思ったんだ。ぼくにできなくても、誰か力になってくれる人間を紹介できるかもしれないからね。正直な話、きみはきれいだぜ。声だってすてきだよ。いったいなにがあったんだ？」

「わからないわ」サリイはつぶやいた。

ジェンキンズは肩をすくめた。「わかった、他人の知ったことじゃないというんだな」

古ぼけた外見に似合わぬすさまじい音をあげて、スポーツカーは車の流れのなかにあった狭いスペースにすべりこむと、街路樹のならぶ広い通りへと曲がった。サリイはアッと息をのんだ。自分の住んでいるところから、まだ歩いて五分か十分ほどの距離を進んだにすぎない。ロンドンのこの界隈に流れついてから何カ月にもなるのに、あのうすぎたない裏町のすぐ近くに、こんなこざっぱりした大通りがあることを、なぜ知らなかったのだろう？　自分の堕落をひとりで美化し、わざと深刻がっていたのだろうか？　その考えに、サリイはぞっとした。彼女は今の自分の言葉が嘘でないことを、ジェンキンズに納得させたい衝動にかられた。

「わからないのよ！」声の激しさにわれながら驚いた。「思いだせないの。ここ二、三週間のこと以外はなんにも――」

もちろん、それは真実の半分にすぎない。だが、はっきり思いだせる記憶もあるということを、どう説明できよう――それが自分の記憶ではないということを？

「やっぱり医者にかかったほうがいいね」ジェンキンズはそっけなくいった。そして後続車に追いこして行くよう合図すると、道路わきに車を寄せた。「健忘症なのかな？」

「それよりもっと悪いわ」サリイはそういって身ぶるいした。

「しかし、きみが機会を与えてやらなければ、誰だって助けることはできやしないよ。きみはどうやら落ち着いた性格のようだ――自分のトラブルをひた隠しにして、それが爆発するまでなにもしないんだ」彼は車をおりると、サリイのためにドアをあけた。「ひととおり話してごらん。だけど、その前にすこし腹ごしらえしよう。まともに食事をしたのは、どれくらい前なんだ？」

「さあ」彼女は自嘲的にいった。「一週間ぐらい前かしら」

「じゃ、あまり急につめこまないほうがいいな」

ジェンキンズは彼女を連れてレストランにはいると、スープとバターなしのパンを注文した。おいしい料理のにおいに陶然としていたサリイは、食事を運んできたウェイトレスのとがめるような眼差しにもほとんど気づかなかった。彼女が食べているあいだ、ジェンキンズはゆっくりとコーヒーをすすりながら、タバコをくゆらせていた。

「よし」スープをかたづけたサリイを見て、彼はいった。「タバコは？」

彼女はタバコをくわえたが、ライターの炎に近づけるのに、震えないようにそれを片手でとめていなければならなかった。やがて彼女はすわりなおし、体をやすめようとした。だが、なぜか体がいうことをきかなかった。ジェンキンズはメガネをはずしていた。素顔の彼はびっくりするほど若々しく、サリイは、彼なら頼りになるかもしれないとつかのま思った自分に吹きだしそうになった。きれいだ、と彼はいった――ネズミの尻尾みたいによじれた髪、きたないコート、かかとのかけた靴を見てだ！　とんだ言いぐさだわ！

「きみは一文なしで、記憶をなくしている」彼は考えぶかげにいった。「だが、それだけじゃないはずだ。今みたいな状態になるまでに相当日数がかかったらしいからね。名前は憶えているかい？」

「ええ」サリイは疲れた声でいった。「サリイ・アーカット。自分の歳も知ってるわ。二十五歳。でも、それでほとんど全部。家族のことも、どこに住んでいたかも、友だちも仕事も、なにも憶えていないの」

「でも、名前を憶えていたのなら——国家扶助をどうして受けなかったんだ？　ぼくだって、これのおかげでなんどか飢え死にせずにすんでる」

「保険カードもないし、番号も知らないんですもの。そんなところへ行ったこともないから、どうしたらいいかわからないし——」

「人にきくのもいやだった、というわけか」ジェンキンズがかわりに締めくくった。「最初、それに気がつくべきだったんだ。医者にかからなかった理由も、スコットランド・ヤード（警視庁《ロンドン》）の失踪課に届けなかった理由も、それで説明がつく。行ってないんだろう？」

　サリイは無言でうなずいた。「あたし——あたし、こわかったの。人と顔を合わせる勇気があるかどうか、こんなことがおこる前のあたしを知っている人と会ったら……」声は途中で消えた。

「いいかい」ジェンキンズはタバコをもみ消しながらいった。「まず、はっきりさせておいたほうがいいことが、ひとつある。きみのは、特殊なケースじゃない。他人の想像もつかない不幸をひとりで背負《しょ》っていると考えて、事実をひた隠しにしようとしているだけなんだ。同じような病気にかかって、みじめな暮らしをしている人間は、ほかに何千人もいるんだぜ」

　サリイは自分の堕落が他人の想像も及ばぬ特殊なものであることを、この癇《かん》にさわる、自信たっぷりな青年に、なんとか納得させたい気持にかられた。彼女は苦々しげにいった。

「では、話してあげるわ。あたしが住んでるのは、きたないアパートの一部屋で、家主は自分の妻に売春させて、あたしまでその仲間にひっぱりこもうとしているような男よ。部屋代がたまったままなのに、家主がなんにも文句をいわないのは、そのうちあたしが希望もなにもかも失って降参するにちがいないと思っているからだわ。そして夜は、クッションを並べて、服を毛布がわりにして寝るの。体を暖めるものは、ほかになにも持ってないんですもの。ガスを使うお金もないのよ。電球も切れていて、買いかえるお金もない。昨夜《ゆうべ》は、時計の質札を一ポンドで人に売って、ジンを壜に半分買って、ぐでんぐでんに酔っぱらって寝たわ。もう我慢できそうもなかったから」

　最後には、金切り声になっていた。「昔のあたしを知っている人に、そんなことが話せると思う？」

　ジェンキンズは手のひらでテーブルを叩いた。「はっ、きみはわがままで、利己主義なんだ！　家族がどれくらい心配しているか考えたことはないのか？　きみがどうしたのか、それぱかり考えて気が狂いそうになっている人がどこかにいるかもしれないのに、そんなことは関心ないというのか？　なぜ、苦しみをそう一人で背負《しょ》いこもうとするんだ――人殺しかなにかしたと思ってるのかい？　きみは病気なんだよ。病人なんだから、治療してもらわなくちゃならない、その事実を認めるんだ」

彼女は顔をさっと赤らめると、立ちあがろうとするように椅子をうしろに引いた。堕落を恥じるより、それを恥じていることを恥じるべきだという彼の言葉は、彼女には聞き捨てならなかった。ジェンキンズはじっと見つめている。「ちょっと待ってくれ！」

そうすべき理由もなかったが、彼女は待った。

「きみに選択のチャンスをあげよう。といっても、答えははじめから出ているようなものだけれどね。とにかく、パディントンの裏町から脱けださなければならないことは確かだ――それをぼくにまかせてくれるか――きみに風呂や清潔な服を貸してあげるくらいの余裕はあるから――」

サリイは、彼の目のなかに、ロウエルと顔を合わせたときいつも感じる、あの同じ光を見てとれるような気がした。頭のなかで、小さな声がささやいた。捨てばちになるまでただ待っていればいいんだから……

「もうひとつは？」彼女は冷たくいった。

「もうひとつは、ここを出てから行き会う最初の警官に、きみの名前と人相、背格好を教えて、きみが記憶をなくし、帰る場所もわからなくなっていると話すのさ。そうすれば警察が、力ずくでもきみを救ってくれる。選択はきみしだいだ。警官に連れられて友だちのところへ帰るより、今よりマシな格好をして、自分の足で帰るほうが、きみにとってもいいと思うね」

捨てばちになるまでただ待っていればいいんだから……

とつぜんサリイは、もうどうなってもいいと思っている自分に気がついた。自尊心も強情さもすべて溶け去り、彼女はゆっくりとうなずいていた。なにをぐずぐずしているの？　捨てばちになってるのは確かじゃない。これ以上、自分に嘘をついたってなんの得にもなりゃしないわ。これからひとりでやってくにしても、行ける道はひとつしかないのよ。堕ちるところまで堕ちるだけ。

ジェンキンズは勘定を頼み、金を払った。さしだされた受け皿におちる貨幣の音は、サリイには、自分の魂が売りわたされたことを告げる金銭登録器のベルの音のように聞えた。

4

彼が連れていったのは、そこからほど遠くない場所だった。車はさっき通った、街路樹のならぶ長い大通りをそれ、こぢんまりとした区画へはいった。彼は、アパートに改装された、一続きの瀟洒《しょうしゃ》な古い建物の前に車を停めると、彼女をなかに入れた。どこをどう歩いたのかわからない。気がつくと、彼女は天井の高い、広々とした部屋のなかにいた。装飾や家具は極端に現代ふうで、また室内はうっとりするほど暖かかった。

ふたたび今と昔が、心のなかではっきりしたかたちをとった。以前はこんなところに住んでいたのだ……それ以上は努めて考えまいとした。それにしても、こんなにたくさん物を持つというのは、どんなにすばらしいことだろう！　本や、レコードや、プレーヤー、テープ・レコーダー、写真などがぎっしりつまった棚。それら細々した品物を、うっかりひとつずつ数えようとして目眩《めまい》におそわれたほどだった。

ジェンキンズは彼女のうしろでドアをしめると、隣りの部屋にはいって、忙しそうになにかしていた。サリイは聞き耳をたてながら、ここから逃げだそうかどうしようか思い迷っていた。心を決めかねているうちに、彼が戻ってきた。

「よし、終わった」彼はなにか決心したようすでいった。レストランを出るときメガネをかけ、それをまだはずしていないので、妙に子どもっぽい印象は今の彼にはない。「まず、風呂にはいって体を洗いたまえ。寝室に、ドレッシング・ガウンとタオルをおいておいた。きみが服を脱いでるあいだ、湯の用意をしておく。シャンプーはバスルームにある――場所は教えてあげる。それから脱いだ服は、ぼくにわたしてくれ」

「どうして？」サリイは怪訝な顔でいった。ジェンキンズはいいにくそうな、当惑した表情をうかべたが、きっぱりと先を続けた。

「ぼくが出かけているあいだ、きみに逃げてもらいたくないんだ。ドレッシング・ガウンだけなら、逃げられないからね。疑ってすまない。しかし――」彼は両手を広げた。そして電話器がのっている、すぐそばのテーブルのほうを向くと、ノートと鉛筆をとりあげてなにやら書きこんだ。「さて」彼は大きく息を吸いこんでいった。「きみの服のサイズは？」

「服――服をあたしに買ってきてくれるというの？　あなた、とってもおかしいわ！　そこまでしていただくわけにはいかないわ！」

「そんな格好じゃいられないだろう」ジェンキンズは容赦なくいった。「心配するなよ――代金はあとで請求するから。ぼくだって、そんな金持なわけじゃない」

「でも――」

「じゃ、コートで包んで紐でしばって、わたしてくれ」ジェンキンズは、彼女の考えている言いわけを信じられないほど簡単に見すかしていった。その言葉の裏にある機転に、サリイはかすかな驚きを感じた。だが、それもすぐに忘れ、うなだれたまま、黙って寝室にはいった。

もうどうなってもいいのだ、とサリイは自分にいった。行きつく先は同じなんだから。

ドアをしめると、のろのろと着物を脱ぎ、ドレッシング・ガウンに着かえた。男性的な、厚い、着心地のよいガウンだった。ひさしぶりに味わう異なった繊維の感触は、救い以外のなにものでもなく、急に心が軽くなるのを感じた。もしかしたらジェンキンズはそれほど悪い人間でもないかもしれない……

いわれたとおり、サリイは服をまとめて紐でくくった。やがてドアに慎重なノックがあり、彼女は、「どうぞ」といった。

はいってきたジェンキンズは、うなずいて服の包みをとりあげると、それを洋服ダンスに投げこんだ。そしてタンスの扉に鍵をかけ、鍵をポケットに入れた。

「こわしたっていいけど、ひどい格好で逃げなきゃいけなくなるぜ。さあ、服のサイズを教えてくれ」

「全部？」

「全部さ」ジェンキンズはあっさりといった。

サリイはサイズをいい、彼はストッキングや靴にいたるまで細かい数字をていねいに書きとめた。「靴はかかとの低いのにしよう」彼は思いあたったようにいった。「それに慣れてから普通のハイヒールにしたほうがいい。ドレスはどうしよう？　どんな色が好きなんだい？」

「なんでもいいわ」彼女はじれったそうに手をふった。「あなたは何色が好き？」

「赤だな」彼はすぐさまいった。「もっとも、派手な色の好きなブロンドの女性に今まで会ってないところを見ると、そう、パステルふうの色にしようか――淡いブルーとかそういった」彼は鉛筆をおき、ノートからその紙を破りとった。そして不意に、神経質な小さな笑い声をあげた。

「照れくさいことになりそうだな。女性下着売場に行くのは、生まれてはじめてなんだ。しかし、まあ、なにをするにも最初のときはあるんだし」

ジェンキンズを少しも嫌っていないことに、サリイが気づいたのはその瞬間だった。彼女は微笑した。そして微笑とともに、その目のなかにこの数週間消えていた光がふたたび輝きだした。

ジェンキンズはメモをポケットに入れると、ベッドからタオルをとりあげた。「よし、バスルームに案内しよう。気楽にしていたまえ。すぐに帰ってくるから。おい、そういえば――サイズをなぜあんなに早く思いだせたんだい？」

「別に考えもしないのに、すらすらと出てきたわ」サリイはポカンと見つめたまま、いった。「おかしな話ね」

ジェンキンズは肩をすくめた。「名前以外に憶えていることもあるとすると――だいたいそうだな。脱落するのは、記憶喪失に関係あるできごとだけなんだ」

しばらくして、たっぷりした熱い湯にこころゆくまでつかりながら、サリイは彼の言葉を思いかえしていた。関係あるできごとだけ。そういわれれば、そうだ。ただ問題なのは、できごとの記憶もないわけではないということ。それは、彼女の人生に属すはずのない、とっぴょうしもない、別の世界のできごとなのだ。

それだけはわかっていた。サリイは、アパートの廊下で思いだしたことを再確認しようとした。いつもそうなのだ。あるできごと、外界からのひとつの刺激がきっかけになり、かつて自分が経験したことに関係のある些細な事実の断片がよびさまされる。ところが、やがて意識のなかにうかびあがった記憶の全貌は、必ずおそろしいほど異質のもので、逆に彼女のほうが、自分が育ったはずの現実の世界の記憶を求めて、意識の奥底へ逃げだす羽目になる。

この頭脳のどこかに、子ども時代や両親や学校の記憶があるにちがいない。だが思いだそうとしても、そこに見つかるのは、まったく異質なできごとの記憶だけなのだ。つかのま恐怖がおそった。それを克服できたのは、彼女の体を気持よく包む湯のおかげだった。これからは、きっとなにもかも変わるだろう。ジェンキンズは医者にかかれといった。彼のいうとおりだ。精神科医に診てもらう必要がある――なぜ今まで医者に診てもらうのを恐れていたのだろう？　心の病気を恥ずかしいと思う世間の通念を、無意識に信じていたのかもしれない。

しかし彼女には、自分の心が病んでいるとはとても思えないのだった。失われた昔の記憶をたどろうとする――そのとき以外は、はっきりと論理的に考えることができるのだ。

彼女は眉根を寄せて、そうした一連の思考を心から追いはらおうとした。そしてシャンプーの壜をとる前に、頭をあおむけに浴槽に沈めた。不精といわれてもしかたがないが、あまりにも心地よいので、わざわざ浴槽から出て、流しで髪を洗う気になれないのだった。

今度は、髪にしみこむ湯の重みが引き金をひいた。はじめは漠然《ばくぜん》とした不安が感じられるだけだった。彼女は髪にシャンプーをつけてマッサージし、一度すすいで、またシャンプーをつけた。気がつく過程は漸進的なもので、いつのまにか彼女は現実にしがみつこうと努力していた。

いいい、いい、いい、浴槽から出て、流しでちゃんと髪を洗おう。サリイはそう自分にいいきかせた。でないと、なかが石ケンのあくだらけになってしまう。

目にかかった泡を洗い流すと、ほとんど無意識にのけぞり、頭をまた湯のなかに沈めた。

すると――

潮ガ引イタアト、岩場ノトコロドコロニデキタ浅イ水溜リノナカデ、仲間ノ娘タチトハシャギナガラ、彼女ハ水面カラ頭ヲアゲタ。コンナ強イ日ザシデハ、スグニモ乾イテシマウダロウ。水溜リカラアガルト、幸福ソウニ伸ビヲシタ。空気モ水モ暖カカッタ。空ハマバユイホド美シク青ク晴レワタリ、赤イ岩ト赤褐色ノ砂ガ青緑色ノ海マデ続イテイル。娘ガ二人、ぼーるヲ持ッテヤッテクル。水カラアガッタノヲ見テ、一人ガ彼女ノ名ヲ大声デ呼ビ、げーむニ誘ッタ。気候ノ快適ナコノ地方デハ、男モ女モ身ニマトウノハ細イ腰布ダケ。シカシ、ソレサエ着ケルノモモドカシク、彼女ハハダカデ砂浜ニカケオリルト、ぼーるヲ受ケトメ投ゲカエシタ。

ヤガテ、ホカノ娘タチモ水浴ビニアキテ、岩ノぷーるカラアガッテキタ。げーむニ加ワルモノモイレバ、岩ノ上ニモノウゲニ体ヲ横タエ、眠ッタリ、ぼーい・ふれんどノコトヲ話シアッタリスルモノモイタ。ソレカラカナリノ時間ガタッタコロ、トツゼン一人ガ海ヲ見ツメタママ恐怖ノ叫ビヲアゲ、ソノ一角ヲ指サシタ。

海岸ノ近クニ四ツノ不気味ナ黒イカタチガ見エル。舟――ソレモ、大キナ舟ダ。ソレラハ、岸カラ遠クナイ、男ノ腰ホドノ深サノトコロニ錨ヲオロシテイタ。乗ッテイタ男タチガ、舟ベリカラ水シブキヲアゲテツギツギトトビオリ、海岸ヘムカッテクル。コノ距離カラデモ、彼ラガミンナ男デ、見慣レヌ服装ヲシテイルコトガワカル。誰モガ両刃ノ斧カ、アルイハ鎚矛《ツチホコ》ヲ持チ、ソレヲウチ振ッテイタ。

彼女ハ岩ノ上デ、娘タチノツクル輪ノマン中ニ立チ、手ニシタぼーるヲ投ゲヨウトシタトコロダッタ。異邦人ノ来襲ニ娘タチハ怯エテイル。オソロシイノハ彼女モ同様ダッタガ、驚イタ拍子ニ、無意識ニアトズサリシテイタ。

ヌルヌルシタ岩ニ足ヲトラレ、彼女ハ水溜リニ転落シタ。髪ニ吸イコマレタ水ノ重ミダケハ憶エテイル。ツギノ瞬間ニハ、頭ガ何カカタイモノニブツカリ、肺ニ水ガ流レコミ、闇ガ訪レタ。

水にむせながら、サリイは悲鳴をあげて恐怖の世界から現実へとはいあがった。あおむけに浴槽のなかに沈んだため、鼻や口に湯が流れこんだのだ。彼女は鼻をかみ、不快な石ケンの味を口から吐きだした。

また――。また、あれがおこったのだ。

ドアのむこうで足音がしている。それは彼女の意識にはほとんど届かなかった。やがて、誰かがバスルームのドアの握りをまわし、鍵がかかっているのに気づいたらしい。

「どうしたんだ?」と、聞き慣れたニック・ジェンキンズの声がした。「サリイ、だいじょうぶかい?」

ジェンキンズが自分の名を呼ぶのを聞いたのは、それがはじめてだった。圧倒的な安心感が体ぜんたいに満ちわたり、彼女を木の葉のように震わせた。

長い旅から帰ってきた彼女は、こう答えた。「ええ、だいじょうぶ。いま出ます」さわがしい水音をたてて立ちあがると、浴槽の栓を抜いた。体をふき、もらったもう一枚のタオルは、頭に巻いた。そして、ひとつ深呼吸するとドアをあけた。ジェンキンズは玄関へ通じる小部屋で待っていた。サリイは、ドレッシング・ガウンの裾や胸元が充分隠れているかどうか確かめ、そして彼のところへ行った。

「これは驚いた!」彼はまたメガネをはずしていた。「驚いた! すっかりきれいになったはいいが、顔がまっ青だぜ! それに、ガタガタ震えてるじゃないか。さあ、手を貸してあげよう」

サリイはその腕にもたれかかった。支えられて居間へと歩きながら、彼女は心のなかでつぶやいていた。「よかった、とうとう助けてくれる人に出会ったんだわ」

助けが必要なことを、今までどうして認めようとしなかったのか。そんな自分が恥ずかしくてならなかった。

5

「ベラ！」ロウエルのどなり声に、妻はシチュー鍋を持ったまま台所から走ってきた。ロウエルの目つきから、彼女はすぐなにか大変なことがおこったのを察した。彼女は小さな声できいた。

「どうしたんだい」

「どうしたもこうしたもあるか。おまえのあの名案だ、アーカットをじわじわアル中にさせてこっちのものにするという、あれが失敗したんだよ。なにもかもオシャカになるところだった。おれが運よく聞きつけたからいいが」

「おちつきなよ、アーサー。心配するほどのことじゃないさ」ベラの口から、思わずつぎの言葉が出た。「いつもそうなんだから」

「うるさい。まあ、おれの話を聞け。新聞を買いに角まで行ったんだ。するとスタンドのおやじが、車にひかれそうになった女のことを話してる。あの女だろう、え？　一日に二人もそんな女が出てくるわけはないからな」その声には、痛烈な皮肉がこもっていた。

「それで、女がどうしたのさ？」

「おやじのバカ話によると、車を運転していた野郎が、その二、三分あとでまたその女をひろって、どこかへ行っちまったというんだ」

ベラの顔からしだいに血の気がひいていった。彼女は夫に背を向けると、シチュー鍋をおき、そのまましばらく動揺をおさえていた。ようやく答えようとしたその瞬間、ロウエルが話しだした。

「ところが運のいいことに、おやじはそのドライバーを知ってたんだ――近所に住んでて、いつもそのスタンドで新聞を買っているらしい。ジェンキンズという男で、ダーク・グリーンの、戦前のMGに乗っている。スポーツカーだ。早くコートを着てこい。おれといっしょに捜すんだ。おやじの話じゃ、サセックス・ガーデンズの裏のあたりに住んでるらしい」

「ああ、ゾッとしたよ！　そいつが誰で、女をどこへ連れてったかわかってりゃ、そんなに大騒ぎすることないじゃない」ベラがいいかえした。「きっと、あんたの言いつけをちゃんと守って、お金をもらってくるよ」

「阿呆！」ロウエルは鼻をならした。「もし女が本当のことをしゃべったらどうする？

おまえが考えるほど男が間抜けでないとしたらどうする？　おれたちはどうなると思う？」

「そんなことないよ」ベラはうんざりしたように一蹴した。「そんな自分の影にびくびくしてるようじゃ、生きていけないよ——」

「影なんかどうだっていい！」ロウエルは恐怖と怒りに全身を震わせている。声は高まり、最後には叫び声と変わらなくなった。「危険が近づいても腹をグサッとやられるまで気がつかないのか？　コートを着て、おれといっしょに来い！　手遅れになる前に、ジェンキンズを女から引き離すんだ。だからバカは困る！　女がほかの人体を探せるようになるまで、おれたちの仕事はかたづかないんだぞ——それを最初にやらなきゃいかんといったのを忘れたのか？」

「しっ、声が高いよ！」ベラがあわてていった。「わかったよ、わかりましたよ。それであんたが満足するなら、喜んで探しにいってやるさ。だけどね、心配するほどのことじゃないにきまってるんだよ、いつもそうなんだから」

二人の真上の部屋では、クライド・ウェストが立ちあがり、ズボンの膝の埃をはらっていた。唇のふっくらした柔和な顔は、今では怪訝そうなしかめ面に変わっていた。

彼は、ロウエルと妻の会話のほんの一部をとらえたにすぎない。だが安普請の建物なので、ロウエルの最後のどなり声は一言ももらさず聞えた。事情はさっぱりわからないが、会話の裏には明らかに悪だくみがあるようで、彼にはそれが気にかかった。

アーカットという娘のことは、彼女が最初にここに来たときから気になっていた。あの雨の夜、廊下で泣いていたことも、三階の空《あ》き部屋の借り賃をロウエルの手に投げつけるようにわたしていたことも憶えている。そのあと、バスルームへあがる途中、娘の激しいすすり泣きをドア越しに聞き、寒々としたからっぽの部屋のなかにいる彼女の姿を想像したものだ。ドアの羽目板をノックしようと手をのばしかけて、彼はためらった。動作の途中でとまっている自分の手をながめ、すこし考えてひっこめた。あなたには関係ないことだからほっといてくれ——そういわれるのがこわかったのだ。

その後、踊り場でも自分の部屋でも、彼女の泣き声は一度も聞いていない。しかし、人に見られたくないのか、廊下をこそこそと歩いている姿はなんども見た。そして、いつも不思議に思ったものだ。彼女は誰なのか、なぜこんな似つかわしくない場所に住んでいるのだろうか、と。

その新しい下宿人に対するロウエル夫婦の態度も、どこか不審なところがあった。彼自身、このアパートもその持主も嫌いだった。だが、かけだしの俳優で、ろくな役ももらえない彼に、住む場所の選り好みなどどうしてできよう。乏しい貯金をちびちびつかいながら、毎日暮らしているくらいなのだ。みすぼらしいその部屋を、彼はかなり居心地よく改装して住んでいた。故郷のオーストラリアでは、もっとひどいアパートを見たことがある。

しかし、あのアーカットという娘——彼女がずっとこんな暮らしをしていたとは思えない。それには確信があった。

床下から、玄関のドアのあく音が聞えてきた。二人が通り抜けたのだろう、しばらくドアはあいたままで、やがてしまる音がした。彼は窓のそとに目をやった。思ったとおりだ。ロウエル夫婦がどこかへ出かけていく。険しい顔をした夫のロウエル、半歩遅れて面倒くさそうについていく妻のベラ。

彼は決断を下した。ロウエル夫婦がサリイ・アーカットになにをしようとしているのか、それはわからない。だが不正なことであるのは確かだ。なんとかして二人の先まわりをして、彼女に知らせよう。彼女を渡すなとジェンキンズに警告しよう。この家に連れ戻されたら、彼女の運命は決まってしまうのだ。

ジェンキンズは彼女をふかぶかとした肘かけ椅子にすわらせると、毛布を持ってきて肩にかぶせた。そして、かたわらに膝をつき、力づけるように彼女の手をとった。

「今おこったことを話せるかい？」

彼女は知っていた。思いだせるのだ。奇妙だった。いつもなら憶えていないのに——しかし、それもさほど驚くべきことではないかもしれない。ふだんなら彼女は、アルコールの助けを借りたりして、それから逃避してしまうからだ。思い出すことができれば、話すことだってできる。

「ニック」彼女は嘆願するようにいった。「あたしの話を聞いても、頭がおかしいんだという結論にすぐにはとびつかないでね」

彼はうなずいた。「約束するよ、軽はずみな結論は出さない。思いついたことはなんでも話す」

率直な言葉だった。彼女はそれを受け入れ、椅子にすわりなおすと脚を組んで宙を見つめた。「はじめに、あたしの過去ね。どんなものだと思う？　つまり、あたしの子ども時代や経歴は？」

ジェンキンズは考えていた。「ぼくの想像では、きみは充分な教育を受けているね。その声からわかる。一流の学校へ行ったんじゃないかな。そして、モデルか俳優をしていたのかもしれない、歩きかたがしとやかなんだ」

「それは、あたしも気づいていたわ。そういうことを思いださなければいけないのね。ただ——こんな経験、あなたにはないかしら？　自分がなにかを見たり、誰かがなにかをいったのがきっかけで、何年も前におこったことが急にはっきりと頭にうかんでくるというようなこと？　あたしにおこるのも、それなの。ひとつ違うのはそうして思いだした昔のことが、あたしにおこるはずのないできごとばかりだという点」

「たとえば？」

彼女は話した。村の娘たちと赤い砂浜ではだかになって遊んでいたこと、戦士たちが黒い舟でやってきたこと、そして、もんどりうって水溜りに転落し、頭を打ったこと。ジェンキンズはじっと聞いていた。なかば予期したシニカルな不信の表情は、とうとうあらわれなかった。

「とすると、きみはその水溜りで溺れ死んだんだ。顔まで沈んだだろうからね」

彼女はうなずいた。「それと似たようなことは、ほかに思いだせないか？」と彼は続けた。「そうだ、ぼくがひきそうになったときも、そんな——幻覚を見てたんじゃないか？」

彼女は眉根を寄せた。もちろん、そうにちがいない。廊下が洞窟のように思えてきて——

ジェンキンズは彼女の目のなかにみるみるひろがってゆく恐怖の色に気づき、すかさずいった。「話したくなければそれでも——」

彼女は首をふった。「内容そのものは、それほどこわくないの。とにかく説明してみるわ」

話しおわると、ジェンキンズは身ぶるいした。話のあいだに、彼は床から立ちあがり、むかい側の椅子に腰をおろしていた。「こわくはないといったけど、それは嘘だな。得体の知れない怪物が人間を使って子孫をばらまくなんて、考えただけでも胸がわるくなる」

「ここにすわっているあたしから見れば、たしかにおそろしい話だわ」彼女はいい足した。

「でも、その女としてのあたしから見れば——そんな環境でずっと育ってきて、慣れてしまったのか、別になにも感じないの」

「その怪物についてはなにか憶えていないかい？　たとえば、そいつがなぜ英語——というより、人間の言葉を知ってるか、というようなことだけど」

彼女は驚いたように目を丸くした。「考えてもみなかったわ。でも、あなたのいうとおりだわ。人間の言葉を話す理由がわかったという意味じゃなくて——もともとその怪物は知能が高くて、人間を自由にあやつることができるの、だから、一度も考えたことがなかったのね。でも、あなたにいわれてみると、あの怪物が使ったのは英語じゃなかったみたいだわ。あたしには、苦もなく理解できたけど」

「ロジカルだ。この世界のどこにも、そんな生き物はない。英語が誕生してから現在まで、そんなのがいた証拠もない。ゆえに、そこで話されていたのは、英語じゃないわけだ。しかし、そいつはどうやって人間をあやつるんだろう？」

「一年か二年に一回ぐらい、市民のなかから何人か、山腹のトンネルにはいりたい衝動にかられるものが出てくるの。怪物はその奥に住んでいるのよ。それがどんなふうにして呼びかけるのかは知らないわ」

「きみは今、市民といったね。その前、娘たちと海岸で遊んでいたことを話していたときには、そうじゃなく、村といった。都市のほうはどんなふうなんだ、思いだせるかい？」

彼女は目を閉じた。思いだそうと努力しているのだろう、ひたいに浅い皺がきざまれた。

「大きかったわ。広々とした道路があったけれど、建物はみんな平屋なの。荷車や手押し車があった。でも、自動車はなかったようだわ。都市のまん中に、たずねる人のない大きな寺院があるの。そこに人びとがはじめて町をつくったころには、寺院に生贄《いけにえ》を捧げて、山のなかでお祈りをしたらしいわ。でもなんの役にもたたないとわかって、誰も行かなくなってしまったの」彼女は目をあけた。「どうみても狂人のたわごとね。でも、あなたがきくから話したのよ」

ジェンキンズは首をふった。「いや、ぼくには意味があるような気がする。話が矛盾していない。で、村のほうは──娘たちが住んでいるという？」

「とても小さな集落──人口数百というところね。道もなにもなくて、人びとは野菜をつくったり、魚をとったりして生活してるの。あたしくらいの若い娘には働く義務はなくて、婚約するとはじめて、料理や、裁縫や、そのほかの家事を習うの。男の子の遊び場は、あたしたちのとは別に島の反対側にあるの──でも、遊ぶよりも、網や銛《もり》の作りかたとか、魚のとりかたを習ってるほうが多いわね。もちろん、ときには島のむこう側にこっそり出かけていって、特に夜なんか、ボーイ・フレンドと途中の道で会ったりしていたわ」

常軌を逸した記憶なのに、恐怖の雲のとりはらわれた目で見ると、細部の豊かさは驚くばかりだった。

彼女の言葉をジェンキンズが咀嚼《そしゃく》しているあいだ、短い沈黙がおりた。やがて彼は立ちあがった。

「ドレッシング・ガウンを着せたまま放っておくわけにはいかないな。買ってきたものは寝室においてある――あれでいいと思うけれど。着換えてるあいだ、電話帳をあたってみようか？　サリイという美しい娘の消息を誰か捜してないかどうか？」

彼女は顔をあからめた。けれども、彼がそうしていけない理由はなかった。ジェンキンズは彼女の沈黙を承諾と受けとって、電話器のところへ行った。寝室に行こうとして、サリイは彼が電話帳のSからZの巻をめくっているのに気づいた。

「U－r－qのアーカートじゃないわ」と彼女はいった。「アーカットよ――E－r－c－o－ダブルt」

「ごめん」彼はうわの空でいうと、EからKの巻をとりあげた。

「ニック」

彼は微笑をうかべて顔を上げた。「なんだい？」

「ニック、あなたを見てると、あたしの異様な幻覚をふつうの記憶と同じように受けとっているみたいだけど、どうしてそう思うの？」

「きみ自身、そうとしか思えないんだろう？」

「そうね」彼女はそう答えて、寝室にはいった。しかし、あの記憶が空想の産物ではなく、本当におこったことなのかもしれないという可能性のほうが、彼女にはなぜかはるかに不気味に思えた。

6

不安は、肌に感じられる新しい服の快い感触の前に流れ去った。電話のダイアルをまわす音が耳にはいったが、盗み聞きする気すらおきなかった。

ジェンキンズはなにひとつ忘れていなかった。彼女は注意深く品物の包みをあけていった。ドレッシング・ガウンを椅子の背にかけ、手早く下着をつける。そしてスリップ姿で大きな鏡の前に立つと、頭に巻いたタオルをとり、髪をすっかり乾かした。ベッドぎわのテーブルに、ブラシがおいてある。彼女はそれを借り、この何カ月かではじめて髪をつややかにとかした。最後にドレスを着ると――彼がいったとおり、それは淡いブルーだった――鏡にうつる自分をながめた。

彼女は吹きだしそうになり、同時に泣きたくなった。正に奇蹟だった。奇蹟というほかはなかった。

電話で話しているジェンキンズのかすかな声が、いつのまにかやんでいた。彼女は鏡のなかの自分からむりやり目を離すと、唇のひびわれと眼の下の疲労の隈《くま》を気にしながら、寝室のドアをあけた。

ジェンキンズは椅子にすわり、下唇を噛んでいた。彼は目をあげた。驚いているのは、見た目にも明らかだった。「なんてこった！」彼は大声をあげた。「ほら、いったとおりだろう？　きれいな女の子を食事に誘うといったのに嘘はなかったじゃないか」

こみあげてくる嬉しさに、サリイはスカートをひるがえして踊るようにぐるぐるまわりながら進み出た。目もあやな時代物の衣装を着て舞台に立ったようだ。観客は息をのんで見守っている。結婚式の花嫁とは、こんなものだろうか……

衣装ノ輝キハ目モクラムバカリダッタ。重イしるくノすかーとニグルリ縫イトメラレタ、大キナ金箔ノ葉。両肩カラ胸元ヲ十字形ニオオウ、キラビヤカナ錦ノ縦切《ぱねる》レニハ、ソレゾレ多産ノ象徴ト魔除ケノ護符が刺繍サレテイル。腰ニハ、赤ト黄ノマダラノ革べると。頭ニカブッタ羽毛ト貝殻ノ冠ハ、彼女ノ背丈ホドノ高サガアリ、支エルノニ首ガ痛クナルホドダ。彼女ノ眼ヲ縁ドル緑ノ絵具、唇ヲ彩ル赤イ絵具、手ノ甲ノ美シイ静脈ノ模様ヲ強調スル青イ絵具。指ノ一本一本ニハメタ指環ニハ、ドレモ大キナ宝石ガ輝キ、宝石ノ種類ハ指環ゴトニ違ッテイル。足ノ指一本一本ニハマタ、鈴ガ細イナメシ革ノ紐デククリツケラレテオリ、歩クタビニソレラガ涼シイ音色ヲダス。ソシテ、一いんち四方ノ分厚イ金属板ヲ数珠ツナギニシタねっくれす。コノ百年間ニナカッタホド豪華ナ結婚衣装ダッタ。

幻覚が去った。数時間前であれば、それは彼女の精神の基盤をゆるがすようなおそろしい経験であったろう。だが今では、ジェンキンズの実務的な態度が感染し、彼女は冷静にそれを受けとめ、救いを求めることができるようになっていた。もはや自分ひとりで重荷を背負う必要はないのだ。

ジェンキンズは、彼女を襲った恐怖に気づいていなかった。ひたいに深い皺を寄せて考えこみ、タバコの燃えかすが一センチほどの長さにのびて落ちそうになっているのにも無関心だった。彼女の話を聞き終わると、彼はいった。「おいで。すわりたまえ。どうやら、ぼくの名案はそれほど名案じゃなかったようだ。電話帳に、アーカットの名前はない」

いわれるままに、サリイは彼のそばの椅子に腰をおろした。がっかりすればいいのか、ほっとすればいいのかわからない複雑な心境だった。「でも、どこかに電話していたでしょ。インフォメーション・サービスかなにかに問い合わせたの？」

「それもやった。だけど——いや、実をいうと、きみのことわりなしで、トム・ゴスペルというぼくの友だちの医者に電話したんだ。おこらないでくれ」

サリイはかすかな不安を感じた。「医者ですって？　まさか——」

「いいや、精神科医じゃない。いいやつだぜ、会えばわかるよ。この近くに診療所があるんだ。往診をいくつかやってから、こっちへ来るそうだ。きみがもしかして——頭に傷かなにかを負っている場合もあるからね」

サリィはうなずいた。

「で、それまでは、待ってるしかないわけだ。ところで、どう、その服？」

「全然いうことなしよ、ニッキイ。こんなすてきな服、二度と着られるなんて思ってもみなかったわ」

話すうちに、あの幻想的な異教の花嫁衣装の記憶がよみがえった。「でも不思議だわ、これまで思いだしたことと今の花嫁衣装の話、共通点がどこにもないみたい！　誰と結婚するかも知らないし、その男を愛しているのか、あたしが彼に売られるのか、それさえもわからないの——わかっているのは、花嫁になるのと、そんな豪華な衣装を着られるので有頂天だったということだけ。あたし自身から見れば、グロテスクな衣装だけど」

ジェンキンズが鋭い質問を発した。「その世界では、きみはいくつだったんだ？」

「まあ——あたし、ちょうど、それを——」彼女はとりすますのをやめ、ポカンと口をあけて彼を見つめた。「ニック、あなた読心術師じゃなくて？」

「いや、違うよ。とんでもない考えかたをする習慣がついてるというだけさ。だけど、今のあて推量はいいところをついてたらしいな。その世界では、きみは年端もいかない子どもだったんだ、結婚の意味もなにもわからないような」

彼女は言葉もなくうなずいた。

「フフム！」彼は満足げにうなずくと、顎に手をあてた。

彼の〝あて推量〟の鋭さは、サリイを心底驚かした。彼女はふいにこのなにものにも動じない男のことを知りたくなり、体をのりだした。「ニック、あなたはなにをしてらっしゃるの？　あなたのことを教えてほしいわ」

彼はすこしとまどったようだった。「そうだな、人に話すといつも変な顔をされるんだけれど、ぼくは発明家なんだ。誇張していってるんじゃない——本当の話だ、オクスフォード大学にいたころ、二つ三つ新案の装置を考えだして、その特許をとったんだ。友だちの口添えでそれを大会社に売ったところ、ばかに好評で、大金がころがりこんできた。それで、見たとおりの怠けものだから、あくせく働いてまで金を儲けるのはやめることにしたわけさ」彼はあいまいに両手もひろげた。「銀行の貯金が減ってきたら、またなにか発明するんだ」

「すてきなことじゃない」サリイは彼を見つめた。「今はその発明だけで暮らしていらっしゃるの？」

「いや、そうでもないんだ。ぼくの最初の三つの発明を採用した会社が、それで満足したらしくてサラリーも払ってくれるんだ。年間五百ポンド。ただし、年にひとつ——プラスチック家庭用品の会社なんだけど——その業種に合った新しい機械を考えだすこと、別の分野の発明に対しては彼らが先買権を持つという条件つきでだ。ぼくのつくったもので、連中は最低五千ポンドは儲けてるはずだから、それくらい払ってもたいした損はないわけさ」

彼は手を横にはらって、自分の業績のことから話題をそらせた。

「そうだ、きみが着換えてるあいだに思いついたことがある。きみは絵が描けるかい？」

サリイは目をしばたたいた。「描けると思うわ――すこしぐらいなら。でも、長いあいだそんなことはしたことないし――」

「よし、じゃ、ここに鉛筆と便箋がある。憶えてることを絵にしてみないか？　冗談でいってるんじゃなくて、ちゃんとした理由があるんだ。そういうできごとを、きみは視覚的にははっきりと思い出せるらしいけれど、うまく言葉にできない。そうだろう？　説明したいような細かい差違が、ぼくに充分伝わらないんだ。絵なら、それができるかもしれない。とにかく、やってみないか？　手始めは、あの少女の花嫁衣装だ」

サリイはいわれるままに鉛筆をとりあげると、紙の上でしばらく手をとめた。やがて、宿題に手こずっている少女のように、唇のあいだから舌の先をのぞかせながら、無器用な手つきで描きはじめた。

だが、まもなく便箋から紙をひきちぎると、くしゃくしゃに丸めてしまった。「だめだわ」彼女はあきらめたようにいった。「あたしが憶えてるのは、どういえばいいかしら、内部から見た印象だけなんですもの。衣装を着ているのが、あたしでしょ、客観的には見られないわ。鏡はなかったみたい。でなければ、鏡を見ると不幸になるというような迷信があったのかもしれないわ」

「ありそうなことだな」ジェンキンズはうなずいた。「内部からの印象しかないという意味はわかるよ。では、遠くに見えた情景はどうだい？　女友だちとボール遊びをしていたとき、海岸に黒い舟がやってきただろう？　その舟も、男たちが舟からおりてくるところも、きみは見てるんだ」

「そうだわ」サリィは鉛筆をふたたびとりあげた。今度のスケッチはすらすらと進んだ。細部をひとつひとつ埋めるたびに、彼女は満足げにうなずいた。

「ほら！」描きあがると彼女はいった。「これが、舟からおりてきた男たちの一人。手斧からなにから描き漏らしはなくてよ」

ジェンキンズは便箋をうけとった。人物像は、大胆な太い線で描かれていた。それがサリイの心のなかに鮮明な印象を刻みつけていたことは、見ただけでわかる。仔細に眺めるうちに、彼は背筋に戦慄が走るのをおぼえた。

「サリイ」彼はそっといった。「この絵はすこしおかしいぜ。憶えてるとおりに描いたのかい？」

「もちろんよ」

「だとすると、きみは――いや、まず、ぼくの見たとおりにいおう。サリイ、きみが描いたこの男には腕が四本あるんだ」

7

ロンドンの空には、雲が重くたれこめていた。冷たい風が、街路樹の若い葉を震わせている。クライド・ウェストは、ロウエル夫婦のあとを追って家をとびだすとき、コートと、もう一着セーターを着てくるべきだったと、今さらながら後悔した。

彼のしろうと探偵ぶりは、それほど上出来とはいえなかった。だが、尾行しているのを悟られない自信はあった。そこは、かけだし俳優の特技を利用して、仕草や歩きかた、そのほか遠くから見破られてしまうような特徴は、なるべく変えるように注意したからだ。疲れた男、活発な男、不精な男、この三者の物腰を交互に使った。もっとも今の彼は凍えている男としか見えないだろう。そういわれてもしかたがない。そのとおり、彼は凍えていた。

はじめのうち、ロウエル夫婦は行き先さえはっきりしていないようすだった。彼らは近くの街区をかたっぱしから歩き、自動車を見てまわった。グリーンのMGが目あてのようだった。ジェンキンズという男の乗っていたのが、おそらくその車種なのだろう。ウェストは、ロウエル夫婦の口論でその部分を聞き逃がしたのだが、彼らの行動はみごとその空隙《くうげき》を埋めてくれていた。

道端にとまっているグリーンのMGを見つけるたびに、彼らはその近くの家のポーチにまであがって、ドアベルの上の名札を調べていた。成果はほとんどなかったらしい。本拠のアパートからかなり離れたところまで捜しおえると、彼らは立ちどまり、なにやら熱っぽい議論をしばらく続けた。ウェストは急ぎ足でどこかへむかっているふりをしながら、二人をなんとか見張っていた。彼らがこちらに引き返してくるのに気づくと、ウェストは角の書店にとびこんだ。

ロウエル夫婦は、あきらめて家に帰ることにしたらしく、むかい側の歩道を通りすぎた。たとえ彼らが女を見つけたとしても、自分になにができただろう、そんなことを考えながらウェストはふたたび尾行を続けた。ロウエルが妻の腕をひっぱったのは、ある通りの入口を横切ろうとしたときだった。そこはすでに調査済みであったが、すこしはいったところに、はじめ来たときにはなかったみすぼらしいダーク・グリーンの車がとまっていた。妻の腕をとり、ロウエルは興奮した顔つきで指さしている。

ウェストは胸が緊張し、喉がからからにかわくのをおぼえた。ロウエルはまたもやドアベルの名札調べを始めていた。今度は、目ざすものが見つかったらしい。メモになにか書きとめ、つぎに道路の中央まで出て、アパートの一階の窓を見上げていることから、それがわかる。

これが捜していた場所だとしても、彼らはなにをするつもりなのだろう？

二人はすこしのあいだ低い声で話していたが、やがてロウエルがいわくありげにあたりを見まわした。疑わしい人影を認めたようすはなかった。ウェストはうまい具合に奥まった戸口のかげに隠れたのだ。

スポーツカーに近づくと、ロウエルは内部にすばやく手をのばし、ハンドルの近くからなにかをとりあげた。それを思いきり引っぱったようだった。そして、またあたりに目をやると、両手をはたきながらあとずさり、満足げに妻のところに戻った。

イグニッションに接続するワイヤを引きちぎったにちがいない、とウェストは推理した。車を動かなくさせるには、一時的だが便利な方法だ。その行動の理由は、彼にはわからなかった——だが、それをいえば、ロウエル夫婦の行動はなにからなにまでわからないことだらけだ。

彼らはふたたびいさかいを始め、ロウエルが勝ちを占めた。ほどなく彼は妻を残し、ひとり背を向けて歩きだした。妻はふくれつらをしながら、ジェンキンズのアパートの入口と彼の車が見張れる位置で、街路樹によりかかった。ロウエルはすこし行ったところでふりかえり、妻になにやら呼びかけた。それに対する答えは、夫への嘲《あざけ》りのジェスチャーで、彼は前よりもいっそう腹だたしげな早足で帰っていった。

明らかに、なにか目的があってやっていることだ。ウェストは、サリイ・アーカットを助けようとした自分のでしゃばりを後悔しはじめた。いま彼にできることといえば、ここに立って見張っていることだけなのだ。

三十分ほど過ぎ、どこか暖かい場所が恋しくなりだしたころ、ベラ・ロウエルが足踏みしはじめた。そこに立ち続けるのがつらい理由があるらしい。なんだろうと首をひねり、とつぜん思いあたった。ウェストは、手を口にあてて、こみあげてくる笑いをおさえた。代謝作用に万歳というところだ。

ベラ・ロウエルは、さらに十五分がんばった。そして、まだ夫が帰らないとわかると、にが虫をつぶしたような顔で持場を離れ、横道に消えた。ウェストはその機会をとらえ、通りを横切ると、ベラが見張っていたアパートの石段をかけあがった。彼はニコラス・ジェンキンズと名札のある部屋のベルを押し、ドアのあくのを待ちわびた。

見まちがえようはなかった。自分の描いた絵を見つめながら、サリイは、斧をふりあげた二本の左腕が、なにかの奇蹟で右腕と左腕に分かれないものかと願った。だが男には、すでに二本の右腕がついているのだ。

サリイの顔は蒼白だった。「ニック、やっぱりあたしは頭が変なのよ。腕が四本もある男なんていないわ！」

「一足とびに結論を出すなといったのは、きみじゃないか」ジェンキンズは穏やかにいった。「それが、一足とびの結論というものだぜ。きみの頭もすこしずつリラックスしてきたようだ——もう三つも思いだしている。まだほかにないか？」

「数えきれないくらいだわ。ちょっと待ってね——どれくらい憶えてるか考えてみるから。そうだ、昨夜《ゆうべ》の記憶……」

はじめのうちは、記憶のよびおこした恐怖のほうが、記憶そのものよりなまなましかった。去年見た夢を思いだそうとするようなもので、正気をなくすために飲んだアルコールの霧が、記憶をいっそうあいまいにしていた。

しかし冷たい風がすこしずつ霧を吹きはらい、彼女は飢えに苦しむ人びとのことを話しはじめた。その年は、気候がことのほか厳《きび》しかった。獲物は少なく、川には厚い氷がはりつめ、冬は永遠に続くかに思われた。年老い、歯の抜けた彼女は、ひからびた古い毛皮一枚で体を包み、片隅に震えながらうずくまっていた。若いものたちは彼女を邪魔者扱いし、ちらちらと燃える小さな火のそばにも近づけないばかりか、彼女の着物を一枚一枚盗んでゆく。死んだら化けて出てやるという脅しも、彼らには効き目がなかった。鍋にはここ何日間も肉がはいったことはなく、雪のなかで凍死した小動物の死骸すら見つからなかった。

はじめはひっきりなしに泣いていた子どもたちも、今では泣く元気もない。

昨日は、この家族の長《おさ》である孫が、彼女に意味ありげな視線を向けた。今日の彼は、考えていることをずけずけと口にだす。婆あはもう役立たずだ。子どもを産む用はすんだし、今では大口をあけて子どもの貴重な食物を横からかすめとる能しかない。山のむこうの里《さと》から来た彼のでぶの妻は、昔から気が合わないのをいいことに、夫の言葉に同調している。あんなにがりがりに痩せていては、肉もとれやしない……

狩猟ナイフを手に威圧するように近づいてくる男のイメージはあまりにも鮮明で、サリイはひたいに汗をうかべ、椅子の肘かけで体を支えなければならなかった。

「コートを毛布がわりに、ぶるぶる震えながら床の上で寝ようとしたことが引き金みたいな役目をして、これを思いだしたんだわ」

「その可能性はあるね。きみを殺しにきた男の絵が描けるかい？」

サリイは、イエスと答えるのが少しおそろしかった。その男の姿は、心のなかにあざやかな印象を刻んでいる。描こうと思えば、簡単に描けるはずなのだ。彼女は頭のなかで男の像を検討した。そう、たしかにおかしなところや非人間的なところはない。彼女はともかくやってみることにした。そして、太い線ですばやく描きあげると、ジェンキンズの感想を待った。

彼が黙っているので、サリイはかすれた声できいた。「今度も変なところがある？」

ジェンキンズはスケッチをわきにおいた。「きみは、髪の毛や耳を描いてないね」彼は気がすすまぬようにいった。「この男の頭、砲丸みたいにまん丸で、つるつるだぜ」

そうよ、そうだったんだもの……そういいかえそうとして、サリイは息をとめた。そして、肩まである自分のブロンドの髪に手をやった。だが、確信がある。記憶のなかでは、そこにいたものは誰ひとり、毛も生やしていなければ、耳がとびでてもいなかったのだ。

　彼女は弱々しくいった。「ヘビの耳に似てるんだわ――頭の両脇に細長い穴があいているだけで、鼓膜はその奥にあるの」

「そんなところだろうな」

「いうことはそれだけ？」

「想像力の豊かさや記憶の正確さをほめたたえろというのかい？」ジェンキンズは皮肉っぽくいった。「いうべきことは――」

　ドアベルの音が、言葉をさえぎった。彼は腕時計を一瞥《いちべつ》した。

「おかしいな――まだトム・ゴスペルが来る時間じゃないんだ。誰だろう――待ってくれ、ちょっと見てくるから」

　階段をかけおりてゆく足音を聞きながら、サリイは二枚の絵をとりあげ、合点のいかぬ顔でそれをながめた。謎の解答を模索しているとき、ジェンキンズが肩をひねりながら戻ってきた。

「サリイ、きみ、オーストラリア人の友だちを知らないか？」

「さあ、おぼえがないわ、昔はそんな友だちがあったかもしれないけど」

「そうなると、さっぱりわけがわからない。ベルを鳴らしたのは、オーストラリア人なんだ。ニコラス・ジェンキンズかときくので、そうだと答えると、ここにミス・アーカットという人は来てないかというんだ。もちろん、いないといったよ。だけど、あんまり驚いたんで顔に出たんだな。信用しないんだ。それで、いうことには、〝お願いがある、ロウエル夫婦に見つかるなと、アーカットさんに伝えてください。やつらは、ここにいることを知ってるんだ。なにをたくらんでるか知らないが、きっとおそろしいことだろうから〟と、こうなんだ。いったいなにをいいたいんだろう？」

「ロウエル夫婦というのは、あたしが住んでいたところの家主よ」サリイは小さな声でいった。「でも、その人、なぜ知ったのかしら？　あたしがここにいることも？　ああ——もしかしたら、あたしのすぐ下の階にいた人がそうなのかもしれない」

「そうか、いずれにしても、きみを助けようとしている人間にむかって、いないとつっぱねるわけにはいかないと思ったんだ。それで、どうしてぼくのことを知ってるのかときいた。彼の話では、ロウエルとその女房がきみの行方を捜してるらしいので、あとをつけたんだそうだ。ロウエルの女房がこの家を見張ってて、いつ戻ってくるかわからないから、もう帰らなければならない、顔を知られてるのだという。それで話が合うんだ。ところが、ほんとに驚いたのは、その男がつぎにいったことさ」

サリイは、怯えた雌鹿のように、まじまじと彼を見つめた。

「こういったんだよ。〝ぼくには全然ピンと来ないんだけど、ミス・アーカットにはわかるかもしれません。女がほかの人体を探せるようになるまで、おれたちの仕事はかたづかないと、やつらはいってるんです〟男はそれだけいうと、行ってしまった」

「なにかおそろしいことなんだわ！　でも、あたしにもわからない。あなたはどうして驚いたの――その男のいいかた？」

「いや、ちがう、いいかたじゃない」ジェンキンズはうわの空でいい、窓に近寄った。暗くなるまで、まだそうとう間がある。カーテンを引こうか引くまいかと彼はためらっていた。

「やめておこう、あまりあからさまなことをするのは、サリイ、ちょっとこっちの隅へ来てくれないか、窓から見られないようにして。カーテンのかげからのぞくんだ――気づかれない程度にそっとずらして。下に女がいる。見おぼえないか？」

サリイはすぐいわれたとおりにし、うなずいた。「たしかにミセス・ロウエルよ」低い声でいった。「ニック、あたしはどうすればいいの？」

「こわがることはなにもないよ」

「でもこわいのよ！　はじめは神経衰弱、そして今度は、あのいやらしいロウエル夫婦につけまわされるなんて。捜してるのは、きっとたまった部屋代だけのせいじゃない――」

彼女は口ごもった。「もう、やめて、なぜ正直にいってくれないの？　あたしのどこがおかしいのか、もうわかってるんでしょう？　いま気が狂ってなくても、こんなふうに心配してるうちに同じことになってしまうわ！」

「漠然とはわかってる」ジェンキンズは無感情にいった。「だけど、それは小さな花嫁の話のときと同じような、とんでもないあて推量なんだ。そのときはあたってたかもしれないが、こんどもあたってるとはかぎらない。きみにほかの人体を探させるという、あのオーストラリア人の話をまともに受けとる気になったのも、ぼくが総毛だってしまったのも、そのあて推量のせいなんだ。

きみが狂人だとは、ぼくは思ってないよ。きみは本当にそんな記憶を思いだしているんだ。そして、それは別の惑星のできごとなんだ」

「なんですって？」サリイは消えいるような声でいった。ロウエル夫婦に対する恐怖すら、みるみる色あせていったほどだった。

ジェンキンズは、ベラ・ロウエルの姿かたちを頭に刻みこもうとするように、彼女をもう一度見た。「さあ、こっちへ来て、すわりたまえ。このアパートにいるかぎり、あの夫婦のことはなにも心配しなくていいんだ。しばらく前、ちょっと小細工をしたから、ここくらい泥棒よけの徹底した部屋はないはずだ。そのとき思いついたアイデアは、二つほどちゃんと売れてるからね。

それはいいとして、今いったことは口からの出まかせじゃないぜ。ぼくには非常にロジカルな推理に思えるんだ。この地球上に、ヘビのような耳を持ったつるっ禿の人種や、腕の四本ある種族や、子どもを増やすのに人間をさらってきて使うような生き物はいないと断言できる。ここにいないとすれば、ほかの惑星にいるのかもしれない。宇宙には、何百万のそのまた何百万倍もの星がある。そのなかには、惑星を従えたのがかなりあることを、ぼくらは知っている。偶然の法則に照らしあわせると、ぼくらと似た生物の棲む惑星は、この宇宙に何千もあるにちがいないんだ」

「でも、そんな別の惑星の種族の記憶が、なぜここにあるの——あたしの頭のなかに？」

「それはだね……もう一度いっておくけど、これは常識はずれのあて推量だぜ。ただ、きみの話すいくつものエピソードのなかに、なにかぼくの心にひっかかるものがあるというだけなんだ。きみの話はどれも、死を目前にした人間の記憶だ——怪物の棲むトンネルにはいっていった話、海岸の水溜りで溺れる話、きみを食べようとしている飢えた種族の話。小さな花嫁の話にしたって、人生のもっとも重大な瞬間における鮮明な記憶として、充分にその資格はある。特に、きみが本当に結婚するわけではなく、ある種の神に生贄《いけにえ》として捧げられるのなら、なおさらだ——いや、やめよう、あて推量がすぎるかもしれない。

しかし、ぼくの理論に矛盾はない。どの記憶も、死に直結した個体のもっとも高揚した意識だという可能性は非常に高いんだ」

「そんな、信じられないわ、ニック！　もっと合理的な解釈はなくて？」

ジェンキンズは肩をすくめた。「よし、じゃなにか考えてみよう。しかしその前に、きみが見た情景のなかで、夜空の星の位置をはっきり思いだせるものはないか？」

彼女は首をふった。

「じゃ、きみが寒さと飢えで死にそうになっていたあの世界のことは？　冬はいつも長いのかい？」

サリイはひたいに皺をよせた。「長かったと思うわ」

「春が来るとどう変わるんだ？」

「どうって、どこの冬の終わりとも同じよ。はっきり思いだせるわ――小屋の庇《ひさし》から氷がさらさらと崩れおちて、川に張りつめた氷が溶けて、太陽がつぎつぎとのぼって――」

「いまなんていった？」

「太陽がつぎつぎと――変だわ、つぎつぎだなんてどうしていったのかしら。でも、太陽はひとつだけじゃなかった」サリイは苦痛の表情をうかべた。「ニック、そんなばかなことって。でも、太陽が二つあったのよ。小さな太陽が二つ」

「それでいいんだよ。ヘビの耳を持つ種族が住んでいるのは、二重星の周囲をまわる惑星なんだ。冬がいつも長いのも別に不思議じゃない――軌道が安定であるためには、太陽からおそろしく遠くになければならないからね」

サリイの目がとつぜん輝きだした。「思いだしたわ。ニック、あたしのコートはどこ？

見せたいものがあるの！」

ジェンキンズは、サリイの昔の服をしまった戸棚を急いであけた。彼女はコートのポケットに手をいれ、からっぽの部屋で（あれは、ほんの昨夜《ゆうべ》のことだったのだろうか？）怯えて泣きながら読んでいた雑誌をとりだした。「これがそう。知っていたんだわ。地球上のできごとじゃないと本能的に感じていたのね」

「それで、SF作家の想像力に目をとめて、そのなかに糸口がないかと探したんだ。意識したロジックじゃないかもしれないが、それでもロジックだ」

彼は自分をおさえた厳粛な表情をしていた。メガネをかけていれば、それはもっとひきたっただろう。「その雑誌の世界にとびこんでしまったみたいな感じなんだ。そうだろう？」

サリイは、歯ががたがたと鳴るのをおさえようと努めた。胃のなかは、まるで卵あわだて器でかきまわされたようだった。「そんなふうに泰然としているあなたを見ると、なんにも信じてないみたいだわ」

ドアベルが鳴った。ジェンキンズはまた窓のそとに目をやった。

「そのアイデアを消化するのには、やっぱり時間がかかるさ。きみだってそうだったんじゃないか？　トム・ゴスペルだ——彼の車がおもてにとまってる。ちょっと行ってくるからね」

サリイは不安げに、彼が医者といっしょに戻るのを待った。やがて、はいってきたのは、あまり手入れされていない赤いひげを生やした大男だった。どなるようにしか話せない地声の持主で、遠くからだと親しげな口調がみんな宿敵の罵倒のように聞える。くたくたのグレイ・フラノのズボン、ツイードのジャケット、ポケットは走り書きしたメモでふくれあがっている。外見はなんともいえないが、自分に話しかける声を聞いて、サリイはたちまち彼が好きになった。

「ニックの話だと、天文学者顔負けの知識をお持ちだそうですな、お嬢さんは」医師はとどろくような声でいった。「たいへんけっこう。ニック、寝室にひっこんで、ドアをしめてろ。それから、お嬢さん、あなたは服と、スリップもつけてるならそれも脱いで、その長椅子に横になりなさい。あなたの意向をきいてるんじゃない、これは命令ですぞ。とにかく診察しなければ話は始まらないんだから。ニック！」

ニックはくすくす笑いながら姿を消し、ゴスペルは聴診器をひっぱりだした。そして、てきぱきとサリイの心臓、肺、反射能力、瞳孔の大きさをチェックし、目をつぶらせたまま彼女を片足で立たせ、どのくらい倒れないで持ちこたえられるか調べた。診察が済み、服を着るあいだ、彼は簡単な問題を出して頭の体操をさせた。

「お嬢さん」サリイが問題をみんな答えると、彼は唸り声でいった。「このところ食事と睡眠が不規則だったらしいという点をのぞけば、あなたは文句なしの健康体だ。今度は頭を診よう」

彼のぶこつな指が、驚くほどのやさしさでサリイの髪の根本もさぐった。「ない――外傷は見あたらん」ゴスペルはそういうと、診察器具を革のケースに戻して、ニックを呼んだ。

「さて、かけて話そう。あなたの口からも聞いておくことは必要だからね」いいながら、ふくらんだポケットから使い古した大きなパイプをとりだして、タバコをつめこんだ。

「いきなりあんなことをしてすまなかった――ところで名前をまだお聞きしてないんだが」

「サリイです」

「あなたに似合った名だ。なんの話だったっけ？　ああ、そうだ。実は、驚かしてみたかったということもあるんだ。精神疾患の患者は、そういうときにいちばん見つかりやすいんでね。いつもニックのむちゃくちゃを聞かされてるものだから、あなたもその同類じゃないかと思ったんだ。ニック、きみを疑ってわるかった」

サリイが当惑した顔で自分を見ているのに気づいて、ジェンキンズはあわてていった。

「トムは――つまり――ぼくが機械《キチガイ》マニアだといってるんだ」

「そうだろう、え！　こんな生まれつきの怠けものでなかったら、とうに病院に行ってなきゃならんところだ。もちろん、医者としてね」ジェンキンズの目にいたずらっぽい光があるのを見て、彼はサリイのためにそうつけ加えた。

「だが――」彼はマッチをすってパイプに火をつけようとしたが、勢いあまって折れてしまい、悪態をつきながら、マッチをもう一本とりだした。それはうまく燃えあがった。

「さて、ニック、最初からゆっくりと話してくれ。はじめにあやまっておくが、もしかしたら狂人のたわ言だというかもしれないぜ」彼はあきらめの表情で、椅子に背をもたせかけた。

ジェンキンズは今までのできごとをこと細かに話し、サリイの描いた絵のところまでくると医師に実物を見せた。そして、ロウエル夫婦が捜していると教えてくれたオーストラリア人の謎の言葉で、話をしめくくった。

「女にほかの人体を探させる？」ゴスペルが信じられないという顔でいった。「いったい、この人をなんだと思ってるんだ？　バークとヘアか？」（ウィリアム・バーク。一八二九年、エジンバラで、絞首刑に処せられた男。死体を解剖用に売るために多くの人を絞め殺した。ウィリアム・ヘアは、バークの相棒）

「ところが、それで話が合う。今までのできごとからなんらかの意味を見つけだそうとすれば、行きつくところは、一つ、サリイ、あなたには」――ゴスペルは向きを変え、彼女を正面から見つめた――

「遠い惑星でおこったことの記憶があり、二つ、ロウエル夫婦がそれを知っていて、三つ、あなたの記憶がどういうわけか彼らにとって危険らしい、ということだ。彼らは、あなたにほかの人体を探させたいわけだ——殺すつもりはない。よく考えてごらん」

「もう考えました」サリイはおどおどした声でいった。「そして考えてると、なんだかおそろしくてどうしようもなくなるんです」

ゴスペルは指でひげをしごいている。「ニック、きみはロウエルの女房が、ここを見張っているといったな。わかった、とっぴょうしもないが、きみの理論はたしかに一貫してる。それでロウエル夫婦とは、いったい何者なんだ？」

「知らない」とジェンキンズ。「だが、サリイがはじめてその幻覚を見て、自分の記憶が失われてることを知ったとき、ロウエルのアパートで身動きできない状態になっていたということは、たんなる偶然ばかりじゃないような気がするんだ」

「彼らはこの建物を見張るほかはなにもしていないのか？」

「べつになにも」

ジェンキンズはあたりを見まわし、もうカーテンをひいていい暗さだと判断したらしい。立ちあがるとカーテンをひき、そのまま体をとめて、おもての通りを見おろした。

「じゃ、今あそこにいるのが、亭主のロウエルだ。女房のほうはいない。ぼくが見てるのに気づかなかったらしい」

「まあ、ロウエルが何者であろうと、きみのしかけたブービートラップがこの部屋にあるかぎり、彼らははいってこれまい」ゴスペルは唸るようにいった。「ああ——スコットランド・ヤードに知らせて、彼らがいかがわしい仕事をしてるのを理由に、ブタ箱にぶちこむことはできないのか？」

「できるかもしれないな」ジェンキンズは、確信なさそうにいったが、サリィは首をふった。

「お願い……あたしにおこったことを警察なんかに知られたくないわ」

「いずれにしても、警察を納得させるのに苦労するな」ゴスペルはうなずいた。「正直なところ、ぼくにもなにをしてあげたらいいのかわからない。友だちの精神科医に紹介してもいいが、おそらく現実生活とのフロイト的なアナロジーかなんかを持ちだして、あなたのその記憶をぶちこわそうとやっきになるだけだろうね。今のところ、ぼくにできる最良のことは、その記憶がまたあなたを悩ましはじめたとき、すぐに服《の》めるよう、トランキライザーの処方を書いてあげることぐらいだな。

特殊な記憶の性質がどんなものであろうと、それがショックから引きおこされるとはっていいようだ。日常生活に慣れるようになれば、あなた自身の記憶も少しずつ戻ってくると思う。あなたの世話をする人間のことだが、どうもぼくにはニックがいちばん適任のような気がしてならない。ぼくの知っているなかでは、もっとも冷静な人間だからね。ニック、きみはたいへんなお荷物を背負《しょ》いこんだわけだぞ。だが病院よりここのほうがいいと思うのなら……」

それが電話で二人の話していたことにちがいない、とサリイは気づいた。「いいえ、いけないわ！　あなたの親切にそんなに甘えることはできないわ、ニック。今日だって、もうあたしのために何ポンドもつかってるじゃない。これ以上——」

「ロウエルのところへ戻りたいか？」ニックが冷たい声でさえぎった。「いやだろう？　きみは一文なしだ。どうしてもここをとびでたいなら、借用書もいっしょにつけて出してやってもいいけど、そこでどうする？　きみを幽閉しようってんじゃないんだぜ！　たとえロウエルがきみの居場所を知ってたって、ここにいるあいだは絶対に安全なんだ。そして、きみを知ってる人間かきみの家族を見つけしだい、ひきわたす。荷物を肩がわりしてくれる人間がいれば、ぼくだって気が楽になるからね。

それまでは——二、三日のあいだだと思うけれど——そこの寝室はきみのものだ。お客をそこに泊めて、自分は長椅子で眠るというのをよくやるんだ。トムにきいてみろ。なぜきかないんだ？　残る代案は、残念だが病院しかない——ぼくみたいに同情的な聞き手は、きっとそこにはいないと思うよ」

サリイはためらった。だが、彼の言葉が筋の通ったものであることはわかっていた。

「きまった」とジェンキンズはいうと立ちあがった。「おい、トム——いっしょに下へおりよう。ぼくも出かけて、夕食のショッピングをしてこなきゃ。それに、サリイの歯ブラシを買ってくるのも忘れていた」

ひとりとりのこされると知って、サリィは怯えた。ジェンキンズは、そんな彼女に、アパートにはりめぐらされた盗難防止装置の機構を片っぱしから辛抱強く説明していった。「もし最悪の事態がおこったら、警察に電話するんだ」と彼はしめくくった。「ロウエルが実力行使をするかどうかさえ、こちらはなにも知らないんだからね」

その声は、彼自身にも説得力なく空ろにひびいた。だが、サリイは不承不承ながらおとなしくうなずき、彼は明るい微笑をなげるとゴスペルといっしょに階下へおりた。

二人は入口でわかれ、ゴスペルは、サリイがこのあとまた非人間的な記憶におそわれる場合を考えて、夜遅く電話すると約束した。そして、バルキーなコートを人なつっこそうな大熊のように着て、医師は自分の車に乗ると、しだいに濃くなる闇のなかに爆音をあげて去っていった。

8

ジェンキンズはMGに乗りこみ、イグニッションのキイを入れた。スターターを押したが、なにもおこらなかった。

モーターをいじる天与の才能に恵まれたオウナーに手厚く扱われているとはいえ、齢《よわい》二十の車であっては、これは珍らしい現象ではない。ジェンキンズは悪態をつき、通りのむかい側でアパートを——いや、おそらく今は、彼自身を見張っているであろうロウエルの遠い姿に目をやった。

なにげないようすをよそおいながら、車から出てフードをあげる。そして、可能性のある故障個所を五つ六つチェックした。全部見終わったとき、とつぜん誰かがわざと故障させたかもしれないということに思いあたった。

彼は運転席に戻ると、ダッシュボードの裏をまさぐった。切れてぶらさがっているワイヤの先端が、指に触れた。それだけなら、すぐになおせる。小型ナイフと絶縁テープを車の物入れからとりだすと、ダッシュボードの下にもぐりこんだ。

体をねじまげた不自然な格好のまま、スターターに手を伸ばし、押して、問題がみごとに解決されているのを確かめた。両手をはたき、舌うちしながら、彼はもぞもぞと運転できる姿勢に戻った。

「そこまでだ、ミスタ・ジェンキンズ」静かな声がひびいた。「命令するまで動くな」

ジェンキンズは心臓が止まるようなショックを受けた。ダッシュボードの下で修繕しているとき、助手席のドアをこっそりあけたにちがいない。ソフト帽のかげのなかに顔を隠して立ち、右手にはピストルらしいものを握っている。

「誰だ、きみは？」ジェンキンズは荒々しくいうと、相手が行動をおこす前に、ギアを入れて加速できるくらい車内が暗いかどうか見はからった。

「おれのことは知らんだろうな、ミスタ・ジェンキンズ」男はいった。「だが、おれの手にあるものはなんだかわかるはずだ。まあ、どちらかといえば、うまく使いこなせるほうだぜ」

「くそったれめ」ジェンキンズはそういうと、片手をブレーキ・レバーの上におろし、ブレーキをはずした。

紙袋を破裂させたくらいの小さな音がして、熱い煙がほとばしった。ロウエルが無雑作に眼前で銃を発射したのだ。「死ぬのはいやだというにしては納得が遅いな。おれがいうまでブレーキに手をかけるな」

男はジェンキンズに銃口を向けたまま助手席にはいると、ドアをしめた。「よし、マンブル・ロウ五番地へ行け」

「どこだって？」ジェンキンズはいいかえした。「それになんだ、タクシーの運転手に命令するみたいなそのいいかたは？」

「いうとおりにしなければ、撃たなきゃならないな」

「殺人は、犯罪ということになってるぞ」ジェンキンズは汗が顔を流れくだるのを感じた。

「殺すわけじゃない。急所をはずして、ひいひいいわせるだけさ。さあ、行くんだ！　マンブル・ロウはよく知っているはずだ――今朝《けさ》そこで女をひとりひき殺しそうになってるからな。あとで、あんたが上手にひろいあげたあの女さ」

「だからどうなんだ？　女がどうかしたというのか？」

「いや、だが、そのうちどうかなるさ」ロウエル――そうだ、ロウエルにちがいない――は不気味な笑いをうかべた。「あんたは知らなくていいことに関わりあったんだよ、ミスタ・ジェンキンズ。だから、女をここから連れだすまで、あんたの身のためを思って、ちょっとどこかに行ってもらうのさ」

「ほう、強盗もやるのかい？」ジェンキンズもロウエルに負けず不敵な笑いをうかべた。

「本当に押しこむ気なのだったら、きみの幸運を祈るぜ。二週間前、部屋じゅうに非常ベルやブービートラップをしかけたばかりなんだ」

ロウエルは肩をすくめた。「関係ないね。こっちがはいれなければ、女を呼びだすまでさ。そうでなくても、窓のそばに来たとき撃ち殺せばいい。そこまでやりたくはないけれどな。とにかく行くんだ！」

その声にとつぜんこもった威嚇《いかく》、そして、その前の戦慄的な言葉に、ジェンキンズはぞくっと身ぶるいした。彼はおとなしくギアを入れると、車をそろそろと進めた。

ちがった道にはいるか？　警官を見つけて、そばに車を停めてしまうか？　街灯に車を衝突させるか？　いくつかの可能性が脳裏をかけぬけ、彼はひとつずつそれを破棄していった。衝突事故で病院にかつぎこまれたり、弾丸で重傷を負ったりすれば、どこかに監禁される以上にロウエルの思う壺にはまってしまうことになる。行動力をそこねるようなことはなるべく避けて、脱出のチャンスを狙うのだ。

マンブル・ロウへと曲がる手前で、ロウエルがいきなりいった。

「ここで停めろ」

ジェンキンズはいわれるままにした。どうやらロウエルは、彼の車をいわくありげに自分の家の近くに停めておきたくないらしい。相手が先におりたら、いっきに加速しようと彼は隙をうかがった。ロウエルはそのことを考えたらしく、エンジンを切るように命じた。

うしろからつつかれながら、彼は小走りにロウエルの家にむかった。ピストルはロウエルのコートの袖にひっこめられており、通りがかった人間は誰ひとり気がつかない。

誘拐者は用心を一瞬もおこたらなかった。正面のステップをあがったときも、男は鍵をさしこんで隙を見せるようなことはせず、ベルに手をのばし、二度短く押した。ややあって妻がドアをあけた。その小太りの顔は青ざめていたが、彼女は驚いて目を丸くした。

「やったんだね！」と彼女はいった。「あんたにできるとは思わなかったよ」

「つべこべいわずに、中に入れろ」ロウエルは唸るようにいった。

二人が彼を押すようにしてはいったのは、このあたりに似つかわしい、うすぎたない居間だった。おんぼろの三つぞろえの家具、元気なく燃える煖炉の火、こまごました装飾品。椅子を除けば、いたるところ埃だらけ。絨毯は、二十年も手入れしていないように見える。黄色い裸電球がひとつ、しみだらけの天井とうすぎたない茶色の壁紙を照らしている。

彼らはジェンキンズを肘かけ椅子のひとつにすわらせた。巧妙なやりかただった。なぜなら、バネが弱すぎて、体が深々と沈みこみ、いきなり立ちあがる可能性をまったくなくしてしまったからだ。彼は心をおちつけ、犯人に拉致《らち》されたと思いこんでいるように、理解しかねているふりをした。

いや、実際そうなのかもしれない。

ロウエルは注意深くドアに鍵をかけると鍵をポケットにおとした。そしてふりかえり、ジェンキンズを見据えた。

「黙ってるだけの分別ができたようだな」ロウエルは冷笑しながらいった。「さあて、あんたの質問に答えてやろう。ここへ連れてきたのは、あんたに二つの方法のどちらかを選ばせるためだ。女を家から出して、この古巣へ帰って来させるようにするか――女が無残な死にざまをする原因をあんたがつくるかだ」

ベラ・ロウエルが体をのりだした。「あんたにゃ辛いことだろうがね、こっちにゃどうだっていいんだよ。女となにをしてたかじっくりきくことだってできるしさ。あの狂った女をひっかけて、その弱みにつけこんで――」

ジェンキンズはとつぜん抑えがたい怒りにかられた。「雄犬め！　きさまの目のなかに唾をひっかけてやりたい！　かわいそうな女が酒におぼれてだんだん気が狂っていくのを、なんにもせずに見てやがって――なにか目的でもあるんだろうな、女を殺せないところを見ると――」

「なに？」とロウエル。沈黙が霧のように部屋のなかにおりた。ロウエルが今の言葉の意味に気づいたのだろうかと、ジェンキンズはじっと彼のようすをうかがった。

気づいたのだ。ロウエルは怒りで顔をまっ赤にして、妻のほうを向いた。「やっぱりだ、おまえの弱気のおかげでこのざまだ！　いったとおりだ、あれほどいっただろう！　女を泳がせとくのは危《やば》い、話を聞くようなバカにいつぶつかるともかぎらんと」

彼はジェンキンズにむきなおった。妻は言いわけをまくしたてている。「ああするほかないじゃないか！　狂い死にさせる以外にないって――あんただってそういったし、あんたが賛成したから始めたんじゃないか――」

ここでなにがおこったか、ジェンキンズはようやくその全貌を理解した。

ロウエルは常軌を逸した怒りに目をつりあげて、彼のうえにかがみこんだ。「女がなにをいったんだ？　なぜ話をきいた？　ここでおこったことを、どうして知ってる？」

ジェンキンズは首をふった。そして、なんとかさげすみの微笑を口元にうかべるのに成功した。

「ブタめ！　くそったれめ！」ロウエルの言葉はもはや支離滅裂に近かった。そして、またむきなおると、「ぼやぼや立ってるな、でしゃばり婆あ！　女をなんとかするんだ！　ひとり聞くやつを見つけりゃ、ほかのやつも探しに行く。くたばるまでに、どれくらいのやつにばらすかわからないんだぞ」

ジェンキンズはそっと椅子から腰をあげようとした。ロウエルはそれに気づき、殴りつけて椅子に押し戻した。半分失神しているジェンキンズは、男が部屋から出ていくのにもほとんど気づかなかった。

時がたつにつれ、サリイは、ジェンキンズになにかがおこったのではないかと気づかうようになった。彼女はリラックスしようと努めながら、心配するなと自分にいいきかせた。そして、自分の奇妙な記憶の意味を考えたり、本を読んだりしようとした。どれもだめだった。集中できないのだ。

一時間がすぎた。サリイは椅子にかけ、人気のない室内を見まわした。心ぼそい――ロウエルのアパートのがらんとした部屋にいたときと同じくらい心ぼそかった。まるで、それは……

コンナ隔絶シタ小惑星ニタッタ一人デ住ミ、凍リツイタ宇宙ノ闇ヲナガメルダケノ仕事ナノニ、彼女ハソレホド寂シイトハ思ワナカッタ。空ノカナタニ輝クアノ青イ太陽ニ目ヲヤレバ、ソノ暖カナ光線ヲ浴ビテ生キテイルちどにむ族ヲ思イウカベルコトガデキル。ダイダイ色ノ太陽ヲ見レバ、ソコニ住ムたんしゅーるず族ヲ、ソシテ頭上ノ真ッ白ナ太陽ヲ見レバ、ソコデ暮ラシテイルはあーく族ヲ心ニ描クコトガデキル。

ダガ、ソウシタ楽天的ナ生キカタニモカカワラズ、冷タイ現実ハトキオリ彼女ヲオソウノダッタ。ソレラ太陽ハドレモ遠ク離レテオリ、近クノ天体ハスベテいぇむノ手中ニオチテイルノダ。彼女ト彼女ノ同胞タチトノアイダニハ、いぇむ以上ニ非情デ、敵意ニ満チタ何光年モノ空虚ガ立チハダカッテイル。ソシテ、両者ノ敵意カラ彼女ヲ保護シテイルノハ、コノ観測基地ノ脆弱ナどーむダケナノダ。

現実ガ彼女ノ思考ノ防壁ヲオビヤカシソウニナルトキニハ、仕事ニ没頭スルノガ最良ノ方法ダッタ。ソノトキモ彼女ハソウスルコトニキメ、イツモト変ワラヌ優雅ナ足ドリデ計器ぱねるニ近ヅクト、チョット小首ヲカシゲテだいあるヲノゾキコンダ。ソノナニゲナイ仕草ガ、コレマデドレホド男タチノ心ヲトラエテキタコトダロウ。

計器ノ表示ヲ読ンダトタン、彼女ハトツゼン心臓ガ凍リツクヨウナ戦慄《センリツ》ヲ感ジタ。マサカ、アタシニソンナコトガ、彼女ハ運命ノ女神ニ懇願シテイタ。アタシハイヤ、コンナトコロデハ！

生キルトイウコトガ、コレホド甘美ニ思ワレタコトハナカッタ。宇宙ノコンナ辺境デ、カケガエノナイ人生ヲ終ワリタクハナカッタ。

ダガ、計器ハタシカニソウ告ゲテイタ。ソレハ、いぇむノ眠レル胞子ノ大群ガ、新シイ播種《ハシュ》ノ場ヲ求メテヒロガリツツアルコトヲ、無言ノウチニ示シテイタ。計器ハ、マタコウイッテイタ。ソノ多クハ、彼女ノ存在ヲ探知デキルホド、コノ寂シイ小惑星ニ近イ空間ヲ通過シテイル、ト。いぇむノ胞子ニハ、小惑星ニ住ンデイルノガ彼女一人デアリ、マタ第二世代ハ不毛ノ岩石ノ上デ死ヌ運命ニアルトイウコトヲ、仲間タチニ伝エラレルダケノ思考力ハナイノダ。

彼女ハ、敏捷《ビンショウ》ナ、シナヤカナ両腕ヲ制御装置ニノバシタ。緑ノ鱗《ウロコ》ニオオワレタ、長イ両手ハ、光ノナカデ虹色ニキラメイテイル。残サレタ最後ノ瞬間ニ、彼女ガ同胞ノタメニデキルコトハタダヒトツシカナカッタ。大群ガ移動中デアルコト、ソシテ、モットモ貴重ナ前進観測基地ノヒトツガ失ワレタコトヲ報告スルノダ。

彼女ハロ早ニ話シ、通信装置ヲ介シテ流レデル哀悼ノ言葉ヲ聞イタ。彼女ガ絶望的ナ状態ニアルコトヲ、受信シタ側モトウニ知ッテイルノダ。ヤガテ彼女ハえあろっくノ透明などあニ歩ミヨルト、宇宙ノ星ボシニ苦痛ニミチタ最後ノ一瞥ヲクレタ。たんしゅーるずノ太陽ガボヤケ、ユライダ。胞子ガ近クニイルノダ。人間ニハ理解シガタイ微妙ナ手段デ、空間ノ歪ミヲサグリアテ、ソレニソッテ進ミナガラ、彼ラハコノ近クニ将来ノ繁殖ノ助ケトナル生物ガイルコトヲ察知シタニチガイナイ。

胞子ハ着地スルト、宇宙空間へ戻レナクナル。彼女ハ群レガ着地スルマデ待チ、えあろっくカラ空気ヲ放出シタ。

彼女ガ最後ニ考エタノハ、理解デキヌ事態ニ直面シ、意識トモイエヌ意識ノ混乱ノウチニ活動ヲ停止シテユク、いぇむノ胞子タチノコトダッタ——ソウ、生キテイルトハイエヌ彼ラニ、死ハナイ。活動ヲ停止スルダケダ。ソシテ、彼女ノ思考モマタ停止シタ。

サリィは泣きながら現実の世界に戻った。彼女の乏しい知識からみても、人間とはいえない生物だったが、その美しさ、優雅さはたとえようもなかった。荒涼とした闇のなかで散っていったその愛らしい生物のことを考えると、悲しみが心のなかに際限なくこみあげてくるのだった。

だが、その美はまったくの無に帰したわけではない。彼女はとつぜん悟った。なぜなら彼女、サリイ・アーカットが、それを憶えているからだ。

彼女は立ちあがり、部屋を行きつ戻りつした。なぜか、その事実がとほうもなく重要な気がしたのだ。

闇のなかで手探りするように、サリィはすこしずつ驚くべき真相へと近づいていった。敵がそれを阻止しようと最後のあがきを試みていることも知らずに。

9

ドアが音高くしまった。だが、鍵はかけられなかった。ベラ・ロウエルはドアのむこうに消えた夫にがなりたてた。「いったい、あたしゃなにをすればいいんだい？」
「ジェンキンズを黙らせて見張ってろ！」ロウエルがどなりかえした。そして、おもての
ドアが轟音をあげてしまった。
ジェンキンズの頭は、痛烈な一撃のショックでまだがんがん鳴っていた。ようやく回復
し、バネの弱った椅子のなかで体をたてなおしたときには、ベラはハンドバッグをさぐっ
てピストルをとりだしていた。ロウエルの持っていたのと同型のものだ。それをじりじり
とあげながら、彼女はジェンキンズを見つめた。
「あんた、知りすぎたね」落ち着いた声でいった。「いうとおりにしたほうが身のためだ
よ」
ジェンキンズは唇をなめた。もう頭ははっきりしている。彼は虚勢をはっていった。
「おれにほかの人体を探させようというのかい？」
ベラは目を丸くした。はずみでピストルがゆらぎ、狙いがそれた。「そんなこと、なぜ
知ってるんだよ？」
「耳はちゃんと聞えるからな」ぶっきらぼうにいった。
「そうか……それできまったよ。それさえいわなかったら、楽な早い死にかたをさせてや
ろうかとも思ってたんだ。そうこられたら、のんびり殺してやるしかないね。あんたの気
を狂わせるいちばんいい方法はなんだろう？」

ジェンキンズは、彼女の悠揚せまらぬ穏やかな調子にぞくっと体を震わせた。「サリイ・アーカットにも同じことをやろうとしたんだろう、え？　けっきょく、うまくいかなかった。なぜだ？　目的はなんだ？」

「それがいちばんいい方法だと思ったんだよ。狂い死にでもしないかぎり、自分になにがおこったか、誰がやったか憶えてるからね。あんたのほうは、足と手に一発ずつうちこんで、ぶんなぐっておこうか。ちょっとのびていてもらうね。あたしたちが帰るまで、生きててもらわなくちゃならないから。うちのバカ亭主が、あの女を殺しちまうと困るんだよ。すこしずつ狂わせるのが一番なんだ——殺された記憶もいっしょに持ってかれたんでは、元も子もないからね」

銃口があがった。なぜこんなに平静でいられるのか自分でも不思議に思いながら、ジェンキンズは最後のチャンスをとらえるため身構えた。

ドアが軋《きし》った。

ベラの視線がそちらに向いたとたん、ジェンキンズは椅子からおどりでた。同じ瞬間、ドアが大きく開き、クライド・ウェストがそこに立っていた。あわてふためいて、ベラ・ロウエルは新しい来訪者にピストルを向けようとした——ジェンキンズは渾身《こんしん》の力をこめて、武器を持った女の腕を蹴りあげた。

ベラは苦痛の悲鳴をあげ、発作的にピストルをおとした。だが、ひるむようすもなく、手を鉤のようにひらいてジェンキンズの顔におそいかかった。三つの鋭い爪が、彼の目をわずかにかすめて、左の頰をひっかいた。安定を取り戻すため、彼はのけぞるようにうしろにさがった。

開いた戸口のところで、ピストルが女の手から落ちるのを認めたクライド・ウェストは、とっさに心を決め、こぶしを握りしめて三歩進み出た。ベラ・ロウエルの太った体が攻撃の構えにうつる前に、彼は、唾に濡れた下唇のあたりに——下顎を狙ったつもりが、すこしそれたのだ——パンチをくらわせていた。

彼女は首をふり、衝撃にも動じないようすで頭を低くしたまま、ウェストになぐりかかった。ジェンキンズは血まみれの片手を女の肩にかけると、右足を女の足のうしろにつきだし、力まかせに引いた。女はあとずさりしかけたが、彼のつきだした足につまずき、いかにもくやしげな叫びをあげながらひっくりかえった。

女が平衡を失って倒れるあいだ、ジェンキンズはその肩から手を離さなかった。そのため、ベラのドレスが裂け、脂ぎった首筋と背中がむきだしとなった。そこにはなにかがあった——

女はすぐにあえぎながら起きあがると、二人の男をにらみつけた。そしてなにかいおうとするように口をあけたが、つぎの瞬間、ふいにジェンキンズの両足にとびかかり、彼を床に押し倒した。

クライド・ウェストが腹這いになったベラの背中を片足で踏みつけ、かがみこんで、右腕を彼女の脇にまわした。そして力まかせに体をおこした。女は体をねじまげてウェストを蹴ろうとし、顎をひっこめて彼の腕に嚙みつこうとした。どちらも成功しなかった。ウェストは容赦なくしめあげる。女は顔を紫色にして、上体を宙にうかせた。

ジェンキンズは足をふりほどくと、よろめきながら立ちあがった。そしてネクタイをはずし、「おさえていられるか？」とオーストラリア人にきいた。男は荒く息をしながらうなずき、

「すこしのあいだなら」とくいしばった歯のあいだからいった。

ジェンキンズは彼のうしろにまわると、ベラの靴を蹴りとばし、両足首にネクタイをまわした。女は彼のしていることに気づき、がむしゃらに蹴ろうとする。ジェンキンズは女の両足を手加減もなにもせず踏みつけて動けなくすると、手早く縛りあげた。

手のほうはどうしよう？　ポケットに手を入れると、車のイグニッションをなおしたときの絶縁テープが見つかった――これならよほどのことをしないかぎり切れはしない。両手は、足の場合よりかなり面倒だった。しかし、すこしのちには、それもかたづき、二人の男はベラ・ロウエルの両脇をかかえて、ジェンキンズがさっきまでかけていた例の深々とした椅子にすわらせるのに成功した。

そして、あえぎながら、女が窒息寸前の状態から回復するのを見守った。

「どうしたんですか？」とウェストがきいた。「二階でロウエル夫婦のどなり声を聞いていて、そのうちあなたの名前が出てきたものだから、つかまったなと直感したんですよ。二人とも出ていっちゃって、あなただけだと思っていた――かみさんがピストルを持ってここにがんばってるとは知らなかった！」

「いいときに来てくれて助かったよ。ありがとう。身動きできないようにするもの、なにかないか？　ロープとか、コードとか、なんでもいいんだ」

「なにか持ってこよう」ウェストはうなずくと部屋をとびだしていった。

ジェンキンズは、ベラが力つきたふりをしているだけかどうか注意深く観察した。彼女は椅子に横ざまにもたれかかり、口をあけ、目をとじている。ドレスの裂け目から、ブラジャーに押しこめられた大きな乳房がのぞいている。ウェストが、ごついロープの束をかかえて戻った。その気配に目をあけた女は、傷ついた足で起きあがろうとした。ジェンキンズが押しとどめようと前に出た。女は彼をよけようとして前にのめったが、その拍子にドレスがさらに大きく裂けた。

「うわ！」ウェストが叫んだ。「なんだ、背中のあれは？」

むきだしになった背中の皮膚は、皮膚と呼ぶにはあまりにも異様だった。

手足をほどこうと死にものぐるいでもがき蹴り続ける女を尻目に、ジェンキンズは彼女の背中にある異常組織を調べた。それは肩甲骨のあいだから始まり、正常の皮膚とのあいだにはっきりした境界を作っていた。その部分はなめらかで、光を反射してつやつやしているところをみると、多少湿りけをおびているようだった。明かりの下で見るそれは、緑がかった色で、かすかに脈打っていた。

ベラ・ロウエルは不意にもがくのをやめると、今度はありとあらゆる口ぎたない言葉で二人をののしりはじめた。二人はなんの注意もはらわなかった。直接さわる気にはとてもなれないので、ジェンキンズのポケットにあった鉛筆で、その表面をつついた。それは柔かく、溶けかけたグリースをつめこんだ袋のようになんなくへこんだ。

「こういうのに目がない男もいるんだな」ウェストが苦々しげにいった。「ぼくは、こんなのを背負《しょ》った女には手を触れる気にもなれない」

ジェンキンズはとりだした小型ナイフで、ベラのドレスを縁のところまで断ち切り、さらにスリップを裂き、ブラジャーのストラップも切りとった。彼はそっといった。「もしかしたら、これは組織の異常増殖じゃないかもしれない——癌とか蚕蝕性潰瘍《さんしょくせいかいよう》とか、そういったものとは違う。ちくしょう、なんて大きいんだ!」

服地をどかし、組織の全体を見ようとすると、ベラの金切り声ののしりはいっそう大きくなった。それは彼女のウェストのあたりまで、大ざっぱな三角形となってひろがっていた。頂点から底辺までは、四十センチほどの長さがあった。色は、中央部では鉛色に近い緑で、周辺に行くにしたがって淡くなる。表面の起伏は、正常の皮膚とほとんど変わりなく、服を着るとふくらみもさほど目立たない。

ジェンキンズはすこしためらったのち、ナイフを持ちなおすと、緑の組織の表面に刃を入れようとした。「おい、なにをするんだ？」ウェストがどなった。

「ぼくにもわからん。だけど、これでかなり謎が解けると思うんだ」ジェンキンズはそっといい、剃刀のように鋭い刃先を、つやつやと光る湿ったなめし革を思わせる組織にあてた。

すると皮膚が、金属から逃れたいとでもいうのか、みるまにかたちを変え、その部分に窪みをつくった。

「どうなってるんだ！　まるで、組織そのものに意志があるみたいだ！」ウェストがつぶやき、ジェンキンズはうなずいた。

「そんなふうに思えるね」彼はいきなりナイフをつきたてた。今度は、組織もよける暇はなかった。上皮がぱっくりと割れ、傷口から腐ったような臭いのする液がにじみでてきた。

「これは、人間の皮膚が変化したものじゃない」ジェンキンズは、今にも吐きそうな顔でいった。「寄生生物の一種さ――それも、医学書なんかにはたぶん載ってないような」

「あっ、女が！」ウェストが叫んだ。「彼女、気絶しちまってる」

「いや、ベラ・ロウエルが〝彼女〟じゃなくなってから、もうかなりになるはずだ。その背中の生物は、脊髄にまではいりこんでいるだろうから――それが彼女をあやつってたんだ」

「彼女の精神を支配してたというんですか？　そんな、ばかな！　不可能だ！」

「不可能？　今日は、これでもうどれくらい不可能なことに出会ったかわからないんだぜ。こんなのはまだマシだ」ジェンキンズはふたたびナイフをとると、前の傷とは直角方向に、その緑の部分に刃を入れた。流れでる液体の臭気は、胸をむかつかせるほどだった。

ナイフをふき、刃を折りたたむと、彼はいった。「手つだってくれ。このかわいそうな女を椅子にすわらせてやろう。相当いためつけたから、寄生生物のほうもまいって、しばらくなにもしないだろう。医者を呼んで、こいつを背中からはがすんだ——女の思考能力がまだ残ってればいいんだが」

医者を呼ぶときいて、ウェストは不安げな顔をしたが、なにもいわず、ベラを持ちあげようとするジェンキンズに手を貸した。二人は意識のない女を椅子にすわらせると、体のまわりにクッションをあて、ロープで縛りあげた。

「ミス・アーカットは大丈夫なんですか？」結び目をきつくしめながら、ウェストがきいた。「ロウエルが行ってるんでしょう？」

「ああ。だけど部屋じゅうに盗難防止装置をはりめぐらしてあるし、どっかから忍びこんだりすれば、たちまち非常ベルがジャンジャン鳴りだすから——しまった！」ジェンキンズの顔に、絶望的な恐怖がうかんだ。「ちくしょう、なんてバカだったんだ！　部屋は泥棒よけがついてる。だけど、建物自体は無防備なんだ！　ロウエルはただ廊下をはいって、部屋のドアをノックするだけでいいんだ。ちょっと声を作って、ぼくからの伝言だといえば……急ごう！　手遅れになる前に、むこうに着くんだ！」

「ピストルは？」ドアへとむかうジェンキンズに、ウェストが呼びかけた。

「使ったことがない！」

「ぼくは、ある。持ってこう」ウェストはかがんでひろいあげると、安全装置をかけ、それをポケットにつっこんでジェンキンズを追った。彼のうしろでは、ベラ・ロウエルがかすかに片目をあけていた。だが、目蓋を上げたままにしておくだけの力はなく、彼女はふたたび椅子にぐらっとよりかかった。口をなかばあけ、傷ついた喉でぜいぜい息をしながら。

　車は、ジェンキンズがさっき停めた場所に放置されていた。ウェストが助手席にころがりこむと同時に、それは爆音をあげてとびだした。しかし、ほとんど走らないうちに信号で止められ、ジェンキンズは毒づいた。

「タバコないか？」と彼がきいた。

「あるよ」ウェストは一本つまみあげると火をつけ、彼にわたした。信号が緑に変わった。

「ありがとう。あの部屋から救いだしてくれたお礼をいうのを忘れていた。きみがこの事件に首をつっこんでくれたおかげで大助かりだよ」

ウェストは自分のタバコに火をつけた。「ロウエル夫婦がサリイにしていることを、前からうさんくさいと思ってたんですよ。正直にいって、もっと早く関わりあっていればよかったと後悔してるんです」

タイヤをきしらせながら、車は街角を曲がった。放りだされそうになって、ようやく体をたてなおすと、ウェストはあとを続けた。

「そちらも首をつっこんだ口でしょう？　サリイにぶつかったのは、今日のことらしいから」

「ぶつかったは、いいな」そういいながら、彼はアパートの正面に車をとめると、シートから急いではいだした。「まだ明かりがついてる。無事だといいんだが……」

ウェストを従えて玄関にとびこむと、階段をかけあがった。そして、おぼつかない手つきでドアの鍵穴に鍵をさしこんだ。電話がいつまでもしつこく鳴っているのが聞える。それが彼の心に不安をかきたてたが、サリイがこわがって電話に出ないのだろうと自分にいいきかせた。

鍵をまわしながら叫んだ。「サリイ！　ニックだ！　大丈夫か？」

返事がない。電話は鳴り続けている。

ドアが開いた。けれども、中はからっぽだった。

「ああ、ちくしょう」ジェンキンズは絶望したようにいった。「あの野郎どうやったんだ？　いったいどうやったんだ？」

「自分で逃げだしたのかもしれない」とウェストが横からいった。「彼女、かなり動揺してたんでしょう？」

誰も気づかぬうちに電話は鳴りやんでいた。

「そうかもしれない。だけどメモぐらい残してってくれていいはずだ。もしかしたら、ロウエルが銃をつきつけて、ぼくの車に乗りこむのを窓から見てたかもしれない――もし、そのとき銃が目にはいらなくて、ぼくもロウエルの一味だと考えてしまったとしたら……ぜんぜん抵抗はしなかったし」そして彼はつけ加えた。「ぼくが出かけたときのままだ」

電話がふたたびこうるさく鳴りはじめた。半分うわの空で受話器をとったが、その顔につかのま明るさがよみがえった。聞えてきたのは、トム・ゴスペルのよく響く低音だった。

「もうどれくらいかけたかわからないぞ？　いったい今までどこにいたんだ？」

「トム、サリイが消えた。ロウエルが誘拐したんだと思う。彼女のいたアパートの主人だ――憶えてるだろう、サリイを発狂させようとしたやつだよ。いいか、しゃんとして聞いてくれ、今までにおこったことを話すから」

彼はただちに、自分が捕えられたこと、クライド・ウエストに救われたこと、ベラ・ロウエルの背中に見つかった奇怪な緑の寄生体のことを口早に総ざらいした。ゴスペルは話のあいまにときどき信じられぬというようなつぶやきを漏らすほかは、まったく口をはさまなかった。

「だから、ぼくらと行き違いになるようにして、やつはサリイをさらってったと思うんだ」ジェンキンズはこうしめくくった。「やつの行った場所は、自分の家以外には考えられない。きみも、マンブル・ロウ五番地へすぐ行ってくれ——それが、やつの家だ。できるだけ早く、頼む。ロウエルが彼女をそこへ連れてってないとしても、やつの女房から行き場所を聞きだせるかもしれない——それに、あのとほうもない寄生体をきみに見せたいんだ」

「マンブル・ロウ五番地だな——きみのアパートのそばか？」

「うん、ここから二、三分のところだ」

「よし、とにかく見つけよう。そちらで会おう。はっ、まるでスパイ活劇だな！　誘拐とかなんとか——」あきれかえったような言葉を最後に、電話はきれた。

ジェンキンズはウェストに向いた。「ちょっと部屋を捜して、ノートがあるかどうか確かめよう。それからロウエルのところへ戻る。そこにいるかもしれない。やつの部屋の鍵を持ってるかい？」

「もちろん」ウェストはクッションをどかし、本や雑誌を持ちあげて、それを振った。

「どこにもない。そっちは？」

ジェンキンズは寝室や台所を手早く捜し、やがていった。「ない。ようし——ロウエルの家だ。今度はきみの銃が必要になりそうだぞ」

「このとおりポケットにはいってる。行こう」

マンブル・ロウへと急カーブを切ったとき、ウェストがジェンキンズの腕をそっとつついた。「あそこ！」と低い声で。「ロウエルのところでなにかおこったんだ。ミセス・ラムゼイがステップのところにいる。それから警官が――」

「ミセス・ロウエルもだ！　いったいなにがあったんだ？」

車を停めると、ベラ・ロウエルが芝居気たっぷりに片手をあげた。ずたずたの服をドレッシング・ガウンで隠し、怒りに顔を歪めている。そして彼女は叫んだ。「おまわりさん、あいつらだよ！」

ウェストとジェンキンズは車からおりると、肩を並べて出迎えの人びとが立っているステップに近づいた。両足に浮腫《ふしゅ》をわずらい、いかにも大儀そうに歩く大柄なミセス・ラムゼイが、これみよがしに大声でいった。「ミセス・ロウエルにあんなことをしたのは誰なんだい？」そして警官に向くと、「はだかも同然にして椅子にしばりつけてさ――あんな目にあわせたのがこの二人だったら、すぐ牢屋にぶちこむべきだよ！」

警官は探るようにジェンキンズとウェストを見た。そして、ミセス・ロウエルに目をやり、「あなたを縛ったというのは、この二人ですか？」ときいた。ベラは勝ち誇ったようにうなずいた。

ジェンキンズは警官にかたい視線を向けた。「いったい、これはどういうわけですか？　この女《ひと》は、ぼくがなにか暴力をはたらいたとでもいってるんですか？　それとも、ぼくの友だちのほうですか？　ぼくら両方なのかな？」

ジェンキンズの落ち着きはらった態度に、警官はためらっていたが、やがてしぶしぶいった。「いや、じつは、こちらの奥さんの話では」とミセス・ラムゼイを指して──「アパートの女主人の居間で叫び声が聞えるので、下へおりてみると、その女主人が服を半分脱がされて椅子にしばりつけられていたということで、それが、こちらなんですが」──とミセス・ロウエルを示して──「このかたは、あなたたち二人が犯人だというのです」

「そうですよ！」ベラが口をはさんだ。「こいつです。いやらしいったらありゃしない。それと、このぼんくらオーストラリア人」

ウェストの顔がみるみる険しくなり、彼は拳をあげかけた。ジェンキンズは、警官に気づかれぬことを願いながら、彼の爪先を踏み、愉快そうに笑った。「驚いた話だなあ！　この女《ひと》は幻覚でもおこしたんですよ。そう思いませんか？」

ベラが背にした家の奥をなんとかのぞけたらと思ったが、ステップが高すぎて、それは不可能だった。警官は開いた手帳になにか書きとめると、それをパタンと閉じた。「やむをえない。みなさん、いっしょにいらしてください」そして、ベラに向かうと、「警部に直接話されるのが、奥さんにとってもいちばんいいでしょう」

「あんなひどい目にあわされたすぐあとでは、とてもあたし――」ベラはそういいながら、巧妙によろめいてみせ、ミセス・ラムゼイもそれに和した。すったもんだが続いているとき、近づいてくる車の音がした。ジェンキンズはふりかえった。

「うまいぞ」彼はウェストに耳うちした。「トムだ――さっき電話で話していた医者だよ」

ふさふさした赤毛の下に隠されたゴスペルの頭脳は、おそろしく呑みこみが早かった。彼はジェンキンズが知人であることを告げると、警官がかいつまんで話すことの顛末《てんまつ》に耳をかたむけた。

「じつは、わたし、医者なんです」そして自分の言葉を立証するように、カバンを抱えあげると、「奥さんのおっしゃるとおりだ、そのようなショックを受けたあとでは、警察まで歩かせるのは無理でしょう。それに、夕方のこの寒いときにドレッシング・ガウンで戸口に立たせとくのも非常識ですよ」彼はステップをあがると、ベラの腕をとった。「おいでなさい。暖かいところへ行って、わたしが診てあげるから」

ベラの顔にとつぜん恐怖がうかんだ。彼女は逃げようとしたが、ミセス・ラムゼイは今度は敵がたにまわった。「そんないやがるものじゃないよ、奥さん！　お医者さんだとおっしゃってるんじゃないか、あんた、むしろお礼をいうべきだよ！」

ジェンキンズはひそかに安堵のため息をついた。一瞬ためらったあと、警官はうなずいて彼とウェストを通した。「署まで行けないと先生がいうのなら、供述はここでしていただくほかはない」

よたよた歩きで先になかにはいったミセス・ラムゼイが、さっきまでジェンキンズの閉じこめられていた居間のドアをあけようとした。

「よして、そこはだめ！」不意にベラが慌てたようにいった。ジェンキンズは、なにかあるなと感じた。「今のおそろしいできごとを思いだすような場所はいやだわ」それがベラの説明だった。ミセス・ラムゼイは納得がいったように微笑しながら、家の奥の台所へとむかった。

サリイはたぶんあの居間にいるのだ、とジェンキンズは推理した。ドアをあけるチャンスはないかと少しそこでぐずぐずしていたが、警官は、台所へ行くようにと顔で合図した。

そのとき、ベラの腕をとったまま台所にはいったゴスペルが、離れ技を演じた。一瞬の動作で、ベラのドレッシング・ガウンの帯をひきちぎると、背中が現われるよう、その裾を思いきり上に引きあげたのだ。

そこ、背中には――ジェンキンズがナイフでつけた十字形の傷あとも黒々と――あの不気味な緑色の組織があった。

ミセス・ラムゼイが、キッチン・テーブルにのけぞった。彼女は今にも吐きそうに、ぱくぱく口をあけてあえいでいる。ベラはゴスペルの手からドレッシング・ガウンの縁をもぎとると、彼の口をなぐろうとした。だがゴスペルがうしろにさがったので、拳はひげをかすっただけだった。彼が動揺しているのは見た目にも明らかだった。だが、状況の判断力までは失っていなかった。

警官にふりかえると、ゴスペルはいった。「すまなかった――しかし、あの女《ひと》の背中にあった緑色のものは見ただろうね？　あれを見せるためには不意打ちをかけるしかなかったんだ。どうやら原因はこれしかないと思ったものだから。彼女は神経系を癌みたいなものにやられているんだよ。珍らしい病気だが、なんどか出会って知っている。幻覚を見たのは、そのせいじゃないかと思うんだ」

「じゃ、彼女は縛られたと勝手に思いこんだだけなんですか？」警官はあっけにとられた顔でいった。「縛られたという妄想を――」

「それは違うよ！」ミセス・ラムゼイが、とつぜん起きあがって叫んだ。「わたしゃ見たんだよ！　わたしがほどいたんだからね！」

「ああ！」とゴスペル。「しかし、病状がこれくらい進むと、念の入った妄想の世界にはいることも珍らしくないんだ。ミセス・ロウエルが、この二人の青年に本当にロープでしばられたと思いこむのも無理はない。実際に、自分で自分をしばりあげてドレスを引き裂いたんだろうから」

警官はベラに向いた。「どうなんですか、奥さん？　先生がおっしゃったことは聞かれたでしょう――あなたがさっき話されたことは嘘いつわりないことですか？」

「本当のはずがないじゃないですか」ジェンキンズが割ってはいった。

「じゃ、あんたのネクタイはどうしたのさ？」ベラは挑むようにいい、そこで気づいたのだろう、その言葉を押し戻そうとするように口をおおった。

「そうだよ」と、ミセス・ラムゼイ。「この人はネクタイしてないだろう。ミセス・ロウエルの足をしばりあげるのに使ったんだもんね！　前の部屋にあるよ」彼女はそうつけ加え、とって来ようと重い足で立ちあがりかけた。だが、居間になにがあるか思いだしたベラは、つかのま自制を失って、立ちあがろうとするミセス・ラムゼイをつきとばした。

「おさえろ！」ゴスペルが驚いたようすもなくいった。「手がつけられないようになると困る。注射で落ち着かせよう」

警官が、ジェンキンズとウェストの手を借りて彼女をようやくおさえ、そのあいだにゴスペルがカバンのなかを捜した。やがて彼は薬液を入れた注射器を手に近づいた。

「ノボカインだ」と簡単に説明すると、ドレッシング・ガウンをまくりあげ、緑色の寄生体に直接針をつきさした。

まもなくベラの目は焦点を失って空《うつ》ろになり、その体はぐったりとした。彼らはベラを椅子にもたせかけると、ひたいの汗をふいた。

10

「そうだ、あなたがたお二人を疑ったことをお詫びしなくては」警官は不承不承いった。「女が自分を縛りあげて、その罪を二人の無実の男に着せるなんて考えもしなかったものだから」

「べつに珍らしいことじゃないんだ」ゴスペルは権威者ぶってわけ知り顔にいった。「医者になってからも、何回かこんな例を見ている」

「しかし、おそろしいものですね。先生が偶然通りかからなかったら、このお二人どうなっていたかわかりませんよ。で、患者はこのままにしておいていいんですか？」

「ミセス・ラムゼイを呼んで、彼女をベッドに寝かすのを手伝ってもらおう。目が覚めたときには、今のできごとはみんな忘れてしまってるだろう。あの注射をうったからには、丸太みたいに眠ってしまって当分目をさまさない」

その間、ジェンキンズは自分の出した結論を検討していた。ミセス・ラムゼイがベラの縄をほどいたあと、警官を呼んで事情を話すあいだ、ずっと玄関口に立っていたのなら、ロウエルはどうやってサリイを居間にいれたのだろう？　もし居間にいるのがサリイでないとしたら、いったいいなんなのだ？

彼はふいに踵《きびす》をかえすと廊下に出た。警官はとめようとしたが、考えなおしたのか、その場にとどまった。「トム！」とジェンキンズは呼んだ。「ちょっと来てくれないか？」

かがみこんで緑の組織を調べていたゴスペルは、その声に急いでジェンキンズのところへ走ってきた。そして立ち聞きされるのを恐れるように、低い声でいった。「ニック、あの女の背中にあるものだが、きみがいったとおりだ。あれは今まで見たどんな癌や寄生体とも違う！　正体はなんだ？」

「サリイならわかると思うよ」とジェンキンズはいった。「だからロウエルは、サリイの口からこの話が漏れるのをおそれたんだ——もっともサリイには、それがどういうことなのかわからなかったんだろうけれど」彼はドアをガタガタと動かした。「鍵がかかってる。こわそう」

「おれがやる」ゴスペルはいって、あとずさりした。合点のいかぬ警官の驚きの叫びを背に、彼は分厚い肩に力をこめてドアに体あたりした。脆《もろ》い木材が轟音とともに横にはじけとんだ。

一瞬、おそろしい光景が彼らの足を釘づけにした。時が停止したかのようだった。

つきあたりの長椅子には、サリイが横たわっている。ドレスとスリップが脱がされ、むきだしとなった背中。失神しているのか、膝を曲げ、長椅子の背のほうに顔を向けている。そして、サリイに背中を向け、上半身をはだかにして床にすわっているのは、ロウエルだ。彼の肩甲骨のあいだには、緑色の寄生体の三角形の頂点が見える。そして、その寄生体からは、擬足がまるで触手のように伸びあがり、サリイのなめらかな美しい背中の皮膚にくらいついていた。

ゴスペルがその光景に固唾を呑んでいるあいだに、いちはやくわれにかえったのはジェンキンズだった。彼はとびだすと、ロウエルの後頭部に一撃を加えた。ロウエルは前にのめり、のびた擬足はサリイの背中からはがれた。擬足がくらいついていた部分には、血のにじむ赤いあざが残ったが、しかしそれだけだった。

そして、かすかなうめき声をあげている男には目もくれず、ジェンキンズはサリイをかかえあげると、彼女の名を呼んだ。おそれていたことが、すでにおこったのだろうか。だが、まもなくサリイのまぶたが開いた。

「ニック！　ああ、あたし助かったのね！」

戸口に立っていた警官が、事情を聞きたそうになにごとかつぶやいた。ゴスペルが警官に向いた。「署に連絡して、警官をできるだけたくさんかき集めて、ここによこすようにいってくれ」彼はきびきびと命令した。「ロウエル夫婦が誘拐を行なった容疑だといえばいい——しかし、そんなのは序の口だ。この事件の裏には、もっとすごいものがあるぞ」

警官は目をむいた。ゴスペルは、警官がまだ幼な顔の残る青年であることに気づいた。ふと思いついて、彼はつけ加えた。「白人奴隷の売買だ！」警官は、畏怖にうたれた顔で部屋をとびだしていった。

サリイが安心できる人間の手にゆだねられたのを見ると、ゴスペルはかがみこんでロウエルの背中にとりついた生き物を調べた。擬足はまだ宙をゆらゆらと泳ぎながら、今しがた接触していた物体を捜し求めている。

ジェンキンズはサリイを椅子にすわらせ、ドレスを見つけて、冷えきった彼女の体にかぶせた。意識は回復しているようすだが、彼女はなにを見るともなく空ろに目を見開いているだけだった。彼は急《せ》きこんで話しかけた。

「サリイ！　サリィ、だいじょうぶかい？　お願いだ、答えてくれ！　どうしてこんなことがおこったんだ？」

彼女はうなずき、唇をなめた。その視線が、ロウエルの背中にある緑色の生き物に注がれた。だが、彼女の目にうかんだのは、奇妙なことに寄生体への反発ではなく、その犠牲となった男への同情だった。「かわいそうな人」それが、彼女の口から出た言葉だった。

「サリイ、やつはなにをしようとしたんだ？　どうやって、ぼくのアパートからきみを連れだしたんだ？　ミセス・ラムゼイに見つからないで、ここへ連れこむことがどうしてできたんだ？」

「なんなくできたのよ。あなたがいつまでたっても帰らないものだから、あたし、いてもたってもいられなくなっていたの。そこへ、彼がノックして、ミスタ・ジェンキンズからの伝言があるといったの。嬉しくて疑ってみようともしなかった――そしてドアをあけたら、ロウエルがピストルを持って廊下にいたの。その場で殺されていてもよかったのよ。どうなっても同じことだったから——」

「同じこと？」信じられぬように大声で問いかえしたのは、ゴスペルだった。サリィはにが笑いをうかべた。

「それはあとで説明するわ。もっとも、そうなれば助かる見込みは完全になくなってしまうわけだけれど、万にひとつの希望をたよりに生きていたってどうしようもないと思ったの。そのときロウエルが、いきなりあたしの腕をとったの。腕にツンとした痛みが走って、そのあとはされるままになっていたわ。彼の手にはべつになにもなかったみたい——だから注射とかそういうものじゃないのね。

ここへ来る以外に、どうすることもできなかったわ。来るほかはなかったの。なにもかもが、ここから始まっているんですもの。いわれなくても、足が向いていたわ——ベラは戸口に立っていたけど、なにもいわなかった。ミセス・ラムゼイは足をひきずり街角にいる警官を呼びにいっていたから、あたしがはいるのなんか見ていなかったと思うわ。あたしを部屋に入れると、ベラが鍵をかけて。ロウエルがはいってきたのは、あなたたちが到着してから。ロウエルはあたしの服を脱がすと長椅子に寝かせて——そのあとのことはなにもおぼえていないの。あなたがおこしてくれるまで」

サリィはおぼつかなげに立ちあがると、ドレスをはたいてひろげ、頭からかぶって着た。

意識しているようすもなく、ドレスの裾を腰までひっぱりおろしているとき、ゴスペルがきいた。「じゃ、きみは、この緑の生き物の正体を知っているのか？」

サリイはうなずいた。「あたしがなにかしゃべらないかとロウエルがおそれたのも、そのためなの。正確にはロウエルとはいえないわ——おそれたのは、その緑の生き物のほうだから。あたしが前に話したこと憶えていない、ニック？　イウィスの身代わりになりたいと、山の内部に棲む生き物のところへあたしが行った話」

「すると——」とほうもない可能性がジェンキンズの頭にひらめいた。「すると、きみがここへ来たのは、そのためなんだな？　その生き物はどこにいるんだ？　地下室があるのかい、ここには？」

「あるはずだわ。ロウエルはそこに行って、背中の寄生体に受精させ、あたしに分けようとしたんだと思うわ」サリイの驚くほどの落ち着きと自制に、ジェンキンズは思わず大声をあげた。

「よしてくれ、そんな言いかたは！　どうして、そんな他人事《ひとごと》みたいな顔でいえるんだ？」

「はじめは震えあがってたわ、あたしだって。そうだったでしょ？」サリイは微笑みかけた。「でも、それは今みたいになにもかも知っていなかったからなのよ。あれから、たくさんのことを思いだしたわ。こんなことがおこる前、あたしのいちばん大きな夢は、世界じゅうをまわることだったわ。世界地図をめくりながら、行ってみたい土地の景色を、いつも空想していたことを憶えてる――ハワイ、富士山、カトマンズ、クレタ島……でも、今のあたしは、そんなのとは比較にならないすばらしいものを持ってるわ。もしかしたら、この地上で、ほかの誰も持っていないようなもの」

「すると、きみはなんなんだ――わかったのかそれが？」ジェンキンズはわれ知らず一歩あとずさりした。

「はっきりとはわからないけれど。でも、想像がつくわ。ひとつだけ確かなのは、あたしがまちがいなく人間だということ」

ゴスペルはあっけにとられたように、このやりとりを聞いていた。「ニック、こっちはおまえさんみたいなクロスワード・パズル的な頭は持ってないんだ！　どういうことなのか早く説明してくれ！」

「その前に、地下室を見に行ったほうがいい」とジェンキンズ。

「車のなかに懐中電灯がある――取ってこよう」

部屋を出かかったところで、彼はふりかえった。「そうだ、あのオーストラリアの相棒は？」

「台所で、ミセス・ラムゼイのヒステリーをなだめながら、ミセス・ロウエルを見張ってるよ。それがどうした？」

「女どもはきみがみてやってくれ——医者だろう、きみは？　大団円の場に、彼をいあわさせてやりたいんだ。その資格はある」

ゴスペルはうらみがましい顔をしたが、うなずき、しぶしぶ命令にしたがった。懐中電灯やそのほかの必要になりそうな道具を持って、ジェンキンズが戻ってきたときには、ウェストとサリイはポーチに出て、道路と建物のあいだにある狭い隙間をのぞきこんでいた。

「地下室はあるんだ」ウェストはいっていた。「しかし、ぼくがここに越してきたときには、もう板で厳重に打ちつけられていたよ。だから、べつにたいして気にもとめなかったんだ」

ジェンキンズの懐中電灯の光が、板でしめきられた地下室の窓のあたりを上下した。

「とにかくおりよう。ちくしょう、門に鍵がかかってて錠がおりてる——よじのぼるほかないな」彼はその言葉をすぐ実行にうつした。ウェストがサリイを抱えあげ、彼女の足は宙におどった。ややあって彼女は、ぬるぬるする下り階段に軽やかにおりたった。オーストラリア人のひょろりとした長身が、あとに続いた。

「懐中電灯を持ってくれないか、サリイ？」ジェンキンズはいいながら、持ってきた道具をおろした。そして、釘抜き金づちを選びだすと、板を固定している釘を抜きにかかった。

三、四本抜くと、最初の板は簡単にはがれた。懐中電灯を近づけ、地下室の内部を照らそうとしたサリイは、ウェストの口から漏れた叫び声に、思わず手をとめた。

「うわっ！　な――なんだ、あそこで光ってる緑色のものは？」

「あれが、ほかの惑星から来た侵略者だよ」ジェンキンズはできるかぎりおさえた、なにげない声でいった。「ロウエルの背中に取りついていたやつの親さ。いま地球に来てるのが、あれひとつならいいんだが」

ウェストには、正視できぬ光景だった。彼は首をふりながら、理解したらしい言葉をぶつぶつとつぶやくだけだった。ジェンキンズはふたたび釘抜き作業にかかり、まもなく窓の板はすべて取り払われた。それが緑色に輝いていることは、もはや疑いなかった。まるで緑色に燃える炎のようだった。

彼はサリイから懐中電灯をとると、地下室のあちこちを照らした。すると光に驚いたかのように、生きているシダの茂みを思わせる生き物はみるみる後退した。そして、むっとする悪臭が、三人の鼻先をおそった。それは、ベラ・ロウエルの背中からにじみでたあの液体の臭いとそっくりだった。

ジェンキンズはドライバーをとりあげ、窓枠の隙間にさしこむと、力いっぱい押しあげた。錆《さ》びついた掛け金がきしってはずれ、窓は楽に上がるようになった。はじめからひびのはいっていたガラスが、はずみで割れ、破片をあたりにとびちらせた。

「なんてやつだ、ここだけじゃないぞ！」ジェンキンズがいった。

「見ろ、壁づたいに成長して、それをぶちぬいて向こうの部屋までひろがってる。サリイ、これはふつうより大きいのか、それとも小さいのかい？」

「完全に成長したのは、この家くらい大きくて、重さは何千トンもあるわ」なぜそんなことを知っているのか説明もせず、彼女は答えた。

緑色に光るその異様な生き物は、地下室の床一面をおおい、壁伝いに盛りあがり、シダの葉を思わせる突起——胞子嚢《のう》のようにふくらんだ袋や、もつれ、うごめく菌糸——に枝分かれしている。見つめるうちに、ジェンキンズは全身に鳥肌がたってくるのをおぼえた。

「そこでなにをしている？」頭上の通りから、訊問口調の声が三人にむかって投げかけられた。そして、ジェンキンズの持っているのよりはるかに強烈な懐中電灯の光が、真上から三人を照らし、蝶の標本のように釘づけにした。

「警察ですか？」ジェンキンズが呼びかけた。

「そうだ！　わたしは、ドアーティ警部だ。どうしたんだ？」

「こちらにおりてこられて、ご自分で見られたほうがいいと思いますよ——説明しても信じてはもらえないでしょうから。足元に気をつけてください。すべりますよ」

肩で息をし、ぶつぶつつぶやきながら、大柄の男がおりてきた。

「こんなバカな話は聞いたことがないぞ。白人奴隷だとか、女が自分で自分を縛りあげて、無実の男に罪をきせたとか——」そこで、男は地下室のなかの生き物に目をとめた。

「なんだ、あれは？」

「こんなものを今までにごらんになったことはありますか?」ジェンキンズがきいた。

「ない! ばかな、見たことなぞあるものか、こんな――こんな気持のわるいものを!まるで巨大なキノコかなにかみたいだ!」

「キノコとは違います」ジェンキンズはおだやかにいった。「さて、これをごらんいただいたところで、上にあがって、その子どもをお目にかけます。それがすんだら、口をはさまないで、ひととおり話を聞いてください。それから、この家を包囲するように命令してください。近づくものがないように。こいつは危険です。病気のように、人間にとりつく可能性もありますから。よし、あがりましょう」

警部は、ロウエルの背中の生き物を注意深くながめ、さらにベラの背中の同じものにも目をやった。彼女は居間に運びこまれ、今では夫のいるところにほど近い長椅子に横たえられていた。しかし、寄生体が宿主を通さず、直接話しあう危険を考慮して、二人のあいだには適当な距離がおかれていた。

ドアーティ警部はゴスペルに向いた。「で、先生はこれが自然なものじゃないとおっしゃるわけですな?」

「そうとはいってませんよ」ゴスペルは訂正した。「生物という意味では、自然なものです。ただ、彼らの血液や細胞をとって、わたしがいつも持ち歩いている小型顕微鏡で調べたところでは、その細胞も、いわゆる〝血液〟も、この地球の生物としては考えられないものだった。そういっているだけです。ふつうの原形質ではないのです」

ドアーティは閉口したように肩をすくめた。「わたしには、まるでわからん。しかし、先生がそうおっしゃるからには信用せざるをえんでしょう——とにかく、あの地下室で見たものが自然なものとはとても思えん。で、先生の説では、あれがどこか遠い世界から地球にやってきて根をおろし、この地下室で生長して、そのかたわれをこの二人の背中に植えつけてたと——」

「それから、ミセス・ロウエルが通りでひろった客の背中にもです」ジェンキンズが割りこんだ。「もうどれくらい、こいつの仲間がロンドン全体にひろがってるか！」

「しかしロウエルは、なぜサリイをすぐに怪物の餌食にしなかったんだろう？」ゴスペルがきいた。「酒びたりにして気が狂うのを待つよりも、はるかに簡単なのに！」

「それは、地下室のあの生き物が、一年のある時期にしか繁殖しないからじゃないのかな」ジェンキンズはサリイを見てうなずいた。

「サリイが説明してくれれば、それもわかるはずだよ。しかし、この話を聞くのはもう少しあとだ——真相は、今までわかったことなど問題にならないほど途方もないにちがいないんだ」

「しかし、怪物の被害をこうむらなかった連中はどうなんだね——ミセス・ロウエルがそれとは別の理由でひっぱりこんだ男たちについては？　こんなものを背中に背負《しょ》った女を抱くようなのが、どこにいるだろう？」ドアーティがきいた。

ゴスペルは咳をした。「警部、悲しい話だが、奇形や病気の女に魅力を感じる男は意外にたくさんいるんです。尿や血の味のするキスでないと性的な快感を得られなかった男の例を、シュテーケルが記録している」

警部はブルッと身ぶるいした。「そんなアブノーマルに生まれなかっただけでも、神様に感謝しなくてはいけないな。よし、その問題については、先生の言葉を信用しましょう。生き物にとりつかれたこの二人から事情が聞けるようになればいいんだが。目をさまさせることはできませんかな？」

「ミセス・ロウエルの背中には、ノボカインをたっぷり注射しました」ゴスペルがいった。「人体にとりついて養分をとっているなら、人間の神経組織に効果のある麻酔剤でも役に立つんじゃないかと思いましてね。どうやらうまくいったらしい。それで、地下室にいる親のほうも、なんとかなる可能性がでてきました。ホルマリンかなにかを、太さ三センチくらいの注射器でうちこむんです。でなければ、硫酸かなにかで焼き殺すという手もある。しかし、はっきりしたことは——」

そこで、警部から質問されていたことを思いだし、彼は話題を転じた。「そうだ、ロウエルからなにかききだせるかもしれない。おこしてみよう」

だが、いくらロウエルの頬を叩いても、反応はなかった。眉根をよせて、男の上にかがみこんだゴスペルは、そこで驚きの声をあげた。「しまった！　見なさい——死にかけている！」

さっきまで宿主の皮膚にはりついていた緑の寄生体は、今や周辺部から縮みながら、はがれ落ちようとしていた。組織は、死を前にして崩れかけている。

「信じられん！」ゴスペルがつぶやいた。「おそらく受精のあと、分裂できなかったからだ。表面がぶつぶつになっている。細胞の増殖に、養分の補給が追いつかないんだろう」

彼はふりかえった。「手を貸してくれ。うつむけに寝かせるんだ。まだ助けられるかもしれん」彼はウェストとジェンキンズに口早に命令した。

しかし、うつむけにさせたときには、アーサー・ロウエルを救う手だてがないことはもはや明らかだった。寄生体が縮むにつれ、それが彼の脊柱に深く根をおろしていた証拠が、目の前に現われた。擬足が神経組織をおかしていた部分には、赤く小さな穴が点々とあいているのだった。寄生体の後退によって残された穴は、深さ三センチは充分にあり、生皮をはぎとられたように、肉がむきだしになっていた。

生き物はしだいに丸まっていく。とつぜんサリィが警告の叫びをあげた。「それをなにかに入れて——なにか丈夫な容れ物に！　胞子をまきちらす気なのよ。爆弾みたいにはじけとんで、このあたりは胞子だらけになるわ！」

「入れるって、いったいなにに入れればいいんだ？」きょろきょろと部屋を見まわしながら、ジェンキンズがどなった。

「あとどれくらいで爆発する？」ドアーティがサリイにきいた。

「十分――もっと短いかもしれないわ」

ドアーティは、部屋の端でぽかんとこの光景をながめていた部下の一人に向いた。「きみの乗ってきたバンに、消火器はあるか？」

「いえ、警部――CTC用のものだけです、ポンプ式の」

「罐ならもちこたえるかね、蓋に重しをのせれば？」ドアーティがサリイにきいた。

彼女はためらいがちにうなずいた。「とても小さな球ですから――それでいいと思います」

「よし」ドアーティは上着をすばやく脱ぐと、それを寄生体にかぶせた。それは今や、ロウエルの体からすっかり離れ、球のかたちをとろうとしていた。「どくんだ！」そうどなると、彼はコートにくるんだ生き物をかかえて部屋からとびだしていった。

「勇敢な人だ」ウェストが感心したようにいった。

建物の外で、罐がぶつかりあうガチャガチャという音が聞え、やがて張りつめた静けさがおりた。それは一、二分続いた。ふたたび、ガチャガチャという音。蓋を固定するため、なにかで縛っているらしい。ふいにボンという破裂音、そしてなにかのこわれる音があとに続いた。

なにがおこったのかと部屋をとびだした彼らは、薄よごれた顔でステップをあがってくる上着なしのドアーティに出会った。

「蓋を縛りあげる前に爆発しやがった。しかし罐が、砲身のような役目を果たしてくれたので助かったよ。地下室の窓をつきやぶって、蓋ごと中につっこんでった。蓋のおかげで、窓がうまく壊れたんだ。見たところ、胞子がまきちらされたのは地下室のなかだけのようだ。それならいいんでしょうな？」彼はサリイを見た。

「ええ」ほっとした顔で彼女はいった。「ありがとう、あなたがやってくださらなかったら」

「いいや、これしき」とドアーティ。「正直な話、なにもおこるもんかとタカをくくっていたんですよ。しかし、あれを見たからには、お聞きしたい。あんなふうに爆発することを、どうしてご存じだったのですか？　それだけじゃなく、なぜそれだけ詳しく知っておられるのか、ぜひともお聞きしたいものですな」

サリイはためらっていた。そんな彼女の姿は若さにあふれ、魅力的だった。いくぶん乱れてはいるが、つややかに輝く蜂蜜色の髪。疲労の隈《くま》は見えるが、青く澄んだ眼。皺くちゃだけれども、若い、かたちのよい肢体を強調する役目はみごとに果たしているドレス。彼女のなかに、多くの種族の運命を左右するような秘密が隠されているとは、外見からはとても思えない。

「わかりました」とサリィはいった。「居間へいらしてください。なにもかもお話ししますわ」

彼らが部屋にはいってきたとき、ゴスペルは、適当な覆いが手近になかったのか、サリイの着ていたスリップをロウエルのうつむいた体にかぶせていた。ドアーティの問いただすような視線に、医師はうなずいて応えた。

「あれが体から離れた直後だ。空気が脊柱に侵入して、血液が循環しなくなり、脳の活動が停止した。けっきょく、そういうことらしい。彼の細君のほうは、背中にとりついている生き物しだいだ。ノボカインに耐えて生き残れば、病院でうまく除去して、彼女の寿命をいくらかのばしてやることもできるかもしれない」

ドアーティはうなずくとサリィに向き、きびきびといった。「よし。では、聞きましょうか」

「物語は、遠い昔、地球から遠く離れた世界で始まるんです」サリィは話しだした。話し続ける彼女の眼には、時間と空間を超えて、はるかな世界のできごとをながめているかのような、不思議な光が宿っていた……

彼らははじめ、人類と非常によく似た――ほとんど人類と変わりないといってよい――種族の支配する惑星に発生した。巨大な、植物に似た生物で、体が大きすぎ、しかも惑星がそれひとつしかないことから、彼らは生活空間を確保するため、すさまじい競争をしなくてはならなかった。そして偶然か、あるいは生存競争の武器としてか、やがて彼らは知能を持つようになった。

彼らには、二つの繁殖方法があった。両者は、本質的には似かよっていたが、同じものではなかった。ひとつはノーマルな方法で、播種の欲求が高まったとき、触手をのばし、無差別に小動物をとらえて、その体に小さなトゲを埋めこむことによって行なわれる。トゲが体内にはいるやいなや、小動物はその生き物の棲んでいる場所にはいっていきたい衝動にかられる――ふつう、それは山の内部であったり、森や草原の地下に網の目のようにはりめぐらされたトンネルであったりする。そこへたどりつくと、生き物は小動物の背中に、芽を植えつける。知能こそ持ってはいないが、脳に寄生したその芽は、宿主の体にのって新しい棲みかへと運ばれ、宿主を使って新しいトンネルを掘り進む。そしてトンネルが完成すると、宿主の肉を最初の食物にして、そこに棲みつく。

知能を持つにいたって、彼らが気づいたのは、人間こそ彼らの子どもを運ぶ最良の宿主であるということだった。そこで彼らは、何十キロも離れた人間の村や町に触手をのばしては、子どもの宿主にふさわしい頑健な若者を選びだすようになった。

第二の方法は、非常事態における繁殖法である。受精した芽を寄生させる適当な宿主が見つからないとき、芽は反射的に正常のパターンとは異なる生長を始める。細胞が異常増殖し、同時にガスを発生させて、内部の圧力を急激に高めてゆく。最終的な爆発は、親を殺しはするが、同時に無数の胞子を空にうちあげる。

宿主を求める原始的な本能と、遠距離から適当な動物を感知する、進化の生みだした奇蹟の能力を武器に、胞子は風にのってどこまでもどこまでも捜索の旅を続けるのだ。

今では唯一の宿主の対象となった人類を監視して、数万年をすごすあいだに、彼らはみずからの力では知りえなかった知識を持つようになった。彼らは、最初に発生したその世界であまりにも増えすぎたのだ。どれほど注意深く宿主を選びだそうと、新しい芽の養分となる無機物や有機物が、先に棲みついた個体に食いつくされていない土地を見つけるのは困難だった。芽の多くが餓死するとともに、彼らが略奪する人間の数も減り、文明が育ちはじめた。

彼らとは本質的に異なる性向を持つ人類は、やがて宇宙を探りはじめた。しかし略奪者たちもまた、人類を絶えず監視し、その声に耳を傾けることにより、宇宙空間にある別の世界、彼らの生存に適した多くの惑星について知るようになった。

先に触れたように、人類とは本質的に異なる生物ではあったが、略奪者たちもまた手に入れた知識を子孫へと伝える手段を持っていた。かつて人類に寄生する最適のかたちに子孫を改良した彼らは、今や、母なる惑星の人類と似た種族ならどんなものにでも寄生できるよう、子孫の改良を着々と進めていった。

そしてあるとき、意識的に計画的に、彼らは宿主を探す努力を中止した。繁殖の有利な手段を断たれた組織には、ただちに反射的な増殖が始まったが、彼らは耐えられる極限までもちこたえた。そして――爆発。その爆発は惑星そのものを揺がし、すさまじい爆風とともに地上の森や人類の都市の多くを大空高く吹きあげた。

「こうしてイェムは、宇宙にのりだしたんです」サリィはささやくようにいった。「彼らが子孫に伝えたのは、ほかの惑星の種族を宿主として使うことだけじゃありません。どんなふうにしたのか、誰にもその方法はわからないんですけど、彼らは人間が手に入れた宇宙空間の知識を応用して、胞子に輻射線《ふくしゃせん》の圧力にのって星から星へと漂う方法まで教えたんです。はじめは、その旅は何万年もかかりました。けれどもその途中で、不都合な性質は切り捨てられていきました。その仕事が終わったときには、イェムの胞子は、宇宙にひろがるのにもっとも適したかたちにすっかり変化していたんです」

11

「しかし、あなたがなぜそんなことを知っているのか、それも話してくださらなければ！」ドアーティは腹だたしげにいった。「そう、確かにそれで話のつじつまがあう。あなたのいうところのイェムが、地球にやってきて、われわれ人類が役に立つことを知った。そのひとつが地下室に根をおろし、ロウエル夫婦を使って、その――芽というか、子どもというか――それを運ぶ宿主を探していたわけだ。しかし、どうしてそれを知ったんですか？」その声は、ほとんど懇願するようだった。「それとも、みんなあてずっぽうなんですかな？」

サリイは首をふった。「いいえ、あてずっぽうじゃありませんわ。おわかりになると思いますけど、イェムには、たんに同族を増やすというほかに、宇宙を征服しなければならないもうひとつの理由があったんです。彼らは復讐をおそれたんです。

人間を宿主として使うようになった最初のころに、彼らは人間の心にひそむ記憶のことを知ったにちがいないんです――寄生体は宿主の神経組織に直接コンタクトするんですし、人間自身も気がつかなかったことを彼らが発見したのは、たぶんそのときじゃないかと思います。人間にとって、生まれるということは、とてつもなくおそろしい経験ですけれど、それにさえぎられて意識の表面にあらわれない部分に、その人間が別の世界に生きていたときの記憶があるんです。自分の知っている過去とは関係のない記憶です」ふたたびサリイの眼には、時間と空間を超えて、はるかな世界のできごとをながめているような、あの光が宿った……

人類の心にひそむこの記憶に気づきさえしなかったら、イェムも、広大無辺な宇宙空間に子孫をまきちらすこの信じられぬ事業に着手することはなかっただろう。しかし彼らは、宿主として利用した人間のなかに、ほかの惑星での人生の記憶がそのまま残されていることを知った。イェムがおそれたのは、異星の同胞がほしいままに殺されていることを思いだし、仲間を解放しようと決心する人間が、どこかの世界に現われるかもしれないという可能性だった。

もしイェムが、自分たちの故郷を離れて宇宙にひろがるようなことさえしなければ、そんな事態はおこらなかっただろう。しかし彼らが餌食にしている人類とそっくりの種族が宇宙にいくつも存在するという知識は、彼らを破滅へとかりたてることになった。

星から星へと菌糸をまきちらすようになって数十万年後、イェムははじめて、はむかう力を持った種族と遭遇した――それは、精神科学を含む、あらゆる科学の分野で空前の進歩をとげた種族だった。宇宙の探検にのりだした直後、イェムに汚染された惑星を訪れたこの種族――緑の鱗におおわれた、優美な彼らの体は、イェムの餌食となるにはあまりにも体質が違いすぎたが、異星の同胞に同情し、彼らを解放したいと思う点では、すべての人類と共通するものを持っていた――は、この寄生怪物のやむことない進撃を、なんとしてでもくいとめなければならないと決意した。

有効な戦術の研究は、やがて潜在意識のなかに封じこめられていた秘密の記憶の発見へと、彼らを導いた――彼らもまた種族間記憶のとほうもない宝庫を、多くの種族とともに共有していたのだ――ついで明らかになったのは、イェムのおそれる危険が、じっさいはとるにたらぬものであるという皮肉な事実だった。犠牲者の一人がほかの惑星でかつて自分に加えられた仕打ちを思いだしたとしても、それはなんの役にもたたない。その経験は、人間を殺す前に、まず発狂させる。狂気が秘密の記憶を歪めてしまうため、それが意識の表層にうかんできたとしても、意識はそれを理解できないのだ。

しかし彼らは、心から心へと記憶を伝えるそのなにものかの性質を研究した。そして、それが物質ではなく、一種の共鳴であることを発見した。それを分離したり限定したりすることまではできなかった。彼らが知ったのは、それが頭脳のある種の反応によって形成される一群の情報であり——それらの反応のなかには、どのような形態をとろうと宇宙のあらゆる人類に共通するもの、すなわち愛の受容力、審美力、宇宙の本質を見究めようとする欲求などが含まれているという事実だけだった。

人格から人格へと伝えられるなにものか——彼らはそれを分離することこそできなかったが、それを制御することはできた。そして、それを実行に移した。巧妙な心理学的訓練によって、彼らは種族の一人一人に、自分の隠れた記憶を明るみに出す方法を体得させた。そしてさらに、記憶の継承者の生まれた惑星が、イェムの侵略を受けたとき、継承者の心のなかに埋れていた記憶を明るみに出す方法もまた、一人一人に身につけさせた。緑の鱗におおわれた、この優美な種族の勢力は、こうして百万倍にも増幅されることになった。

もちろんこの程度では、数十万年にもわたって築きあげられてきたイェムの王国を壊滅させることはできない。しかしそれでも、異星の同胞たちが自分の世界を守るための知識にはなるのだ。

したがって、宇宙の辺境の寂しい前進基地で、一人死んでいったあの愛らしい娘も、真の意味では死んだわけではない。なぜなら彼女は、サリィの記憶のなかに生き続けているからであり、サリィを通じて、この地球に生をうけた人類をイェムから救うため今なお闘っているからだ。

「なにもかも思いだしました」サリィは静かにいった。「いなかの友だちのところに泊まりがけで遊びに行こうと、パディントン駅へ行く途中だったんです――だから、スーツケースや、たくさんのお金を持っていたんです。そして、この家のそばを通りかかったとき、地下室にイェムがいることを本能的に知ったのだと思います。それが記憶の引き金を引いて。きっと恐ろしさと嫌悪で頭がおかしくなっていたんじゃないかしら。そのときのことで、いま憶えてるのは、とにかく近くに行って、その正体を見究めなければと、そればかり考えていたことだけなんですもの。

イェムの長いあいだ恐れていた危険が、地球上にようやく作った小さな基地に近づいているということ――ロウエルはそれに気がついたんだと思います――というよりも、彼を支配していたその生き物が。ロウエル夫婦のなかでは、妻のベラのほうが頭がよかったかもしれません。あたしを葬り去るためには、あたしを発狂させる、というより、自然に気が狂うのを待つしか方法がないことに気づいていました。ロウエルは、すぐあたしを殺したほうがいいと考えました。それに失敗したときは、あたしがほかの人体を探せるような体になるまで待つんです。でも、ベラのほうは、あたしがほかの惑星でこの記憶をまた使わないように、ここで根絶やしにしておきたかったんです。それを確実に行なうには、発狂させるのが唯一の方法なんです」

サリイはドアーティに目をやった。「納得できました？　あたしだって、はじめ信じられなかったんです。こんな話、誰も信じてくれるはずはないと思ってました——ここにいるニックに会うまでは。でも、ニックは信じてくれたんです。それだけじゃなく、もしかしたら、あたしがいま話しているようなことを、とっくに気づいていたんじゃないかしら、そうでしょう、ニック？」

ジェンキンズはメガネをはずし、ハンカチでレンズをふいた。

「さあ、どうかな」彼は慎重にいった。「ただ、トムにいわせるとぼくの頭はクロスワード・パズル的な作りになっているらしいんだ。中途半端な情報を足しても、ちゃんとした答えが出てくるような……そうだね、きみの話はぼくの想像したこととだいたい一致してる」

「しかし困ったことになったな！」ドアーティが彼を見ていった。

「もしこの話が本当だとすれば、地下室にいるあいつを焼き殺したとしても、あれに取りつかれてるミセス・ロウエルのお客を一人残らず見つけだすには、どうしたらいいんだ？」

ドアの近くでこの話にじっと耳を傾けていたウェストが、口をひらいた。「わかると思いますよ、警部。ぼくはここにかなり前から住んでるんです。だから、ロウエルが女房の稼ぎで食ってることは知っていて、警察にいおうかどうしようかと今まで思い迷ってたんです。で、ある日、二人が出払ってる隙に、家捜ししてみたんですよ。そのとき見つけたものが、この隣りの寝室にあります。ブリキの箱のなかに、いろんな人間の名前と住所を書きこんだメモがあるはずです。馴染みの客の名簿だとばかり思っていた。しかし、どうやらそれが、寄生体を背負《しょ》いこんだ連中のリストみたいですね」

「それを捜してこい！」ドアーティがどなり、ウェストの隣りに立っていた警官がきびきびと命令に従った。ほどなく警官は、ブリキの箱を手にして戻ってきた。

「よく見えるところにありました」と警官はいった。

ドアーティはページをめくった。「よし、この連中を調べてみよう。わたしがちゃんと話を聞いてたとすれば、彼らは、背中に背負《しょ》いこんだやつのためにせっせと掘った穴のなかで、かわいそうに殺されてるというわけだ——そうですな？」サリイはうなずいた。

「失踪課のファイルに、ここにある名前がどれくらいはいってるか問いあわせてみましょう。もし、たくさん見つかって——それから、もうじきここに来る科学者たちが、ゴスペル先生と同じように、地下室にいるやつを地球外の生物だと断定するようなら、すぐ捜索を開始して、焼き殺すなり、毒殺するなりします」

ドアーティは名簿をのぞきこみながら腰を上げ、出ていこうとした。そして途中で足をとめると、ふりかえり、「いやあ、まだ信じられん」と悲しげにいって姿を消した。

クライド・ウェストは首をふり、「化物屋敷だ」と大きなため息をつきながらいった。

「だけど、それでぼくにも話のつじつまがあう。ところで、おなかがぺこぺこなんだけど、みんなはどうなのかな。もうじき科学者が来るとなると、質問に答えるのやなにやらでてんてこまいするはずなんだ。卵や、パン、バター、コーヒーなんかが、ぼくの部屋にあるんですけど、どうですか？」

「わたしはいいよ」とゴスペルがいった。「この死体をかたづけたり、ミセス・ロウエルを病院に運んで、背中のあれを除去できるかどうか、外科医に相談してみる用事もあるし」

「そちらのお二人は？」ウェストがたずねた。

「ぼく？」ジェンキンズが驚いた顔でいった。「そうだ、腹ぺこなんだ！　すっかり忘れてたけど、だいたい最初は夕食の材料を買いに行くために家を出たんだぜ」

「了解」ウェストは嬉しそうにいうと、階段をかけあがっていった。途中で彼は立ちどまり、彼らのほうにふりかえった。

「待ってくれよ、ぼくみたいにラッキーな人間はいないぜ！　もしも、くわえこむ客がちょっとでも足りなかったら――こっちが背中にあれを背負《しょ》う羽目になってたんだ!」だが彼は、そうなった場合を考えて愕然とするよりも、その運命から逃れられた嬉しさのほうで頭がいっぱいらしく、ふたたび階段をあがりだしたときには鼻歌すらうたっていた。

救急車が到着し、最初にベラ・ロウエルを、ついでロウエルの死体を、後者には毛布をかぶせて運びだした。ドアがしまると、ジェンキンズとサリイは、居間に二人だけになった。

「ニック」誰もいなくなったとたん、サリイがいった。「あなたのクロスワード・パズル的な頭のおかげかどうかは知らないけど、あなたみたいにすてきな人に会ったの、はじめてだわ。このとんでもない話をあなたが信じてくれなかったら、本当に気が狂ってしまったと思うわ。まだ信じられないような気持なんですもの。もっともロウエルがあそこに来たときには、いちおう順序だてて考えられるようになっていたけど」

ジェンキンズは照れくさそうな顔をし、軽く笑いとばそうとした。それは、あまり上手とはいえなかった。

「それで――もう憶えてないかしら。あたしが前にいったことで、ひとつ思いだしてほしいことがあるんだけど。ひとつだけ絶対に確信していることがあるって、前にいったでしょう――なんだったか思いだせる?」

「きみがまちがいなく人間だということかい?」ジェンキンズは正確に引用した。

「そうよ。それを証明してほしい？　そんな必要ないなんていわないで。証明する気になっているところなの」

そしてサリイは彼のところへ行くと、彼の唇に心のこもったキスをした。すこしして、彼はサリイの体に腕をまわし、彼女がまちがいなく人間であるばかりか、まちがいなく女性であることを証明する段階に移った。

「ただ感謝の気持でこうするだけなら」ジェンキンズがちょっと息切れした声でいった。「このとほうもない話を先入観なしで聞いてくれたトムにだって、ぼくを危いところから救ってくれたクライド・ウェストにだって、同じことをしなければいけないんだぜ。それから、あの生き物を罐にほうりこんでくれたドアーティ警部にだって、それから――」

「食事ができましたよ！」階段の上から、ウェストが楽しそうにいった。「盆にのせて持ってくから、そこにいてください」そして間をおくと、笑い声でつけ加えた。「お二人の邪魔はしませんから」

「みんな、すばらしい人じゃない？」サリイは満ちたりたように息をつくと、部屋の中央へ歩いていった。

「ジェンキンズ！　そこにいるのか？」ドアーティがドアのむこうから呼んだ。「すぐ地下室に来てくれないか？　ミス・アーカットもいっしょに。生物学者が来ていて、きみたちに――」

「それに、思いやりのある人たちだよ」ジェンキンズが皮肉っぽくいった。「さてどうしよう——食事はそとに運んでくれとでもいうか？」

サリィは彼をにらみつけたが、やがてそれは微笑にかわった。そして二人は手をとりあうと、人類を救うために、おもてへ出ていった。

Explorer of Space and Time　—編者あとがき—

高橋良平

「問われて名乗るもおこがましいが
生まれは遠州浜松在、
十四のときから親にかくれ
勘当承知のSF通い、
好きこそものののなんとやら、原書集めも五千冊、
七つの海に知らぬはねえ
日本一の色男、伊藤典夫」

——と、大伴昌司さんが、〈S-Fマガジン〉の連載コラム「SFを創る人々」で、歌舞伎の「白波《しらなみ》五人男」の稲勢川勢揃いの場をもじり、〝SF五人男〟として、平井和正、豊田有恒、半村良、野田宏一郎（昌宏）の四氏と一緒にとりあげ、右のように伊藤さんの

プロフィール紹介したのは、一九六四年二月号のことだった。

それから、はや半世紀、日本SF第一世代で最年少だった伊藤さんも、いまやSF翻訳界の堂々たる長老格。その伊藤さんが訳した名作・傑作群の数々に、SFファンなら触れなかった向きはないはずだが、この機会に改めて、伊藤さんの足跡をたどってみよう。

伊藤典夫さんは戦時中の一九四二年、ブラッドベリお気に入りの十月、先達の矢野徹さんと同じ誕生日の五日に、静岡県浜松市で生まれる。幼少のみぎりより、浜松にSF天才児現わると騒がれ、上京するまでの青雲立志編については、特別付録として再録した濃縮版「伊藤典夫インタビュー」（聞き手・鏡明）を参照してください。

そのインタビューにもあるように、高校時代、本邦初のSF同人誌〈宇宙塵〉を発行する「科学創作クラブ」に入会するや、同誌第九号、一九五八年二月号を皮切りに、毎月のように「おたより・御批判」欄に投稿、SF三昧のせいか大学受験をしくじり上京、予備校通いの日々も神保町の古本屋に日参、コレクションはみるみる充実し……同じ〈宇宙塵〉会員のフジテレビの野田宏一郎（昌宏）と〈S-Fマガジン〉編集部の森優（南山宏）の両氏とならび、原書コレクター三羽烏としてファンダムに名を馳せるようになる。

一九六一年四月、晴れて早稲田大学第一文学部仏文科に入学すると、解き放たれた伊藤さんのSFファン活動は、フルスロットル。〈宇宙塵〉一九六二年五月号から、最新海外SF紹介コラム「function SF」の連載を開始し、飛び石で翌年八月号まで九回、野田さんの「新SFつれづれ草」と並ぶ名物コラムで好評を博す。一方、〈S-Fマガジン〉の「てれぽーと」欄の呼び掛けから生まれた「SFマガジン同好会」の発起人会に参加、その発会式と〈宇宙塵〉五周年記念大会を兼ねて、六二年五月二十七日に目黒区公会堂清水別館で昼夜二部開かれた会合は、第一回日本SF大会（MEGCON）として歴史に刻まれる。同会は、月刊ペースで会誌〈宇宙気流〉を発行、月例会だけでは飽き足らず、一のつく日の夕方に喫茶店に集まる「一の日会」を発足させると、〈宇宙塵〉主宰の柴野拓美、平井和正、豊田有恒ら諸氏とともに、伊藤さんも常連で姿をみせる。その喫茶店が新宿のロンから渋谷のカスミやノーブルに移ってからも、月三、四回も交歓できるファニッシュな場は初期ファンダムにはほかになく、オープンな会合の「一の日会」は数々の伝説をうみ、それがまた〈宇宙気流〉の「インサイド宇宙気流」欄で面白おかしく報じられるから、地方ファンにとって羨望の的、いわばSFファンの聖地となった「一の日会」で、〝ドライだけれど人気者〟の伊藤さんは、〝ボス猿〟として君臨（!?）するようになってゆく。

再び〈宇宙塵〉に戻ると、一九六二年十一月号からお便りを含む「宇宙塵さろん」の編集担当となり、次の号から「創作月評」を執筆、舌鋒鋭く内外作品を批評するが、多忙などの事情で半年後には合評制に移行している。そのほか、クラーク、アシモフ、ハインライン、シェクリイらの著書・編年作品リストのビブリオ冊子をつくり、全翻訳作品を読破しているのが条件で参加できる「SFセミナー」を野田さんとともに主宰したり、一九七〇年の第九回日本SF大会TOKON5の実行委員長に推されると、目玉企画に「星雲賞」を創設したり、ほかにも……おっと、ファン活動話で先を急ぎすぎた。反省、反省。

さてさて、かくのごとくファン活動する伊藤さんが、〈S-Fマガジン〉一九六二年九月号で、リチャード・マティスン（マシスン）のデビュー作「男と女から生まれたもの」を訳して初登場、大学二年生でプロの翻訳家の道を歩みだす。それは、厖大なコレクションのSF雑誌や原書を読みこみ、そこから自分が見つけた好きな作品を自ら翻訳するという、鑑識眼が問われもする、厳しくもやりがいのある仕事の始まりだった。

——すんなりと翻訳家になった人としては、小笠原豊樹氏のほかに伊藤典夫氏がいる。伊藤さんは早稲田の学生のころから、もう「SFマガジン」に翻訳していた。肩をふってせかせかと早川書房の編集室にはいってきた姿をいまでも私はおぼえている。とっつきにくい人だと思ったが、じつは恥かしがり屋だったのだ。／僕に突きあたっていったんだが、挨拶もしないで行ってしまった、と早川（清社長）さんが福島（正実編集長）さんに苦笑されたことがある。伊藤さんは人に会うのが恥かしくてたまらなかったのかもしれない。／福島さんは、伊藤さんの翻訳を、若いけれどうまい、といつもほめていた。私もSFの翻訳では伊藤さんと浅倉久志氏が好きである。お二人の翻訳は神経が行き届いていていて、うまいなあといつも思う。そして、もう一人、早川

書房で同僚だった南山宏氏の翻訳にも感心させられてきた。（常盤新平『翻訳出版編集後記』幻戯書房）

一九六四年（この年の十二月には、いまだ学生の身分ながら、日本SF作家クラブに入会）からは、見つけてきた傑作短篇を〈S-Fマガジン〉に毎月のごとく翻訳する一方で、初の長篇翻訳となったのは、六五年五月に《ハヤカワ・SF・シリーズ》の一冊として出たアルフレッド・ベスターのヒューゴー賞受賞作『破壊された男』だった。

以後、《ハヤカワ・SF・シリーズ》では、フィリップ・ホセ・ファーマーの『恋人たち』（一九六六年二月）、ブライアン・W・オールディスの『地球の長い午後』（六七年四月）、フレッド・ホイルの『10月1日では遅すぎる』（六八年十二月）、《ハヤカワ・ノヴェルズ》では、カート・ヴォネガット・ジュニアの『猫のゆりかご』（六八年五月）、アーサー・C・クラークの『宇宙のオデッセイ2001』（六八年十月、のち『2001年宇宙の旅』と改題）を翻訳、伊藤さんがお気に入り作家の中から、惚れこんだ作品を心をこめて訳したもので、いずれもSF史に残る名作ぞろいなのは、いうまでもない。

こうした翻訳家の面のほか、忘れてならないのは、最新海外SFの紹介者の顔で、〈S-Fマガジン〉六四年一月号から「マガジン走査線」の連載をはじめる。タイトルどおり、新着の英米SF雑誌から話題を拾い、作品紹介するコラムだったが、一年後、「SFスキャナー」として新装開店、間口を拡げて長篇、短篇集、アンソロジーなどの単行本からファンジンまで読みまくったうえで、毎月テーマを決めてコラムを執筆。

この「SFスキャナー」が読者に与えた影響は計り知れず、パイオニアの福島正実氏、同誌連載のスペース・オペラの愉しさを初紹介した「SF英雄群像」の野田宏一郎氏と並ぶ水先案内人であり、〝センス・オブ・ワンダー〟を失わぬ一貫した美学で、同時代の海外SFに対するパースペクティヴ、SFの見方・読み方を披露した。同誌一九六六年五月号でJ・G・バラードの「時の声」を訳していち早く〝ニュー・ウェーヴ〟を紹介し、そのオルガナイザーとなったのも、伊藤さんだった。――なお、「SFスキャナー」を含むエッセイ類は、『伊藤典夫評論集（仮題）』としてまとめられ、国書刊行会から出版の予定。

以上が、伊藤さんが二十代までのSF人生・疾風怒濤編。（SF以外、片岡義男、小鷹信光、水野良太郎氏らの結成したパロディ・ギャングの初期に、広瀬正氏とともに参加するほど、シック・ジョークが大好きだったり、逸話の数々はまた別の機会に）

本書は、そうした若き日の伊藤さんが〈S-Fマガジン〉のために選りすぐって訳した傑作中短篇から、時間・次元テーマを中心に精選したアンソロジーで、伊藤さんの輝かしき功績を顕彰《けんしょう》する「伊藤典夫翻訳SF傑作選」の一巻として構想された。また、お気付きの方もいるだろうが、伊藤さん自身が厳選した『冷たい方程式』の続刊の性格も合わせ持つ。付言すれば、初期の〈S－Fマガジン〉には、伊藤さんが訳した傑作短篇はあまたあり、今回収録を詮方なく見送ったものの、本書が好評をもって迎えられれば、次巻を必ずお届けできるだろう。その目次は、すでにできている。

編者敬白

二〇一六年九月

伊藤典夫インタビュー（青雲立志編）

聞き手・鏡　明

一九八〇年某日某所にて

浜松。彼方には東京、ロス、ニューヨーク。そのまた彼方に宇宙が広がっていた！

鏡　伊藤さんは少年時代に何してたわけ？

伊藤　俺はSF少年。鉱物学や天文学、地質考古学の本とか読んでた。鉱物の話なんて好きで、天竜川の河原でホーカイ石とかそういうの拾ってきちゃ、結晶の形がどうのってトンカチでたたいて割ってたんだ。

鏡　SFは、いつから読みだしたの？　天文学の話や鉱物学の話からSFにいくには、ワンステップあるでしょ。

伊藤　小学生のときはSF読んでなくて、小説もほとんど読んでない。あっ、手塚治虫がある な。手塚治虫とマンガの〈スーパーマン〉か。フィクション以外の楽しみとしては、天文学とかなんで、フィクションの方の楽しみというと、映画とマンガだけだ。俺、手塚治虫って『新宝島』からちゃんと読んでるんだ。

鏡　えらい！　というか、あの世代って、みんなそうだよね。

伊藤　全然憶えていないんだけどね、おふくろにいわせると、『新宝島』を俺、全部暗記しちゃったんだって。そのあと『ロストワールド』の二巻本を一所懸命かかえて持ち歩いてたら、どっかに置いてきちゃった（笑）。同じ頃に〈スーパーマン〉があった。アメリカンコミックと同じ装丁で、「バットマン」と「スーパーマン」をひとつの雑誌の中にぶちこんじゃってんの。

小野耕世とか、みんなそういう感じだったと思うんだけど、浜松というところは戦争中に航空基地があって、戦後は進駐軍が来てたんだ。

お彼岸の市があると、通りにずーーっと露店が出るじゃない、そこにアメリカンコミックがこーーんなにあったの。一冊五円で売ってたのを、読めやしないからあんまり買ってくれなかったけど、一度に五冊ぐらいは買ってくれる。それで一九四八、九年のアメリカンコミックって、けっこう持ってた時代があるんだよなあ。

それから、アメリカンコミックそっくりの日本語の〈スーパーマン〉を——五、六冊出たのかな、それは全部買って持ってた。それから内容を推量するしかないのね。その中にあった「バットマン」の中で、バットマンが魔法の絨毯かなんかで、アラビアの国へタイムスリップしちゃう。

鏡　あ、その絵見たことがあるぞ。

伊藤　ところがそれがわからないんだ。タイムマシンとかタイムスリップなんて想像を絶してるじゃない、概念が。それがずっと謎だった（笑）。アラビアになんでいるのかわからない。アラビアかどうかもよくわからない。過去にいけるなんて思やしないから。

鏡　見たこともないところへどうしていったんだろう。ん、それはいーい話だ。

伊藤　手塚治虫は、SFっぽいもの、アメリカンコミックぽいもので、アメリカンコミックよりもわかりやすくて、アメリカンコミックよりもっとスケールが大きいじゃない。

鏡　ん。今にして思えば、アメリカンコミックよりストーリーが複雑だ。

伊藤　うん。ステープルドン的深みはあるかもしれない。絶賛だけれど。手塚治虫でとにかく満足できちゃった。だから俺は海野十三なんて読めなかった。わずか七、八歳の子供が見ても、あまりに陳腐で泥臭くて。

鏡　ところで、SFに初めて接したのはいつなの？　中学くらい？

伊藤　小学校六年。東京創元社の世界大ロマン全集の「透明人間」と「タイムマシン」の巻だ。なんていうか、俺はやっぱり新しものがり屋で、古いものって常に敬遠してきたわけだ。

鏡　ああそうか。ではウェルズが古いってことは知っていたんだ。

伊藤　解説読めばわかったよ（笑）。だからこれは古いと、たしかに立派な読みものであるが、ちょっとやっぱり俺の美意識と抵触する部分があると（笑）。そして石泉社の「少年少女科学小説選集」。

鏡　はああ、なるほど。

伊藤　ＳＦとのちゃんとした出会いっていうのは中学一年か、レイモンド・ジョーンズの『星雲から来た少年』……じゃない、最初ミルトン・レッサー『第二の太陽へ』だ。これがスターシップ・テーマなんだよね、それもかなりスレた。その前に同じテーマでハインラインやシマックなんかのがあるんだけど、それを乗り越えて、新しいヒネったアイデアのものなんだ。それを最初に読んだ。あのー、その本を買う金がなくて本屋で立ち読みしてたの。そしたら、途中まで読んだら棚から本がなくなっちゃって（笑）、半分まで読んだのに（笑）。

鏡　寂しい話だよな（笑）。どうしたの、それで。

伊藤　しばらくしてまた見つけて読み終えたけどね。

鏡　俺も石泉社を読んだのは後なのね、講談社の「少年少女世界科学冒険全集」より。石泉社のがなんとなく大人っぽいんだ。

伊藤　そうそうそうそう。

鏡　全体に、雰囲気的に。

伊藤　あれは作家が立派だもの。また昔の話になるけど、俺の家の一軒おいたとなりに浜松で有名な谷島屋という本屋があった。あんまり人になつくような子供じゃなかったから、そこに入りびたってた。朝から晩まで。で、そこに置いてある本という本は、かたっぱしから手に取ってた。どんな本を見てたのか、印象はまったく残ってない。ところがその中に元々社の「最新科学小説全集」がずうっと以前から並んでたんだ。科学小説なんて、まあ面白そうだな、という感じで漠然と記憶には留めていたんだけど、読む気も何もなかったんだ。そのうち石泉社を一冊読んで、あれがそうだって。本屋に行って買えるだけの元々社の本を買ってきた。もう、三、四冊しかなかったんだ。そして一応読んだ。

鏡　それが何だったか憶えてる？

伊藤　ヴァン・ヴォークトの『新しい人類スラン』とね、ウィンダムの『海底の怪』、それからアンダースンの『脳波』。

鏡　あれは最初に読むと実にいい話だ。

伊藤　中学一年か二年のとき『脳波』を読んでごらんよ、元々社の訳で。何が何だかわからなくなるよ（笑）。あれは大人の小説なんだよな。地味ーィに労働問題とかが、ぐちゃぐちゃぐちゃぐちゃ書いてあるんだよね。それでね、俺はやっぱり背伸びする人間だと思う。この本は俺のインテレクチャル・レベルに合う、これを理解する必要はある（笑）。

鏡　うわはははは――。

伊藤　で、元々社はそれからまもなく潰れ、SFは長い間出ないのね。ところがそのうちにフィニイの『盗まれた街』が出ちゃうわけ、五七年ぐらいにね。ところがこの後の本が――「ハヤカワ・ファンタジイ」っていうのが、なかなか出ねえんだよな、これが（笑）。それで古本屋を回ることを覚えたね。古本屋回ってたら、変な雑誌があるんだよな、あっちの本でアルファベットの。それが〈ギャラクシイ〉でさ、一冊二十円か三十円で、買おうかどうか考えてた。イラスト見ても、宇宙船が地上じゃなく水の上に着陸してるような絵で、たいしたことない。〈ポピュラー・サイエンス〉のと変わらないわけ。そんで、ずうっとためらってた。

鏡　最初に〈ギャラクシイ〉を見つけたわけか。

伊藤　そう、そのあと〈F&SF〉も見つかった。駐留軍関係の二世かなんかが、月二回ずつ雑誌を古本屋に出してくるんだよ。いーい話だろ（笑）。

鏡　はじめて浜松という地の利を得たと……。

伊藤　そうそう、毎日浜松の古本屋ぐるぐる回ってた。高校卒業する前に、ペーパーバック百冊ぐらいたまった。百冊ぐらいのうち、六十冊くらいはいっぺんに出ちゃってるんだよね。一冊二十円くらいで。その中にバランタインの初期のものがドーーっと出ちゃってね。

鏡 うらやましい、いーい話だ。

伊藤 しかも〈マンハント〉が出たのが五八年。俺、もう高校一年だ。その夏に、浜松の百貨店で古本のゾッキ本の市をやってて、元々社の買い残しが全部揃った。〈マンハント〉の創刊はその八月くらいかな。

鏡 そうそう八月創刊号。

伊藤 夏休みにね、〈マンハント〉の八月号と元々社四、五冊を一日で読んだ記憶がある。

鏡 すばらしい。

伊藤 これはすごかった。これはすごかったなあ。人生最大のショックだよ。元々社のは、わりと買い残した中に傑作があってさ、ブラッドベリの『火星人記録』っていうのは、うーんと前から手に入ってたんだけど、「火星人の妖術に……」なんて惹句があって、これは科学とは関係ない、と読んでなかった。ところが元々社の本で読んでなかったのが残り少なくなってきたので読んでみると……要するにサイエンス・ファンタジーというのは、こういうSFも書けるのかとね。で、しかも中学の三年から高校に入る頃にかけて〈宝石〉にSFがこちょこちょ載るようになってきた。その〈宝石〉で〈宇宙塵〉を知って、日本の小説ってあまり興味なくて、〈宇宙塵〉に「翻訳載りますか？」って手紙を出した。そしたらウィリアム・テンの「おれと自分と私と」っていうのが載ってね。その翻訳が載っているから入会することになったわけだ。だから俺は、高校時代、〈宇宙塵〉を読みつつ〈宇宙塵〉にお便りを出してた。これがよかったんですなあ。

鏡 その頃の有名な話があるよね。三十歳ぐらいのオジサンが現れると思ったら……。

伊藤 俺はガキの手紙を書いているようで恥ずかしかったが、他人から見るとオジサンに見えたらしい。

鏡　そうみたい。若いのにしっかりしてたんじゃない？

伊藤　見りゃわかるけど、たいしたことないんだ。「スタージョンの小説が読みたいのですが載るでしょうか？」となけなしの知識を（笑）。矢野さんが「SFアトランダム」って海外のSFの紹介をやってて、そのうちにノダコー（野田宏一郎）が「SF徒然草」の連載を始めて、森優がSFの翻訳をやるようになって、星新一の翻訳まで載ってるじゃない。東京にいる人たちは、みんな英語が読めるのか……俺はこんなに何冊も本を持っているのに何も読めない（笑）。だから高校にいるときは、ありとあらゆるSFの情報を集めてた。ところが東京に行ってみたら、東京の連中がSFのことを何にも知らないことを知った（笑）。英語を読める奴たいしていない（大笑）。

鏡　ブラウン好きが有名だったよな、伊藤さんは。伊藤典夫はブラウンの専門家だ、とね。

伊藤　そうかい？

鏡　そうでもない？　伊藤典夫が最初に読んだのはブラウンだって思ってたんだ。

伊藤　ブラウンはチャラチャラ読めるようになって最初のころだろうけどね。それで、ともかくお便りを出してたんだ〈宇宙塵〉に。ただ「浜松・伊藤典夫」ってね。そしたら浜松に〈宇宙塵〉の会員がもうひとりいた。変なのがいるっていうので、柴野さんを通じてコンタクトして来た。それが大谷善次――浅倉久志だったんだ。

鏡　それはいーい話だ。

伊藤　そうなんだ。

鏡　浅倉さん、結婚してたんでしょ？

伊藤　うん。結婚して一、二年。二十七、八歳かな。

鏡　古本屋とかでは会わなかった？

伊藤　彼はサラリーマンで、しかも大阪の人でしょ。大阪でたいてい集めちゃってたから、浜松ではあまり集めてなかったなあ。俺なんか片っ端から集めてた。その浅倉さんから手紙が来て、会いに行ったんだ。そしたら奥さんが出てきて、その奥さんが妊娠九ヵ月、おなかが大きかったんだけど、俺、気がつかなかった（笑）。

鏡　ブッ、ブヒヒヒ。太った人だと……。

伊藤　いや、太った人だとも気がつかなかった（笑）。自宅に行ったら、浅倉さんがまだ会社から帰ってなくて奥の間に通されたんだ。それが六畳間で、奥の棚にずらりと本がつまってる。ペーパーバックが横に並んでる。半分がロス・マク、チャンドラーを中心としたハードボイルド、半分がSFなのね。SFの棚にずうっと居っぱなしで、これは持ってる、これは持ってないって見てた。奥さんが妊娠してるってことも臨月だったことも全然気がつかない。それからひと月くらいしたら、浅倉さんから生まれましたっていってきた。こっちは、えっ何が？（大笑）。

鏡　全然意味がわかってなかった（笑）。

伊藤　翻訳専業になって東京出てくる前から、浅倉久志という人は数百冊持ってた。俺はまだ百冊もない。九十数冊と数がわかっていた。負けた。ところが東京出て来てからは、むちゃくちゃ買って、あっという間に浅倉久志の倍。しかも、大学落っこって、受験勉強のために出て来たのに、駿台予備校に行く途中で、神保町に寄ってしまうんだ。神田の古本屋は十時半頃に開くじゃない、だから十時半から古本屋の前に並んでないと、その日に出た本が買われてしまうんだ。SFに狂って受験勉強は何もしてない。

鏡　その頃はSFなら何の目的もなく買っていたわけ？

伊藤　そうだよ、全部買えたもん。SFの領域は狭かったから。

鏡　その頃一番読んでいたのは誰？　この人好きだから全部集めるっていうのは。

伊藤　エドモンド・ハミルトン、フレドリック・ブラウンですよ。ワハハハハ。

鏡　ワハハハ。うん、それはとてもいーいことだ。

伊藤　シェクリイは浅倉久志が好きだった。俺は人が好きなのは興味なくなっちゃうんだ。

鏡　〈宇宙塵〉に書き出したのはいつ頃？

伊藤　浪人中じゃないかな。浪人やめて早稲田に入ってからか。

鏡　野田宏一郎って人は昔どうだった？

伊藤　野田宏一郎って人は面白かったのですよ。「SF徒然草」で紹介やってて、もうあの頃から楽しかった。そのうち東京泰文社のオヤジが、野田さんが会いたがっているっていう名刺をあずかっていて、フジテレビのロビーで会った。話が終わらなくなって野田さんの家まで行った。そこがスゴイんだよなあ。

鏡　分かる。その頃の野田さんの部屋って、人ひとり入ると、どこにもあいてるところがないのね。まん中に椅子があって、そこから手を伸ばすとほとんどのものに手が届く。その傍らにあるベッドにゴロリとなると、それでオシマイ。

伊藤　うん、そう。野田さんは潜水艦っていってたけど。両側は全部本なのね。

鏡　そのときはどんな話してた？

伊藤　SFの話ばっか。今と同じよ（笑）。今はちょっとゴシップが多くなったけど。わりと初歩的な話してたんだろうけどね。

鏡　ハードボイルドとかミステリは読んでた？

伊藤　それなりの一般教養としてだけ。エラリー・クイーンは読みそこなっちゃってまだ読んでない。チャンドラーは読んだけどそんなに面白くない。ただ〈マンハント〉というのは面白かったんだよねー。

鏡　やっぱり〈マンハント〉というのは、すごくアメリカなんだ。

伊藤　山下諭一がリチャード・S・プラザーを翻訳していたんだけど、テンポがあってうまい。ちゃっちゃかちゃっちゃか読めるんだ。あの頃の山下諭一って最高よ。都筑道夫の落語翻訳は、本当に感心して読めたけど、都筑道夫訳のプラザー読んでみて、ああ人間っていうのはやっぱり限界があるんだなあ（笑）。

鏡　でも面白いね。翻訳者に目がいくとか、訳文の細部に目がいくというのは面白い。今の伊藤さんが素質としてそのときすでにあったんだ。

伊藤　そうかもしれないな。とにかく俺は淡路瑛一という人が誰だか知りたかった。（註・都筑道夫のペンネームのひとつ）

鏡　ワッハッハッハッハ。

伊藤　その淡路瑛一というのが死んだって書いてある（笑）。

鏡　死んだって死ななくたってかまわない人だったのが大々的に追悼文なんか載ってる。こんなにエライ人だったのかなあ、と。

伊藤　まあ、ともかくあの頃の〈マンハント〉って面白かったんだよね。いま読んでも面白いと思う。みんなはりきっていたんだ。

鏡　スタッフがよかったでしょ。小鷹信光でしょ、片岡義男でしょ、植草甚一でしょ。コラムの方も目を通してたの？　こいつは誰だ、とか。

伊藤　いや、ペンネームで書いているとか、そういうのは知らなかった。やっぱりただアメリカの世界が知りたかったんだ。これはもうどこかに書いたけど、浜松に住んでいて、その彼方に東京があって、その彼方にロスアンジェルスがあって、その彼方にニューヨークがあって、その彼方には宇宙が広がっている（笑）。

鏡　それはすごい！　その先には何があるかはわからない（笑）。

伊藤　そこに《スター・ウォーズ》が待ち受けているとは露知らず（笑）。

鏡　もう行きつくとこまで行きついてしまった。でもそういう感じってあったよね。

伊藤　あったよ。

鏡　ＳＦってものすごくアメリカって感じがするじゃない、特にあの頃のＳＦって。

伊藤　五〇年代のＳＦって、読み易くてよかったんだよ。ハードボイルドを一緒に読んでて違和感ないもの。『人形つかい』なんてミッキー・スピレインみたいだろ。

鏡　俺が伊藤典夫という人を知ったのは〈ＳＦマガジン〉で、伊藤さんの紹介の仕方って野田さんのとは違うんだけど、読んでやろうって気になる。野田さんていう人はすごい思い込みで語る人だから、紹介はすごく面白いけれど、読みたい気持ちになると同時に、そのうち翻訳が出るだろうから待とうという気になる。

伊藤　野田さんて人はカユイところに手が届く紹介やってて、瑣末なところを紹介してくれる。ここが面白いっていうひとつの部分を詳しく紹介してる。だから紹介でひとつの世界を作っちゃう。そうすると読者は、瑣末なところまで紹介されているから読んだ気になるんだ。俺の場合は、なるべく自分を消そうとして努力するんだけど、その中に自分が面白いってところは潤色して紹介するのね。本当は俺が面白がってるんだけど、読者が面白がってるような感じで書ける。最初に設定を作って、そこから主人公は誰で、と進めていって、これは翻訳が出るかもしれないからってチョンと終えちゃう。実際はそこまでしか面白くなかったりするんだ（笑）。

鏡　ただね、伊藤さんと野田さん、そういう違うパターンのふたりがあの頃いたってことは、日本のSFにとってすごく大きなことだと思う。極端にいうと野田宏一郎がバックグラウンドというか核を説明して、伊藤典夫が現在の世界地図を描いてくれたわけだ。僕は野田さんのもすごく好きなんだけど、本当にどっちの影響を受けたかというと伊藤典夫の方が大きいんだ。表面には現れてないかもしれないけど、みんなそうだったと思う。

伊藤　俺の影響というのはわからないな。パーソナリティは影響させてないもの。紹介の中にほとんど自分が出てこないし、書きたくもない。プライベートなことは書かれたくないし、書きたくもない。SFの世界の方が重要であって、自分というのは仮の姿である。キャハハハハ。

鏡　本当はSFであって俺の肉体を着てる。フォースと同じだな、ベン・ケノービみたいな人だ。

※本インタビューは、〈綺譚〉第三号（一九八一年一月発行）に掲載された記事を再編集したものです。

HM=Hayakawa Mystery
SF=Science Fiction
JA=Japanese Author
NV=Novel
NF=Nonfiction
FT=Fantasy

伊《い》藤《とう》典《のり》夫《お》翻訳《ほんやく》ＳＦ傑作選《けっさくせん》
ボロゴーヴはミムジイ

〈SF2102〉

二〇一六年十一月十日　印刷
二〇一六年十一月十五日　発行
（定価はカバーに表示してあります）

著者　ルイス・パジェット・他
編者　高《たか》橋《はし》良《りょう》平《へい》
訳者　伊《い》藤《とう》典《のり》夫《お》
発行者　早川浩
発行所　株式会社早川書房
郵便番号　一〇一 - 〇〇四六
東京都千代田区神田多町二ノ二
電話　〇三 - 三二五二 - 三一一一（大代表）
振替　〇〇一六〇 - 三 - 四七七九九
http://www.hayakawa-online.co.jp
乱丁・落丁本は小社制作部宛お送り下さい。
送料小社負担にてお取りかえいたします。

印刷・株式会社精興社　製本・株式会社明光社
Printed and bound in Japan
ISBN978-4-15-012102-0 C0197

本書は活字が大きく読みやすい〈トールサイズ〉です。